天を灼く

あさのあつこ

祥伝社文庫

目次

第一章　漆黒（しっこく）の雨

空が焼けていた。

ほぼ一面に雲が広がっているにも拘（かか）わらず、紅色（べにいろ）に染まっている。紅は微（かす）かに黒みを帯びる。ところどころに縒（よ）れた紐（ひも）に似た黒雲が散っていた。細い亀裂のようにも見えた。

空は焼けている。

それなのに、篠突（しのつ）く雨が降っていた。

地を叩（たた）き、ざあざあと騒擾（そうじょう）の如（ごと）き音をたてる。

山際の一処（ひとところ）だけ雲が割れ、日降（ひくだ）ち間際の光が雨雲を照らし出しているのだ。落照（らくしょう）は驚くほど剛力で、厚い陰雲（いんうん）を夕焼け雲に変えていた。もっとも、地をも照らし出す光には夕映（ゆうば）えの輝きはなく、どこかに不気味な不穏さを潜（ひそ）ませている。

不気味で、不穏な光景だ。奇妙でもある。

紅く焼けながら雨を降らせる空を、初めて目にしたと思う。

笠の縁を持ち上げた拍子に足が滑った。

右足だ。

反対の脚に力を込め、辛うじて踏ん張る。幼いころ痛めた右足は、長く歩くと爪先から痺れてくる。普段なら気にも留めないし、障りにもならない程度のものだ。しかし、今日のようにぬかるむ悪路を行けば、いつのまにか鈍く痺れて思うように動かなくなる。

いや、違うな。

伊吹藤士郎は心の中で呟く。

泥濘のせいではない。気持ちが急いているのだ。身体が気持ちについていけず、前のめりになってしまった。

落ち着かねば。

己を戒める。

この逸る心を静めねば、為すべきことも為せなくなる。

戒め、言い聞かすのだが、ならばおまえの為すこととは何だと問われれば、確とは答えられない。

腋に抱えた一振りを確かめてみる。拵袋の上から油紙を幾重にも巻きつけてある。濡れる心配はないはずだ。

笠の紐を結び直し、脚に力を込める。草鞋の爪先がずぶりと泥にはまった。構わず歩き続ける。目指す場所まではまだ、二里半あまりある。しかも、ここからは獣道と大差ない岨道が続く。

空を焼く光が疾く薄れていく。日が沈んでしまえば、後には雨と闇しか残らない。晩秋の雨は冷たさを増すだろう。

急がねば。

藤士郎は半ば枯れかけた草を踏みしだき、前へ進んだ。

雨脚が強くなる。急勾配の道を水が流れ下って、悪路をさらに歩き難くしてしまう。

意外なほど近くで鹿が啼いた。

父上もこの道を通られたのか。

今向かっている能戸の沢に辿りつくには、この道を行くしかない。二十日前、父、伊吹斗十郎もここを上ったのだ。罪人として引き立てられて。

駕籠は使えないから徒であったろう。まさか、後ろ手に縛られてはいまいが、前後を役人に挟まれ、一切の私語を禁じられ、水さえ口にできなかったはずだ。

おいたわしい。

唇を噛み締める。父が大目付の配下に捕らえられ、能戸の沢にある牢屋敷に送られてから幾度となく繰り返した仕草だ。ついに唇が切れたらしく、血の味が広がった。

父のことだ、堂々と顔を上げて進んだに違いない。しかし、胸中にはどれほどの無念が渦巻いていたか。思いを馳せれば、知らぬ間に強く唇を噛んでしまう。

父上。

頬を流れる雨粒が口に入り、血の味を薄めた。


伊吹家は、代々、天羽藩六万石の大組組頭を務めてきた家柄だ。五百石取りで、執政の一角に上ったことも幾度かある。斗十郎自身も、高齢の筆頭家老津雲弥兵衛門が致仕したあかつきには執政入りは堅確、との評判をたてられていた。

鷹揚で磊落、草呑流の剣士としても名高い斗十郎の許には常に人が集っていた。門はいつも開け放たれ、特別な行事や祝儀、不祝儀がなくとも多くの者が出入りしていたのだ。母の茂登子は自らが包丁を握って、もてなしの料理をこしらえた。姉の美鶴も嫁ぐまで母を手伝い、客の膳を調えていた。

台所働きの下女は何人かいた。上士(じょうし)の妻女が包丁を握ることを誹(そし)る者もいたが、茂登子は一向に意に介(かい)さなかった。何より当主である斗十郎がそれを望んでいたのだ。「茂登子の飯が一番美味(うま)い」と。美鶴はその母に倣って気軽に台所に立った。

「母上さま、駄目です。そのようにふんだんに昆布を使われては、もったいのうございます」

「でも、このくらい使わないと美味(おい)しいお出汁(だし)は出ませんから」

「いくらお出汁のためでも使い過ぎです。昨今、昆布は値上がりして、いえ、昆布だけではありません。油もお米も値が上がっております。少しは倹約いたしませんと」

「それはそうですが、せっかくお越しくださったお客さまのおもてなしですし……」

「せっかくなんかではありません。尾上(おのえ)さまは三日前にも、坂上(さかがみ)さまや内野(うちの)さまだって十日に一度はお見えではありませんか。お三方とも、ちっともご遠慮くださらないんですもの」

「美鶴。口が過ぎますよ」

「でも、母上さま。そんなにご馳走(ちそう)が振る舞えるほど、わが家は裕福ではございません。そこのところをおわかりいただかねば」

「これ、そんな大声を出すものではありません。はしたない。みなさまに聞こえてしまいます」

「あら、聞こえるように申しているつもりですが」

「まあ、あなたという娘(こ)は」

母と姉とのそんなやりとりをしばしば耳にした。六百石取りの御奏者番(ごそうじゃばん)の家から嫁いできた茂登子はおっとりした気質で、何事につけ細々(こまごま)と気を遣(つか)うことをしない。美鶴は、そんな茂登子の娘とは信じ難(がた)いほどのしっかり者で、隅々(すみずみ)まで目の届く性分(しょうぶん)だった。母が緩(ゆる)め、姉が引き締める。それで家内は事無く回っている。

「伊吹家の安泰は、ひとえに女子(おなご)二人のおかげだ。足を向けては眠れぬな、藤士郎」

「はい、まことに」

「よいな、母上にも姉上にも逆らおうなどと、ゆめゆめ考えるでないぞ」

「はい。さように肝(きも)に銘じまする」

「うむ。それがよい。女子あっての男だ。機嫌を損(そこ)ねれば、明日から一菜が膳に上らなくなる」

父はよくそんな冗談を言って笑った。冗談だが、半分は本気であったかもしれない。

天羽藩の内情も、ご多分に漏(も)れず厳しい。何とか破綻(はたん)せずに済んでいるのは、この数年、天候に恵まれ、米と名産である藺草の栽培が順調であったからだ。ひとたび天災に見舞われれば、この安定は脆くも崩れ去る。蓄えられるうちに、僅かでも蓄えを増やしておかねばならない。藩では、一昨年から半知借り上げ、すなわち厳しい減禄を行っていた。

しかし、どれほど禄を削られても、武家は武家としての体面を保たねばならない。そのために汲々として努める。伊吹家もそんな現から逃れられはしない。暮らし全般に亘って、能う限り切り詰めていた。そこへ、ただで食って飲む客が度々訪れるのだから、美鶴の言い分にも一理はあるのだろう。

ただ、文句を言いながらも、美鶴が客をぞんざいに扱うことはなかった。身分の高低、老若、家格の上下に拘わらず、できうる限りのもてなしを心掛けた。

伊吹の家に人が集まるのは父の人柄ばかりではなく、母や姉の心延えにも大いによると藤士郎は思っている。

父の知己だけではない。藤士郎の友、市中、松原道場の仲間でもある風見慶吾や大鳥五馬も伊吹家を訪れるたびに、居心地がよ過ぎて帰るのが億劫になると言うのだ。

「この家はぴりぴりしたところがなくて、気が休まる」

しみじみと呟いたのは慶吾だった。五馬も首肯で同意を示す。

十日に一度か二度、稽古帰りに立ち寄るのが二人の習いになっていた。大人の客には苦口の美鶴も、弟の友人には優しかった。水菓子やら握り飯やらを、茶と一緒に自ら運んでくれたりもした。美鶴の握り飯は、ただの塩にぎりに胡麻がふりかけてあるだけなのに、驚くほど美味い。空き腹であることを差し引いても絶品だった。

「美味い、まったく美味い。塩の塩梅が絶妙なんだな。いくらでも食えるぞ」

大食漢の慶吾が握り飯をむさぼる。

「いくらでも食うな。わが家の米櫃が空になる」

「伊吹家の長子ともあろう男が、そんな細かいことを気にしてどうする。もっと、どんと構えていろ。ああ、ほんとに美味い。文句なく美味い……。うっ」

「どうした？」

「の、喉に痞えた。茶をくれ」

「馬鹿。おまえは餓鬼か。そこまでがつがつして、どうするんだ」

笑ってしまう。慶吾は茶を飲み干すと、手の甲で口元を拭った。それから、もう一度、ここは居心地がいいと呟いた。

「わが家なぞ、たいへんだ。藩校にしろ道場にしろ席次が一つでも下がれば、おふくろさまの機嫌が途端に悪くなる。眼つきも口調もみるみる尖って、鬼婆もかくやって面相になるからな。まさに、針の筵に座らされている気分だ。そうなると、もはや食気など覚えようがないぞ」

「言うに事欠いて鬼婆とは、言い過ぎだ」

「いや、ほんとうだ。前世は安達ヶ原に住んでいたやもしれん」

慶吾は、ため息を二度続けて吐き出した。

慶吾には父がいない。十年前、慶吾が四つの年に急な病で亡くなった。元服すれば慶吾が家を継ぎ、出仕する手筈にはなっているが、今のところ無役の百石取りである。これは、父親が亡くなって三月後に家禄半減を言い渡された結果だ。このご時世では慶吾の出仕が叶っても、元に戻る見込みはほぼない。それでも慶吾は、

「何もせずに禄だけもらうのは、些か肩身が狭い。そうかといって、もらわねば暮らしが成り立たんしな。一日も早く元服して出仕したい」

折に触れてそう言う。ほとんど口癖のようなものだ。

「おふくろさまだって、同じ気持ちだろう。おまえしかいないんだからな。だからついつい厳しくなるんだ。母心というやつではないか」

慶吾を諭す。口にしてから、やけに年寄り臭い台詞だなと、内心苦笑していた。

慶吾が唇を尖らせる。途端に童の幼さが面に滲んだ。

「わかっているさ。しかし、わかっているのとうんざりするのは、また別だ。時々、思いっきり蹴飛ばしてやりたくなる」

「おふくろさまをか?」

「うちの鬼婆をだよ」

「ひどい言い草だな。仮にも母親だぞ」

「ふん、藤士郎は、親姉弟に恵まれているから、そんな綺麗事が言えるんだ。顔を合わせるたびに、励め励めと尻を叩かれてみろ。鬼婆にも見えてくるというものだ。風見家の命運は全ておまえにかかっているのだから、だとさ。出仕しただけではなく、禄を戻し、さらに加増を目指せとのたまう」

「加増か。今のわが藩ではちと難しいな。よほどの働きをせねばならん」

「その、よほどの働きをしろと言われているのだ。戦国の世ならいざ知らず、太平の今の世でどうやって勲功をたてればいい?　やり方があるなら教えてもらいたいものだ。ああ、まったく」

慶吾は大きく伸びをして、畳の上に転がった。障子を開け放しているから、風が吹き込んでくる。光を纏った眩しい風だ。廂に区切られた空は青く、一刷毛の薄雲が浮かんでいた。

「ときどき、何もかもが嫌になる」

寝転んだまま、慶吾は長いため息を漏らした。視線は空に向けられ、流れる雲を追っている。

「もっと、気楽に生きられんものかなあ」

その口調があまりに暗く沈んでいたものだから、藤士郎はかける言葉を失った。

慶吾は、いつもどことなく飄々(ひょうひょう)とした気配を漂わせている。見ようによっては風格さえ感じさせた。

「風見はとてつもない大器か、どうにも使えぬ半端者(はんぱもの)か、どちらかに転がるだろうな。いずれにせよ、楽しみなことだ」

道場主で師範でもある松原猪之進(いいのしん)が、慶吾をそう評したことがある。なるほどと思った。確かに、慶吾には大きな気宇(きう)と、どう転ぶかわからぬ危(あや)うさ、幼さを等しく感じる。藩政の支柱ともなりうる資質と、浮雲のようにどこかに消え去ってしまいそうな頼りなさが同居しているのだ。

「まっ、でも、仕方があるまい」

ひょいと口調を変えて、慶吾は起き上がり、勝手に湯呑(ゆのみ)に茶を注(つ)いだ。指先の飯粒を舌先で舐(な)め取る。

「そういう風に生まれついたなら、そういう風に生きるしかない。鬼婆さまと何とか折り合いをつけて、日々を過ごすさ」

「そんなものか」

「そんなものだ。なあ、五馬」

部屋の隅で書を読んでいた五馬が、顔を上げる。色白の細面だ。かなりの長身だが眼差しも物腰も柔らかく、女子のようだと陰で揶揄する者もいる。しかし、面と向かって嘲笑する者は、少なくとも松原道場内にはいない。この女子のような少年には、天賦の剣の才が既に萌芽し始めている。それは、誰の目にも明らかだった。猪之進をして「後生、恐るべし」とまで感嘆せしめた才だ。

郡奉行支配下の郷方廻りの家の次男。

伊吹家はむろん、風見家よりもずっと低い、下士の身分だった。ただ、それは大人たちの世のことで、まだ元服もすまさず、藩校や道場で学ぶ藤士郎たちにとってはなんの関わりもない。垣根とも溝ともなりえないのだ。

友である。その一点において同等だった。

書物を閉じ、五馬は僅かに首を傾げた。

「……変わるかもしれん」

慶吾が顎を引く。

「変わる？　何が変わるのだ」

「慶吾のおふくろさまだ」

五馬は寡黙で、いつも、あまり多くを語らない。それがもどかしいときも、奥ゆかしいと感じるときもある。

「人は変わるものだ」

「うちの鬼婆さまが、菩薩になるとでも言うのか？」

「かもしれん。鬼子母神の伝もある」

王舎城に現れ子どもを奪い食った鬼女を、仏が彼女の最愛の末子を隠すことで戒めた。教導され、三帰五戒を受けた鬼女は、以後、王舎城の守護神となり、世の人々の子宝・安産・子育てなどの願いを叶えるようになったという。

「鬼子母神か。そりゃまた、大きな話だな。うちの鬼婆さまなら、せいぜい山姥止まりだろうよ」

慶吾が笑う。どことなく力のない笑みだった。

「鬼子母神の像を見たことがあるか」

五馬は慶吾から藤士郎に視線を移した。ないと答える。

「そうか、おれはある。子を懐にして吉祥果を持つ天女形と憤怒の形相の鬼形の、二つ像容があるんだ。そこがおもしろい」

「どう、おもしろいんだ」

真顔に戻った慶吾が身を乗り出す。五馬の口調には、他人を引き付ける力があった。

「母親というのは、天女と鬼の二面を持つのではないか。他人の子を食い殺す面と、全ての力で子を守り通そうとする面。どんな母親でもそうだ。要はどちらに光が当たっているか、それだけのことなんだと思う」

しゃべり疲れたという風に、五馬が口を閉じ、目を伏せた。

「なるほど、わかるようなわからないような……。どうだ、わかったか、藤士郎」

「要するに、おまえのおふくろさまの中にも、天女の如き慈しみの心がある。鬼女の面ばかりを気にするなということだ」

「そうなのか。うーん、そうかあ……」

慶吾が唸ったとき、美鶴が柿を手に部屋に入ってきた。

「おや、どうなすったの？　慶吾さん、珍しく難しい顔をして」

「いや、美鶴どの。それがしだとて思い悩むことはございますぞ」

「まっ、美鶴どのですって。それがし？　嫌だわ、慶吾さん。今さらそんなに気取らなくてもよいでしょう」

美鶴は口元を袖口(そでぐち)で覆(おお)い、小さな笑声(しょうせい)をたてた。軽(かろ)やかな澄んだ声が風と共に部屋を吹き抜ける。

「い、いや、気取っているわけでは……。ただ、いつまでも子ども扱いされましては些か心外と申しますか……」

「人は嫌でも大人になります。どう足掻(あが)いても子どもに戻ることはできません。ならば、そんなに急がず、じっくり子どものときを楽しめばよいではありませぬか。あまり背伸びをすると、すっ転んでしまいますよ」

「はぁ……すっ転ぶ、ですか」

慶吾は瞬(まばた)きし、まじまじと美鶴を見詰めた。

「では、美鶴さま。子どもの不躾(ぶしつけ)で、思うたことをお伝えしてもよろしいですか」

「はい、なんなりと」

「このところ急にお綺麗になられた気がしますが、それには、何かわけがあるのでしょうか」

「まっ」

美鶴の頬が仄かに赤らんだ。

「慶吾さんたら、いつの間にそんな手管を覚えたの。きっと、山染町のあたりで仕込んでこられたのね。困った人」

山染町は市中の西外れにある色町のことだ。裏路地には遊郭があり、芸妓置屋や出合い茶屋が軒を連ねる。天羽の男たちの多くは、ここで女を知り、酒を覚えた。昼間はうらぶれ、薄汚れた町だが、夜ともなると軒行灯や提灯に明かりが点り、女の嬌声や男の酔声が満ちて、猥雑で生き生きとした場所に変わる。

美鶴に睨まれて、慶吾は首と手を大仰に振った。

「まさか。山染町へなど、まだ一度も足を踏み入れてはいません。近いうちには是非ともと思うておりますが、残念ながら誘ってくれる者がいないので……」

「まあ、正直ですこと」

「それがし、いや、おれはいつだって正直です。騙りや世辞など申しません。今も、美鶴さまが綺麗になったと思ったから、思った通りをお伝えしただけです」

慶吾が胸を反らす。どうだという顔つきになる。なぜ、ここで威を張るのかと、藤士郎は少しおかしかった。

今年十八になった美鶴は、肌にも髪にも底光りするような艶がある。絶世の佳人というわけではないが、少し垂れた目元に愛嬌が零れ、佇まいに凜とした気配があり、全身から花の盛りの美しさが匂い立つようだった。いや、花の盛りは短いけれど、この女人の美しさは変わるまい。年を経れば、年を経た美しさを身につけるに違いない。そう思わせる品位のようなものを、

伊吹家の客の中には、美鶴目当ての者も少なからずいると、藤士郎は看破している。むろん、口にはしない。

「ひとまず、お礼を申し上げます。お褒めにあずかって嬉しゅうございましたわ、風見さま」

照れたのか、美鶴は少しぶっきらぼうな物言いをした。剝いた柿の実を皿ごと五馬の前に置く。

「五馬さん、柿が好物だったでしょ」

「あ、はい」

「頂き物ですが、とても甘いの。どうぞ、召し上がって」

「ありがとうございます」

膝に手を置き、五馬が丁重に辞儀をする。

「美鶴さま、当然、おれの分もありますよね」

「どうでしょう。柿を食べ過ぎると舌が滑りやすくなるそうですよ。慶吾さんは召し上がらない方がよろしいのではありませんか」

「え……。そんな話、聞いたことないけどなあ」

「ほほほ。でしょうね、出鱈目ですから。今、思いつきましたの」

澄ました姉の様子がおかしくて、藤士郎は噴き出してしまった。五馬も笑う。

「まったく、美鶴さまには敵わないなあ。いつも、してやられる」

美鶴が去った後、慶吾が肩を竦めた。竦めた後、にやりと笑い、柿にかぶりつく。

「これも美味い、美味いぞ。藤士郎、五馬、遠慮せずに食え食え。うん、甘い」

「おまえは少し遠慮しろ。五馬、食べろ。ぐずぐずしていたら、慶吾にみんな食われちまう」

「うん。では、ありがたく頂く」

五馬は律儀に両手を合わせると、一切れの柿に手を伸ばした。そのときには、慶吾はすでに二切れ目を口に運んでいた。

「しかし、美鶴さまが綺麗になったのは事実だろう。いや、今までだって綺麗だったが、ちょっとじゃじゃ馬っぽいところがあって……。まあ、そこがまた、よいのだが……。あ、これ、内緒だぞ。内緒」

「姉上は嫁に行かれるのだ」

藤士郎が告げた途端、慶吾が柿を勢いよく吐き出した。

「うわっ、汚い。馬鹿、顔にかかったではないか」

「うげっ、ごほっごほっ。と、藤士郎、い、今何と言った……」

「おまえの吐き出した柿がまともに顔にかかったんだよ」

懐紙を取り出し、拭う。

「いや、その前だ。嫁がどうとか」

「姉上のことだ。嫁入りが決まったらしい」

「嫁入り？　美鶴さまが嫁に行くのか？」

「そうだ。おれが行くわけがなかろう」

「おまえなんて、どうでもいい。美鶴さまがどこに嫁(か)されるというのだ」

慶吾が迫ってくる。口の端に柿の欠片(かけら)がくっついていた。真剣な表情をしている。

「確か、今泉(いまいずみ)の長子だと聞いたが……」

「今泉？　小姓組頭(こしょうくみがしら)の今泉さまのところか」

「だろうな。来月、結納を交(か)わすそうだ」

「結納……そうなのか。では婚礼は？」

「年が明けて間もなく。春の初めごろじゃないのか。おれは詳しくは知らんが」

「そんな他人事みたいに……」

「他人事じゃないさ。でも、おれが口を挟めるものでもないだろうが。姉上にとって、良縁であることを祈るだけだ。それに、今泉の屋敷は上川町にある。ここから近い。何かあれば、逢いに行けるさ」

嫁がれても姉上は姉上だ。

美鶴の嫁入りが正式に決まったときから、自分に言い聞かせている。ただ、姉のいなくなった屋敷内がどうなるか、思いは及ばない。淋しさだけが突き上がってくる。

「そうかあ……嫁入りかぁ」

慶吾が座り込んだ。意外なほど気落ちしている。

「どうした？　姉上を嫁にもらうつもりだったのか」

冗談で問うたのに、重い吐息が返ってきた。

「できるなら、そうしたかった。美鶴さまは、おれの憧れの女人だからなあ」

「なに、そうだったのか」

「気がつかなかったか」

「まるで」

「鈍い野郎だ」

三切れ目の柿を、慶吾は口に放り込んだ。

「しかし、姉上は今年十八だぞ。嫁に行くのが遅すぎたぐらいだ」

「歳なんてどうでもいい。ああ、くそっ。おれにもう少し甲斐性があったらなあ。せめて、出仕が決まってさえいたら、縁談を持ち込めたものを」

「持ち込んでも断られたはずだぞ」

「あっさり言うな。よけい口惜しくなる。ああ、おれの淡い思慕はほんとうに淡く消えちまったってことか。無念だ」

「気の毒にな。しかし、おれとしては、おまえが義兄になどならんで助かった。おまえを義兄上と呼ぶなんて、御免こうむる」

いつもならここで、「おれだって、ひねた弟なんて懐紙に包んで捨てちまいたいさ」ぐらいの返しはあるはずだが、慶吾は何も言わなかった。無言で柿を食んでいる。

おや、本気だったのか。

消沈した横顔を見ていると、ほんの少しばかりだが憐憫を覚えた。

ふっと視線を感じる。

五馬の視線だ。

「どうした？」

「うん……いや、美鶴さまが嫁がれるのなら、何か祝いをせねばなと考えていた。さんざん世話になったからな」

「祝いか」

「うん。美味い握り飯や水菓子をたらふく食わせてもらった。恩はたっぷりある。しかし、金があるわけではなし……」

「鬼子母神でも彫ったらどうだ」

　五馬は手先が器用で、道具さえあれば見事な細工物を作る。家では、内職に彫り師の真似事（まねごと）をしているとも耳にした。

「鬼子母神を？」

「そうだ。姉上だって、嫁がれたからには、いつかは母親になるだろう。子が生まれる。そのお守りとして、鬼子母神を差し上げるのはどうだ」

「やめてくれ」

　慶吾がかぶりを振った。

「子ができるということは、つまり、その前に、閨（ねや）で……。わあっ、やめてくれ、美鶴さまがそんなことを……考えたくない」

「考えねばいいだろう。とことん、馬鹿なやつだな」

「放っておいてくれ。どうせおれは馬鹿だ。どうしようもない間抜けだよ。ああ、この世には神も仏もいないんだ。おれは見捨てられた。ああ、もう、嫌だ嫌だ」

慶吾は畳の上に大の字に寝転び、ばたばたと足を動かした。駄々をこねる子どもそのものだ。

「慶吾、大きな赤ん坊だな。あまりかわいくはないが」

五馬の一言に、藤士郎はまた噴き出してしまった。

部屋に入ってきた蜻蛉がその声に驚いたように、すいっと身を翻した。目に染みる紅い体色の蜻蛉だった。

今年の春、美鶴は今泉家長子、宗太郎の許へと嫁いで行った。白無垢の花嫁姿が眩しいほど美しかった。

雨が降りかかる。

蓑はつけているが、徐々に身体にまで染みてくる。

風も出てきた。空は暗く、不気味なほどの夕焼けはもうほとんど残っていない。残っていたとしても、藤士郎には目にできなかっただろう。山に入り、頭上は木々の枝に塞がれている。空を望む術はなかった。

あの日は幻だったのか。

あの笑い声に彩られた日々は潰えた。ついこの前まで、ほんの二十日前までは確かにあったはずなのに。今は、幻でしかない。遠い昔日の出来事だ。

二十日前、普段と変わらず登城していった斗十郎は、闇が辺りを隠すような刻になっても帰ってこなかった。付き従ったはずの二人の家士からも音沙汰がない。下城の太鼓も鳴らず、城はいつにも増して黒々と聳えていた。

「どうしたのでしょうか。お父上に何かあったのでは」

茂登子が落ち着かなげに胸を押さえる。

「何か至急のお仕事があったのでしょう。ご心配には及ばないと思います」

母を励ますつもりで、わざと明るい物言いをしてみる。しかし、効果はなかった。藤士郎の浮ついた声音は、灯明に焼かれる小虫のようにあっけなく消え落ちてしまう。

胸走りがする。

動悸がして、背が汗に濡れている。

どうしてだか、わからない。今朝も、昨日も、その前も、父の様子に変わりはなかった。懸念を抱くようなことは何もないはずだ。なのに胸が騒ぐのだ。それは母も同じらしく、顔の色が優れない。

「藤士郎、町の様子はどうでした」

「わたしが帰ってきたときには、別段、変わった様子は見受けられませんでした。今、佐平を様子を見にやってはいますが」

佐平は、あしかけ三十年近く伊吹家に仕えている下男だ。歳はとっているが、足腰はしっかりしており、「まだ若い者には負けませぬ」が口癖だった。

「そうですか」

茂登子が俯く。

「何事も、なければよいのですが」

「何事もあろうはずがありません。父上も執政入りを噂される身、何かと面倒なお役目があるのではありませんか」

母を励ましながら、藤士郎の胸の動悸そのものが治まらない。

なんなのだろう、このざわつきは。

茂登子がつっと顔を上げ、微笑んだ。

「おや、気がつかなくてごめんなさい。夕餉がまだでしたね。お腹が空いたでしょう。支度はできていますから先にお食べなさい」

「母上は？」

「わたしは、もう少し待ってみます。あなたは明日に障るといけません。早く食べて、お休みなさい」

「はい」

と答えたものの、食気はまるで覚えなかった。それでも無理やり掻き込む。茄子の煮付けに豆腐汁、蕪の漬物が添えてある。どれも斗十郎の好物だった。

腹が満たされると同時に眠気に襲われた。現金なものだと己を叱る。けれど、眠い。

道場で五馬を相手に十本勝負の打ち合いをした。一本だけ打ち込めた。五馬から一本取れたのは、久々のことだ。五馬は剣を手に上へ上へと翔け上がっているようだ。いずれ、足元にも及ばなくなる日がくるだろう。そういう剣士と稽古ができる。幸運だと藤士郎は思う。幸運だが、厳しい。

疲れがじわりじわりと重さを増す。瞼が閉じてくる。部屋に戻り、畳の上に直に横たわる。

大丈夫だ。父上は間もなく帰ってこられる。

きっと……。きっと……。

眠りに吸い込まれる。

戸の開く音が聞こえた気がした。

あっ、父上がお帰りになったのだ。そうか、やはり心配することはなかったのだな。よかった……。

悲鳴が突き刺さってきた。

女の悲鳴、母のものだ。

飛び起き、台所に走った。

「母上」

台所の板場に茂登子が座り込んでいた。ぺたりと尻をつけ、喘いでいる。立ち居振る舞いの美しい母とは思えない姿だった。

母の前には若い女が立っていた。駆けてきたのか、肩で大きく息をついている。

「姉上」

美鶴だった。新妻らしく眉を剃り、鉄漿をつけた顔は別人のように臈たけていた。

「姉上、こんな刻限にどうなさったのです」

美鶴は答えない。

唇が震えている。喉がこくりと鳴った。

「姉上……」

「つい先ほど、今泉が下城してきました」

掠れてはいるが、しっかりと力のある口調だった。

「申すには……父上さまが、大目付さまの配下に捕らえられたというのです」

「捕らえられた？　どういうことです」

わかりません、と美鶴はかぶりを振った。少し痩せたのか、頬に陰影ができている。

「ただ、城内で捕らえられたということは尋常ではないと、今泉は申すのです。軽い罪ではなかろうと」

そこまで告げて、美鶴は上がり框に座った。これ以上、立っていられないという風に。美鶴は美鶴なりに必死に己を保って、ここまで来たのだろう。小女さえ連れていなかった。

風音が屋敷を包む。

藤士郎はその場に立ち尽くしていた。

闇の中に灯が浮かぶ。

闇は底なしの黒だ。山中では日が隠れる前から闇に包まれる。何もかもが黒一色に覆われる。

そこに一点、明かりが見えた。

人の灯した明かりだ。

藤士郎は足を止め、気息を整えた。頬を流れる水滴が汗なのか雨なのか判然としない。息は荒く、身体は火照るのに悪寒がした。

指先が冷えて痺れる。

急がねば。父上が待っておられる。

奥歯を噛み締め、前に進む。とたん、足が滑った。枯れ草と泥濘の上に膝をつく。泥水が跳ねて、顔に散った。

無様な。

もう一度、奥歯を噛み締める。ぎりぎりと軋みの音が身の内で響いた。身体が小刻みに震える。寒さゆえではない。己の無様さに、無力に、いたたまれないのだ。普段は忘れ去っている右足の不具合さえ、情けないと感じる。

眼の奥が熱い。

馬鹿な。ここで泣いてどうする。

叱る。己を叱る者は己しかいなかった。

立ち上がり、歩く。

明かりは遠く、儚げで、容易く闇に呑み込まれそうだ。

急勾配で上ってきた岨道はここで途切れる。山本来の道は雑木と藪に阻まれて行き止まりになるのだ。代わりに沢に向けて緩やかに下る道が現れる。人の手によって作られた道だ。罪人の道でもある。能戸の沢と呼ばれる一帯は、昔から所領内の流刑地とされていた。そこに牢屋敷がある。藁で葺いた屋根に荒土の壁。屋敷とは名ばかりの屋舎で、近隣の百姓家よりはましといった程度だ。しかし、窓にはことごとく格子が嵌まり、出入り口は固く閉ざされていた。奥に伸びる造りで最奥部には土間があり、そこは処刑場ともなるのだと、実しやかな噂が流布していた。

噂はただの噂に過ぎないのか。真実の一端なりと含んでいるのか。藤士郎にはわからない。この世はわからないことだらけだと、心底から思う。

それは己の年端のせいだろうか。未熟ゆえだろうか。その答えも確とは摑めない。

牢屋敷にのみ通じる道を藤士郎は下っていく。道はこれ一本だ。ここには獣道さえない。

水音が高くなる。いつもは涸れている沢が雨水を集め、勢いをつけている。さすがに頭上に被さる枝はまばらになり、空が望めた。地と同じ漆黒だろうと仰いだそこに、思いがけず星が瞬いていた。

雲が切れたのだろうか。狭小な隙間に一つだけの瞬きを見る。染み入るほど美しかった。

斗十郎の罪状と安否を藤士郎たち伊吹家の者が知ったのは、翌朝のことだった。伝えにきたのは、茂登子の実家島村家の当主、弥之介だった。茂登子より三つ年下の弥之介は、ひどく暗い眼つきで告げた。

「義兄上にはどうやら、市中の商人から賄賂を受け取り、その便宜を図ったと、かような疑いがかかっておるようです」

弥之介の一言に、茂登子が顔色を変えた。藤士郎も己の血の引いていく音を耳奥に聞いた。おそらく蒼白になっているだろう。美鶴だけが、能面のように表情を変えなかった。

「そのようなこと、あり得ませぬ」

茂登子が叫ぶ。ほとんど悲鳴だった。

「わたしとて俄には信じ難い話です。あの義兄上に限って、まさかと……。きっと、何かの間違いでしょう。あらぬ疑いをかけられてしまっただけのはず。正式なお達しがあったわけではなく、もしかしたら明日にでもお帰りになるかもしれません」

普段、茂登子が「あれで奏者番が勤まるのでしょうか」と気を揉むほど寡黙な叔父が、すらすらと慰めを口にする。姉の衝撃と苦悩を少しでも和らげるために、用意していた言詞であることは明らかだった。

その気遣いがかえって、父の陥った穴の深さを語っている。

「それで、今、伊吹はどこにいるのです」

茂登子が問う。抑揚のない強張った声音だった。茂登子なりに必死に己を律しているのだ。

「わかりません。大目付の詮議を受けているとは聞きましたが」

「そこで必ず、伊吹の身の潔白が証されるのでしょうね」

「さて、それは……」

弥之介は、詰め寄る姉から目を逸らした。

「弥之介どの、お答えくだされ。どうなのです」

「母上さま」

　美鶴が茂登子の背に手を置いた。

「叔父上さまを問い質(ただ)しても、いたしかたないことでございます」

「美鶴、でも、でも……」

「待ちましょう。父上さまが御法度(ごはっと)に触れるような真似をなさるはずがありません。きっとお帰りになります。わたしたちがそれを信じなければ、父上さまをお支えできませぬ」

　美鶴の声は凜として強かった。茂登子の指が娘の手をまさぐる。震える指を、美鶴はしっかりと握り込んだ。

「そうですね……。あなたの言う通りです。わたしたちがしっかりしなければ。今、一番お辛(つら)いのはお父上ですものね」

「はい」

　美鶴が顔を上げる。目の下にくっきりと隈(くま)ができていた。その隈に劣らぬ暗さが眼差しにこもる。藤士郎は身体に氷の棒を差し込まれた気がした。内側から凍っていく。姉の憔悴(しょうすい)が、これまでどこかぼやけて信じ難かった現(うつつ)を藤士郎に突きつけた。

　これは、夢ではない。笑って済ませられる小事でもない。

父上はもう……帰ってこられぬかもしれない。

身の内の凍えに、藤士郎は懸命に耐えた。

父とともに勘定方の役人が幾人かと、市中一の豪商と謳われた出雲屋嘉平が捕縛、投獄されたこと。武士の何人かは翌日には切腹して果てたこと。斗十郎は能戸の沢に監禁され、そこで取り調べが行われていること。そして斗十郎の罪は、やはり出雲屋からの賄賂承領であったこと。

諸々の事実が藤士郎たちの許に届き始めたのは、半月近くを経てからだった。それまでは、いや、今でも藤士郎たちは蚊帳の外に置かれたままだ。

耳に届いた報せの大半は、島村家と今泉家から、「聞いた話に過ぎぬが」の前置きと共にもたらされたものだった。

半月が過ぎ、季節は既に秋の終わりに差し掛かろうとしていた。

「藩は出雲屋に多額の借入金がございました。利平の支払いだけで、藩財政が圧迫されるほどの額であったそうです。その支払いを数年猶予することと引き換えに、藺草の仕入れと販売の独占を藩は約束したらしいのです。出雲屋からの借り入れの際も、今度の独占の話の際も、藩と出雲屋の橋渡しをされたのが父上さまであったとか」

曙色の振袖に身を包み美鶴が語る。子を生すまでは半元服として、娘の姿が許される。美鶴は丸髷こそ結っていたが、このところ鉄漿を落とし白歯になっていた。

その日、供の小女を連れて美鶴はやってきた。夫、今泉宗太郎から聞き知った報せを伝えるためだ。その日もと言うべきかもしれない。美鶴は足繁く実家に通ってくるようになっていたのだ。普段なら許されない行為だが、今泉家も茂登子も咎めなかった。茂登子は気丈な娘を頼りにも支えにもしていた。今泉家の黙認が、気遣いなのか冷淡なのかは知れない。少なくとも、藤士郎には見極められなかった。

母と弟を前に、美鶴は淡々と語り続けた。

「橋渡しの見返りとして、出雲屋から父上さまに相当の金子が渡っていたとのことです」

「馬鹿馬鹿しい」

藤士郎は吐き捨てた。

全て戯言、全て絵空事だ。でなければ策謀か、とんでもない誤謬だ。どれにしても、父に一分の罪もあるはずがない。

美鶴は弟を一瞥し、変わらぬ口調で続けた。

「出雲屋の独占により、藩内の商いは活気を失い、出雲屋のみが肥え太る仕組みができあがりました。それがさらに財政の逼迫を招き、天羽藩は出雲屋の力なくしては成り立たぬところまで追いやられようとしたのです。それで、江戸におわします殿さまの密命を受け、大目付が調べを進めていたというのです」

「殿さまの……」

茂登子が息を吸い込んだ。

藩主自らの差配による詮議だったとすると、事は周到に進められたはずだ。人まちがいを致した、申し訳ないで済む話ではない。

「それでは、父上の身の証はどうなります」

美鶴は弟を見やり、二度三度、首を横に振った。

「城からの正式な御沙汰が間もなくあるはず。それがどのようなものであっても、狼狽えることなく受けるようにと、これは、宗太郎どのから申し渡されました」

「父上を罪人にしたままにしておけと言われるのか」

思わず腰を浮かす。こぶしを固く握る。

「藤士郎」

茂登子が座したまま見上げてきた。

「静まりなさい。姉上を責めるのは筋が違います」

「あ……」

頬が火照った。恥ずかしくてたまらない。居住まいを正し、美鶴に頭を下げる。

「申し訳ありません。つい……」

「よいのです。わたしも同じでした」

美鶴が笑む。口元だけの笑みだ。眼はあの日からずっと、暗いままだ。

「わたしも、宗太郎どのに食ってかかりそうになりました。何とか、寸前で自分を律しはいたしましたが、胸の中では思いっきり罵(ののし)っておりましたの」

「まあ、美鶴」

「だって、母上さま、堪忍にも程(ほど)がございます」

不意に美鶴の口調が砕けた。伊吹の娘であったころの物言いだ。

「宗太郎どのは、すでに父上さまを罪人として見ておられます。そしてわたしを罪人の娘として扱おうとするのです。今泉の義父(ちち)も義母(はは)もそうです。三人で顔を寄せ合ってひそひそと何やら話し込んでいたと思ったら、伊吹の家をおとなうのは結構、しかし、日のあるうちはならぬなどとお申し付けになるのですよ。夜の闇に紛(まぎ)れてなら好きにするがよい、と」

「まあ、何という」

茂登子が眉を寄せる。藤士郎はとっさに庭へと目をやった。夜の闇どころか、昼下がりの明々とした光に溢れている。障子を開けていても冷えより温もりが感じられた。ここ数日、昼も夜もない心根であったから、明るい光景が鮮やかに映る。

「姉上、でも、昼間ですが」

「わかっていますよ、そんなこと。いくらなんでも、昼と夜を取り違えるほど呆けてはおりませんからね」

美鶴がわざと顎を突き出す。頤の線が滑らかで美しい。

「近々、宗太郎どのに去り状を頂くつもりです」

「まっ、美鶴」

今度は茂登子が腰を上げた。

「それを今泉も望んでいるのです。ただ、お家の安泰のために伊吹の娘を離縁したとあっては、些か世間体が悪いとお考えなのです。こちらから身を引けば、安堵されましょう。ね、母上さま、わたし、ここに帰ってきてもよろしいでしょう」

「美鶴、あなたって人は……」

茂登子が泣き笑いの表情を作る。

「わたしのために出戻りになるつもりですか。それはなりませんよ。伊吹の家は、わたしと藤士郎で守ります。あなたが心を尽くすことではありません。女は嫁いだお家のために」

「お家のために、離縁していただくのです」

　美鶴はもう一度顎を上げ、胸を張った。

「母上さま、今泉にとってわたしは障りなのです。わたしが身を引けば今泉に関わる全てのことが丸く収まります」

「美鶴」

「父上さまは潔白でいらっしゃいます。でも、潔白であることとそれを明らかにできることとは、また別です。宗太郎どのの口振りですと、重職の方々はこの件については早々の幕引きをお考えのようです。とすれば、父上さまは濡れ衣を着せられたまま、汚名を被ったまま、腹を召さねばならないかもしれません」

　ばしりと肉を打つ音が響いた。美鶴が頬を押さえ、姿勢を崩す。

「いいかげんになさい。あまりに口が過ぎますよ」

　娘を打った手をわななかせて、茂登子が言う。押し殺した低い声音だった。

「お父上は生きてお帰りになります。何の疾しさも罪もないのに、腹を召されるわけがありません。そんな負け方をなさるわけがないのです」

「勝てません」

姿勢を正し、美鶴が叫んだ。

「父上さまがどれほど強くとも、正しくとも、重職の方々が父上さまを罪人に仕立て上げるつもりなら、勝ち目はございません」

茂登子が蒼白になる。乾いた唇から息の音が漏れた。

「能戸に送られたのなら、それは父上さまが罪人として処されているからに他ならないのです」

「姉上」

藤士郎は姉の前に片膝をついた。

「お止(や)めください。母上のおっしゃる通り、些か口が過ぎます。姉上らしくございませんぞ」

美鶴が睫毛(まつげ)を伏せ、息を呑み込む。

「ええ……。そうですね。母上さま、藤士郎、お許しください。でも、でも……現(うつつ)は惨(むご)いものです。わたしたちはその現と戦わねばなりません。覚悟が……それだけの覚悟が入用(いりよう)なのです」

息が詰まった。

現と戦う。姉は今、戦(いくさ)の始まりを告げたのだ。覗(のぞ)き見た眼には、強い光が宿っていた。顔を背(そむ)けても眼を閉じても変わらない。現は逃げる相手に容赦(ようしゃ)しないものだ。それなら、対峙(たいじ)して凌(しの)ぎ切るしかない。だから、戦うのだ。

雄々(おお)しいな。

姉の覚悟の半分もできていなかったと思い知る。全身で現に立ち向かおうとする強靭(きょうじん)さが眩しかった。眩しくて見詰めていられない。視線を逸らし、庭に向ける。

ガサッ。

茂みが揺(ゆ)れた。躑躅(つつじ)の茂みだ。夏の初めには白と朱の二種の花が咲き、庭を彩ってくれる。今は半ば落葉し、網の目を思わせる枝の重なりが、ところどころに見て取れた。その茂みのまだ葉の落ち切っていない一端が揺れた。

「誰だ」

脇差(わきざし)を手に廊下に出る。誰何(すいか)の声を上げる。

「そこにいるのはわかっている。出てこい」

「藤士郎、お気をつけて。大目付の手の者かもしれませんよ」

美鶴が立ち上がり、囁(ささや)いた。

「心得ました。お任せください。姉上は母上と隣(となり)の部屋に」

「人を呼びますか」

「無用です。おい、出てこい。出てこぬなら引きずり出すまで」

庭に下り、鯉口を切る。人の気配が濃厚に漂う。

ガサガサと茂みは揺れ、色を変じた葉が落ち、言い争う声が聞こえてきた。

「おまえが先に出ろ」

「嫌だ。様子を見に行こうと誘ったのは、そっちではないか」

「おまえがあれこれ心配してるからだろうが」

「それはお互い様だ。ずっと気に病んでいたくせに」

「いいから出ろったら、ほら」

「うわっ、よせ。押すな、馬鹿」

茂みから人影が転がり出てくる。

「慶吾」

「あ……いや、どうも。久しぶりだな、藤士郎」

風見慶吾が作り笑いを浮かべながら会釈する。その後ろから、大鳥五馬が長身を竦めるようにして現れた。

「おまえら、他人の庭で何をしてるんだ。いい歳をして、かくれんぼか」

「そう、そうなんだ。五馬のやつが、かくれんぼをしようなんて言い出してな。ほんと、こいつはいつまで経っても童で困る」

「慶吾。出まかせをべらべらしゃべるな。藤士郎、すまん。忍び込む気はなかったんだ。ただ、そのちょっと……おまえがどうしているか気に掛かって……」

「裏門の閂は掛かっていなかったぞ。不用心極まりない話だ」

慶吾が澄まし顔で告げる。

戸締まりや家内の見回りは佐平の仕事だ。律義で、己の仕事に愛着と矜持を持っている下男が、それを疎かにしている。おそらく主家の変事に気もそぞろになり、何も手につかなくなっているのだろう。それは他の奉公人も同じで、台所仕事の小女も若党たちも、みなうなだれ、萎れていた。

あの朝、父の登城に付き従った家士二人は翌日の下午に帰ってきはしたが、藤士郎たちが知り得た以上のことを語れなかった。ただ、父の佩刀を携えて戻ったのみだった。

伊吹斗十郎の従者は沙汰あるまで下座敷に控えているように、と突然に命じられたまま空しく刻が過ぎたと、家士の一人、小野平介は身体を震わせた。

「お供に付きながら何もできませんでした。あまりに情けのうございます」

十五の歳から伊吹家に奉公に入った平介は、果鋭でありながら沈重な質も併せ持ち、斗十郎が殊の外目をかけていた家士だ。

「誰であっても何もできなかったはずだ。今になっても、事の詳細がわかっておらぬのだから、手の打ちようがあるまい」

藤士郎なりに慰めてはみたが、平介は暗く沈んだ眼つきのまま、うなだれただけだった。

暗く、重い。焦燥だけが募っていく。

当たり前にあった日々が崩れ始めているのだ。足元の床が砂に変わってさらさらとどこかへ消えていくような戸惑いに、藤士郎は度々襲われた。

「いや、門が掛かっていなかったからといって、勝手に入ってよい道理であるわけはないのだが……、つい、その……」

五馬が頬を染め、俯く。

「心配して来てくれたのか」

「うん、まあな。その、様々な噂が飛び交って……おれたちの耳にまで入ってくるものだから……」

「様々な噂とは、どんなものだ」

「それは、その……」

「なに、つまらんやつだ。気に掛けることは、裏門の閂ほどもない」

慶吾が右手を、はたはたと左右に振った。

「何をわけのわからん話をしてる。なんだ、誤魔化さなくてはならないほど悪辣なものなのか」

「さほどではない」

慶吾が声を潜めた。座敷の女たちに聞かせない配慮だろう。

「伊吹家は全員、屋敷内に蟄居させられているとか、大目付の配下が二六時中見張っているとか、間もなく屋敷から立ち退かねばならぬとか……。まあ、そんな類のものだ。知っていたか」

「いや、知らなかった。このところ、ほとんど外に出ていなかったからな。そうか、そんな埒もない噂がたっているのか」

城から家人への言い渡しは一言もなかった。蟄居閉門まではいかなくても、逼塞遠慮の刑はあるかと覚悟していたが、一切の沙汰が告げられなかったのだ。

「知らなかったのなら、余計なことをしゃべってしまったな」

慶吾が自分の額をぴしゃりと叩く。

「どうも、おれは口が軽くていかん」

五馬が苦笑する。

「言い訳のつもりなんだ」

慶吾に向かって顎をしゃくり、軽く肩を窄(すぼ)めた。

「いくら慣れた屋敷とはいえ、盗人(ぬすっと)まがいに勝手に忍び込んだわけだからな。噂が気になって覗きに来たとでもしておかなくては、格好がつかん」

「言い訳ではないだろう」

藤士郎も笑ってみる。頰の強張りは感じられなかった。

言い訳ではない。

慶吾も五馬も藤士郎たちを案じ、気を揉み、何を為せばいいか見当もつかず、ともかく逢えるものならと、ここまで来てくれた。庭木の陰に隠れるあたりが童(わらべ)しくはあるが、それも愉快だ。

「相変わらずですね、あなたたちは」

廊下まで出てきた美鶴がよく通る声で言った。

「三人でこそこそと。ふふっ、今度はどんな悪さをお考え?」

「美鶴さま」

慶吾の顔色が明るくなる。内側に明かりが点ったようだ。

「慶吾さん、お久しぶりでございますね。あら、風見さまとお呼びしなければならなかったでしょうか」

「慶吾で十分です。昔通りに、お呼びください」

慶吾が早足で進み出る。美鶴がすっと腰を下ろした。藤士郎の眼にも優雅な所作に映った。

「暫く（しばら）お見かけしないうちに、随分（ずいぶん）と逞（たくま）しくなられましたこと」

「本当ですか。いや、美鶴さまに褒められるとは望外の喜びです。嬉しいなあ」

慶吾の口調が弾（はず）む。

「子犬みたいだな」

五馬が、ぼそっと呟いた。

確かに、主人に頭をなでてもらって喜んでいる犬を思わせる。

「尻尾（しっぽ）が生（は）えてたら、ぶんぶん振っているのではないか」

五馬の生真面目（きまじめ）な物言いがおかしい。慶吾の尻に束（つか）の間（ま）だが茶色い尾っぽを見たようで、それもおかしい。

藤士郎は笑い出してしまった。

慶吾が振り返り、首を傾げる。

「何がおかしいんだ、藤士郎」

「いや、おまえの尻尾がな……」

「尻尾？　何の尻尾だ」

慶吾は両手で自分の尻を探り、眉を顰めた。

「そんなもの生えてないぞ」

今度は五馬も笑い声をあげた。美鶴の、そして茂登子の目元さえ緩んでいる。

藤士郎は笑う。

あの不安な夜から後、初めて本気で笑った。

胸がすく。すいたところに風が入り込む。ふっと芳しい匂いを嗅いだ。何の匂いだろう。花ではない。香でもない。でも芳しい。

はたと気がついた。

庭の匂いだ。

己が家の庭の匂いだ。苔や土や落ち葉の匂い、裸木の匂い、熟した柿の匂い、鯉の跳ねる泉水の匂い。それらが混然とした匂いだ。季節ごとに変わり、巡りながら、藤士郎が生まれるずっと前からここにあった匂いだ。

それを忘れていた。

今、改めて感じられた。

一陣の風が、身体の真ん中を吹き過ぎていく。

姉には及ばずとも、性根が据わった気がした。惑うのはもういい。思い悩むのも十分だ。ここからは、前を向く。敵の一太刀を受け止め、弾き返すために腰を据える。しなやかに構える。

「元気そうでよかった」

五馬が、ふっと息を吐いた。

「意気消沈していると思ったか」

「いや。消沈はしていないと思っていた。むしろ、おまえのことだから、力んで強張って、がちがちになってるんじゃないかと危惧していた」

「鋭いな、五馬」

「いや、おれの考え過ぎだったらしい。こうしてちゃんと笑っていられるのだから、よかった」

「がちがちだった」

苦く笑んでみる。

どこもかしこも強張って、息をするのさえ苦しかった。そのくせ、自分がどれほど硬直していたか気づかずにいた。本気で笑って、やっと息が通ったのだ。己を鼓舞する余裕が戻ってきた。

「おまえたちのおかげだ」

五馬はかぶりを振り、さっきより長く息を吐いた。

「伊吹さまが捕らえられたと聞いてから、慶吾と何度も話し合った。おれたちに何ができるだろうと……。でも、一つも浮かばなくて……実際、できることなんて、何にもないんだろうが。だから、ともかく逢いに行ってみようと思ってな。もしかしたら、中には入れないかもしれないとも考えたが、裏門が開いていてよかった」

表門は固く閉ざされている。昼も夜も開けられることはない。沙汰はなくとも、今の伊吹家の立場で門を堂々と開け放しておけば、城への反逆と受け取られかねない。閉ざすしかなかった。

「開いてなかったらどうする気だったんだ」

「慶吾は本気で忍び込む気だったらしい。鉤縄(かぎなわ)を古手屋(ふるてや)でみつくろうなんて言ってたからな」

「鉤縄？　おいおい、本物の盗人道具ではないか」

「まったくだ。どこまでが本気でどこまでがふざけているのだか、あいつだけはわけがわからん」

「案外、おれじゃなくて、姉上に逢いたかったのかもしれんな」

「確かに」

美鶴と熱心に話をしている慶吾は、もはや藤士郎のことなど念頭にないようだ。美鶴も柔らかく応じている。姉の和んだ表情に、藤士郎はまた一つ、気がついた。

姉もまた、張り詰めていたのだ。切れる寸前、ぎりぎりまで張り詰め、耐えていた。

しっかりせねば。

父に伝えねばならないのだ。

ご安心ください。お帰りになるまで、母上と姉上はわたしが守り通します、と。

「五馬」

「うん？」

「また、稽古相手になってくれ」

「ああ、いつでも。道場で待っている。ただし、手加減はせんぞ」

「当たり前だ。おれだって遠慮などしない。存分に打ち込んでやる。案外、二本ぐらいは取れるかもしれん」

「何本勝負のつもりだ。百本か？　千本か？」

「くそっ。その減らず口を叩き潰してやる」

藤士郎はこぶしを五馬の鼻先に突き出した。五馬の手のひらが、そのこぶしを包み込む。

温かかった。

第二章 夜の霧

慶吾と五馬が伊吹家にいたのは、四半刻(しはんとき)ばかりだった。たったそれだけだったが、気持ちは随分(ずいぶん)と楽になった。

力を与えてもらったな。

友二人に助けられた。

部屋の畳(たたみ)に寝転び、天井を眺める。

おれならどうだろうかと、考える。

慶吾や五馬に困難が降りかかったとき、二人のように駆けつけられるだろうか。

己(おのれ)の問いかけに答えを返すまでに、寸の間もいらなかった。

むろんだ。

むろん、そうする。何を捨てても、排しても、飛び出していく。自分がどれくらい微力であるか知っている。しかし、無力じゃない。微(かす)かな力を持っているのだ。そして、取りたてて事を為さなくても、変わらず傍にいることで他人を支えられる。今日、慶吾と五馬が教えてくれた。

あの友のように、為すべきことを為して生きる。

父の件が広まるにつれ、伊吹家をおとなう者は一人減り二人減り、今ではほとんど誰もいなくなった。時折でも顔を見せるのは、古くからの知己一人、二人と島村の叔父ぐらいだ。その知己や叔父だとて、正式な沙汰がくだり、父が罪人と決定されれば足は遠のくのではないか。絶縁はせずとも、それに近い形になるかもしれない。

これまで頻繁に出入りし、大いに酒を飲み、語り、笑っていた者たちは、地に吸い込まれでもしたかのように姿を見せなくなっている。みな、関わりたくないのだ。それはわかる。しかし、あまりに露骨ではないか。仮にも武士だ。伊吹家を見舞うだけの胆力を持ち合わせてはいないのか。大人たちの保身を目の当たりにしただけに、友の真っ直ぐな心様が凜々しい。清々しい。誇らしい気持ちにさえなる。

ちゃんと礼を伝えなくてはいけなかったな。

おまえたちのおかげで息が吐けた。笑うことができた。支えられた。どれほどありがたかったか。礼を言うぞ。

頭の中では言葉が巡るのに、口から出てこない。四半刻、美鶴の拵えてくれた握り飯を頬張り、茶を飲み、雑談をしただけだ。

「美鶴さまの握り飯がまた食えるなんて、夢のようだ」

と、慶吾は嘘でなく感じ入り、満足げな顔を見せた。

「ああ美味い。ああ幸せだ。これだけで来た甲斐があったというものだ。なあ、五馬」

「それは、些か見当が違うのではないか」

「そうだとも。慶吾、おまえ、おれを案じて来たのではないのか」

「誰がおまえなど案じる。干し柿と一緒に軒下に吊るされていても気にもならん。多少、気味悪いぐらいのもんだ」

「おれが干し柿なら、おまえはさしずめ鏡餅だな」

「それは、どういう謂だ」

「さしたる謂はない。気にするな」

「気になるに決まっているだろう。さあ話せ、藤士郎。おれと鏡餅の関わりをちゃんと説いてみろ。ついでに、もう一つ握り飯を食わせてくれ」

「なんだ、それ」

そんなとりとめのない会話を交わし、別れた。

あの場で礼を告げれば、慶吾も五馬もわざとそっぽを向くか、水臭いと怒り出すかだったはずだ。それでも、ちゃんと伝えるべきだった。

藤士郎は上体を起こし、耳をそばだてた。

表から人の気配が伝わってくる。門の開く音がした。

姉上がお帰りになるのか。

美鶴は日が暮れても、今泉の屋敷に戻ろうとしなかった。このまま婚家を去るつもりなのか。

「けじめだけはおつけなさい。今泉のみなさまに一言の挨拶もなく、こちらに戻るわけにはまいりませんよ」

茂登子の言葉は娘を諭しているようで、その実、実家に帰ることを認めるものだった。

違う。姉上なら表門から出入りはなさらない。誰かが来たのだ。

もしや。

立ち上がる。日はもうとっぷりと暮れていた。暗い。

天羽では、ときに夕暮れから初更にかけて霧がたつ。今日がそういう日になるようだ。闇の中をねっとりとした霧が流れていく、その気配が、座敷に座していても感じられた。

夜の霧は不吉な兆しだ。

行灯に火を点したとき、近づいてくる足音を聞いた。

美鶴だった。障子に手燭の明かりがぼわりと滲む。

「藤士郎、おりますか」

「はい、おります」

障子が僅かに開いた。手燭に照らされ、流れていく霧が見えた。

「明日、城から御使者が来られるそうです。たった今、報せが参りました」

やはりそうだったか。

「それは、父上にご裁断が下ったということでしょうか」

「おそらく」

美鶴は、どこかぼんやりした口調で答えた。

「明日は表座敷で、あなたが御使者をお迎えなさい」

「はい」

「御使者が御沙汰書を読み上げられたら、一言『謹んでお受けいたします』とお返しなさいませ」

「どのような内容であっても、ですか」

美鶴が目を細める。淡い光に浮かび上がった面は、別人のように妖艶だった。

繰り返し、姉に問う。

「どのような内容であっても、甘んじて受けなければならぬのですか」

「藤士郎。これは、城からの御沙汰です」

わたしたちに選ぶ道はないのだと、姉は眼差しで告げる。

「……明日のいつ、です」

「わかりません。御使者がいつ参られるのか、報せはありませんでした」

わからない……とすれば、明日は長い一日になる。

藤士郎は霧の流れる闇に目をやり、唇を嚙んだ。

霧の出た翌日は晴れる。

その謂れ通り、天羽の城下は朝から晴れ渡った。屋根瓦は光を弾き、山茶花の残り花は淡く射光している。冬が盛りを迎える手前の、天の加護を思わせるうららかさだった。

しかし、それも朝方だけだった。昼四つを過ぎたあたりから、風の向きが変わった。天羽一帯で〝しれと〟と呼ばれる山颪が吹き始めたのだ。冷たく硬い風だった。〝しれと〟は雲を呼ぶ。西の山々の後ろから黒鼠色の雲がゆっくりと空を覆い始めた。

炙られるような時が過ぎていく。

半刻、一刻、二刻……。

使者を待つ一時一時が身体のあちこちに突き刺さってくるようだ。これも責め苦の一つではないかと、藤士郎は本気で考えたりした。

茂登子は落ち着いていた。座敷を自ら掃き清め、花を活けた。佐平や下女に言いつけ、門前から玄関までを塵一つないほどに整えた。

美鶴はとうとう婚家には戻らず、実家で夜を明かした。着る物が二藍地の小紋に替わっていたから、端からその気でいたのだろう。

使者は空が黒雲に覆われ、朝方の眩しさが幻であったかの如く暗んだ昼過ぎに訪れた。

痩せた眼つきの鋭い男と、小太りの男の二人だった。小太りの男は冷風の中を来たにも拘わらず、薄らと汗をかいている。

沙汰書は、痩身の男が読み上げた。

使者の背後には床の間があり、茂登子の活けた花が飾られていた。薄紫の菊と南天だ。菊は仄かに匂っている。

「市中の商人と結託し、私腹を肥やし、藩の財政を損耗せし罪により、伊吹斗十郎に切腹を申しつける。伊吹家は家禄を二十分の一に減じ、屋敷を没収、家人は砂川村への領内所払いを命じる」

菊の香りを纏いながら使者は告げ、藤士郎を見下ろした。

「藤士郎」

美鶴が小声で促す。

「謹んでお受けいたします」その一言が出てこない。舌にからまり、喉を塞ぐ。

使者の眉が顰められた。

「異存はござらんな」

「父は認めましたか」

膝を進める。

「父は罪を認め、御沙汰に納得いたしましたか」

「藤士郎」

茂登子がかぶりを振る。制しているのだ。

「伊吹どのには今朝、同じ沙汰を伝えてある。それがしは同席しておらぬが、取り乱すことは一分一厘なかったと聞き及んでおる」

「対面は叶いませぬか」

うむと、使者は唸った。

「心中はお察し申すが、伊吹どのは能戸の沢におられる。対面は叶うまい。諦められよ」

「しかし、それはあまりに」

「明日、五つをもって刑を執り行う」

使者が声を大きくする。藤士郎の問いかけを遮り、拒むためだ。低頭するしかなかった。

「遺骸の引き取りの算段は無用である。場所が場所ゆえ道が険しく、素人では里まで下ろせぬ。藩で手配し、明龍寺まで運び下ろす。通夜、葬儀はなされるがよかろう。ただし、通常の如く行うわけには参らぬと心しておかれよ」

明龍寺は、領地の東外れに建つ山寺だった。昔から罪人や遊女の弔い場になっている。秋口には寺を囲むように彼岸花が群れ咲き、風と共に亡者の声を運ぶと言われていた。

「心得ましてございます。全て、承りました」

藤士郎の返事に、使者は顔つきを緩めた。

「では、昼までには明龍寺まで参られよ」

「は」

不意に使者が腰を落とし、藤士郎の耳に囁いた。

「お力を蓄えるが、肝要でござる」

顔を上げたとき、使者は既に立ち上がっていた。踵を返し、廊下に出ていく。美鶴が見送るために、そのあとを追った。

茂登子は動かなかった。俯いて、畳の一点を見詰めている。

「母上」

「能戸は、里よりよほどお寒いでしょうね」

視線を据えたまま、呟く。

「あなたたちには内緒にしておりましたが、お父上は、春先からお身体の調子が優れず、よく熱が出たり、下腹が痛いとおっしゃっていたのですよ。少しお痩せにもなって……。お医者さまに冷えが身体から抜けないのだ、冷えることが一番よくないと言われて……」

「ですから胴巻を拵えて差し上げたの。二重にして内側に温石を入れられるように工夫したのですよ。お父上は『重宝だ、重宝だ』と、たいそう喜んでくださってね。ほんとに、喜んでくださった。なのに、こんなことになって……せめて、せめて胴巻の一枚もお渡ししたかった。能戸はお寒いでしょうに……。また、熱が出ていなければよろしいけれど……」

「母上」

「母上……お気をしっかりお持ちください」

わかっています、と茂登子は頷いた。

「わたしも武士の妻です。取り乱したりはいたしません」

己に言い聞かせるように、茂登子は背筋を伸ばし、真っ直ぐに立ち上がった。その背に言う。

「母上、わたしが能戸の沢に参ります」

茂登子が振り返り、目を見開く。

「ただ今から発ちます。さすれば、宵には着けます」

「着いたからといって、お父上に逢えるとは限りますまい。いえ、お許しもなく参った者を対面させるはずがないのです。門は閉ざされたままでしょう。駄目です、藤士郎。それは無駄なこと。行って逢えるものなら、とうにそうしておりました」

茂登子はさっきの使者がしたように、藤士郎の前に膝をついた。

「藤士郎、これからです」

母と視線を合わせる。濃く浮き上がった隈が痛々しい。が、眼の色は意外なほど炯々として強かった。

「これから、わたしたちは生きていかねばなりません。死んではならぬのです。何があっても生き続け、お父上の潔白をいつか証してみせねばなりませせぬ」

「母上」

「このまま終わらせはしません」

茂登子が部屋を出ていく。

衣擦れが密やかに遠ざかっていった。

藤士郎は一人、廊下から空を望む。風に前髪をなぶられる。

真実はどうなのだろうか。

風に乗って走る雲を眺め、考え続ける。

商人と結託し、私腹を肥やした男が処罰される。それが表の相だとすれば、裏の相はどうなのだ。

父上は誰かの奸計にはまったのか。もしそうであるなら、誰かとは誰なのか。父上を人身御供にした相手とは……。

気配が突き刺さる。

殺気！

藤士郎は刀の柄に手をかけた。

「誰だ」

庭に視線を巡らせる。

風に煽られ、雨が斜めに落ちてきた。雨脚は瞬く間に強くなる。

殺気は寸の間で消えた。しかし、いる。

誰かが庭に潜んでいる。

慶吾や五馬では、むろん、ない。二人が殺気を発するわけがないし、ふざけて身を隠す要もない。今日は表の門も切戸も開いている。そこから入ってくればいいのだ。

「誰だ」

もう一度、誰何の声をあげる。

紅葉の若木の後ろから、影が一つ進み出た。地に這う薄闇が人の形をとったかのようだ。滲み出るように、藤士郎の視界に現れた。

若い男だった。前髪を落とした一人前の姿をしている。それでも、藤士郎より二つ、三つ年上なだけに見えた。

「ご無礼つかまつりました」

男は膝をつき、深く頭を下げた。まるで似ていないのに、五馬の面影が過った。線の細い、色白の顔立ちのせいではない。姿形ではなく……。

この男、遣う。

五馬と互角に戦えるだけの遣い手ではないか。

「何者だ。名乗れ」

男が顔を上げ、僅かに目を細めた。雨粒が頬を伝う。

ぞくりと、悪寒がした。

男は膝をついたままであるのに、白刃を煌めかせたように感じたのだ。いや、男が白刃そのものに思えた。

「柘植左京と申します。伊吹さまのお言付けを持って参りました」

「父上の！」

思わず庭に飛び降りていた。

「父上からの言付けがあるのか」

「はい。口頭にて申し上げます」

柘植左京と名乗った男は雨に濡れながら、父の言葉を伝えてきた。

「明日の朝までに能戸の沢にて対面したく、おいで願いたい。その折に、佩刀一振りを持参いただきたい、とのことにございます」

「能戸の沢まで行けば、父上に逢えるのか」

「短い間になりましょうが、ご対面は叶うはずです」

「わかった。すぐに支度をする」

柘植左京は無言で頭を下げた。その挙措にも隙がない。思わず問うていた。

「そなたは何者だ」

「藩より、能戸の沢にて伊吹さまのお世話をするよう仰せつかっております」

身の回りの雑用を引き受けているのなら、小者の身分か。

左京の身につけている物は、平介たち家士よりさらに質素だった。形は小者かもしれない。しかし……。

「では、これにて」

左京が音もなく退く。そのときになって初めて、藤士郎はこの男が腰に何も佩いていないことに気がついた。

丸腰？　まさか。

刀を帯びずして、あの殺気が出せるのか。

藤士郎は気息を整え、身体の力を抜いた。

「平介、平介、おるか」

家士を呼ぶ。平介が走り寄ってくる。

「お呼びでございましょうか」

平介は雨に打たれて立つ藤士郎の姿をどう取り違えたのか、はらりと一つ、涙を零(こぼ)した。

「城よりの御沙汰、聞き及びました。あまりに……あまりに無念でございます」

俯いた首筋と肩がわななく。

「平介、雨具(あまぐ)と馬の用意をしてくれ」

「は？」

「急ぎ、頼む」

「……これからお出かけでございますか」

「そうだ。刻がない。頼んだぞ」

「ははっ。では、それがしもお供つかまつります」

「いや、無用だ。一人で行く」

「しかし、藤士郎さま」

「頼む。一人で行かせてくれ」

平介の唇が微かに動いた。ここ数日で、白っぽく乾き、艶を失った肌を雨が打つ。

「畏まりました。馬は裏門に引けばよろしいでしょうか」

「うむ。頼む」

「はっ」

平介が厩のある裏手に消えた。

藤士郎は母と姉に宛てた短い置き文をしたためたあと、短袴に着替え、能戸の麓まで馬を駆った。

木々が被さる急峻な岨道では馬は使えない。麓からは馬を百姓家に預け、徒で行くしかなかった。

「今から、お一人でこの山へ？」

百姓家の主は眉間に皺を寄せ、不躾なほどまじまじと藤士郎を見詰めた。日に焼けた肌は鞣した革のような色をしている。乾いた藁と汗の臭いが混ざり合って、藤士郎の鼻孔を刺した。

「どうあっても行かねばならぬ用があるのだ。馬を頼む」

「そりゃあ、ええですがいね」

「あんた」

同じ肌色をした女房が亭主の袖を引き、顔を顰める。主は小さく喉を鳴らした。

「ああ、そういやあ、能戸の沢にお偉いお侍が捕まったたち話やったな。もしかして、お武家さんはお身内なんでつかい？」

「あんた、やめなったら」

女房はさらに強く、袖を引っ張った。亭主を押しやり、藤士郎の前に出てくる。痩せて、頬骨の浮き出た女だった。

「お侍さま、お馬はお預かりいたしますで。餌もやって世話をしときます。だけんど、厄介事に巻き込まれるんだけは御免こうむりますで。うちには、赤子がおりますけえな」

母の声を聞きつけたように、赤子が泣き出す。囲炉裏脇のいずめの中で、精一杯手足を動かしている。ふっと乳が匂った。

女房は警戒していた。雛を守ろうとする親鳥のように、必死の眼つきで立っている。命懸けの気迫が伝わってきた。

「むろん、厄介をかけるつもりはない。一晩、馬を預かってもらいたいだけだ」

そこで思い立ち、藤士郎は女房に金子を渡した。

「大切な馬だ。よろしく頼む」

吹雪と名付けた連銭葦毛のこの牝馬を父はかわいがり、自ら世話をしていた。

「銭が欲しゅうて言うたで、ねえですが」

「わかっておる。しかし、それは当然の手間賃だ。頼み事をしたなら、礼をするのは当たり前だろう」

女房は伏せていた目を上げ、藤士郎に向けた。亭主ほど不躾な眼差しではない。警戒の色は失せて、代わりに戸惑いのようなものが表れた。

「お侍さまは変わっておられますな」

「おれが？　変わっているか」

「へえ、随分と変わっておられますが」

あなたは生真面目過ぎます。あと一歩進めば堅物の域に踏み込みますよ。事にも人にも、もう少し柔軟に対しなさい。

美鶴に諭されたことはあるが、変人だと言われた覚えはさすがになかった。

「わちらに礼をするんが当たり前なんてお侍さまが言わしゃるんは、やっぱりどうにも変わっておられます。わちはそげなお侍に初めて会（お）うたで」

そこで、女房は初めて歯を覗（のぞ）かせて笑った。笑えば、仄かな華（はな）やぎが目元に表れる。思いの外（ほか）、若いのかもしれない。鞣し革の肌は齢（よわい）も情動も、ときには性別さえ隠してしまう。

「お馬はご心配のう。どうぞお気をつけんなって」

鄙（ひな）言葉に送られて、藤士郎は岨道に踏み込んでいった。そして、そこで奇異な光景に出合った。

篠突（しのつ）く雨の上で、空が焼けている。

紅色（べにいろ）に染まった天のあちこちに、縒（よ）れた紐（ひも）に似た黒雲が散らばる。

藤士郎は歩いた。

父の佩刀を携え、ひたすら歩いた。

今、能戸の牢（ろう）屋敷が目の前にある。

屋敷は土塀（どべい）に囲まれていた。粗末な造りだと聞いていたから、頑丈な塀があるとは意外だった。牢屋敷と呼ばれているからには、防壁があっても不思議ではない。それに思い至らなかった。ここでもまた、己の甘さに突き当たる。

壁はあるが門はなかった。扉というものがない。小さな切戸がついているだけだ。藤士郎を誘った明かりはその切戸の真上に取り付けられていた。蛸足の吊り灯籠のようだ。藤士郎のための道標であることは明らかだった。

切戸を押してみる。さほど苦労なく、内側に開いた。

塀と屋敷との間には七、八間の石畳が敷かれているが、その両脇は割き竹の立合垣が設けられ視界を塞いでいた。この闇の中では、梟や鴟でもない限り、何を見ることもできないだろうが。

石畳の先に、屋敷は黒々とした塊になって控えていた。

板戸が開いた。藤士郎が半歩下がったほどの唐突さだった。

「藤士郎さま、お待ち申しておりました」

手燭を掲げ、腰をかがめるその男を見て、藤士郎は息を呑んだ。飛び出そうとする叫びも呑み下す。

「そなたは……」

「さきほど、お庭にてお目にかかりました」

「わかっている。しかし……」

出立の準備と百姓家で多少時を費やしたとはいえ、藤士郎は屋敷から麓まで馬で駆けた。左京は徒であったろう。なぜ、ここにいる。なぜ、先に着くことができた。

「柘植、おまえは天狗か」

「は？」

「そうとしか思えんではないか。ここまで空を飛んだのか」

「はぁ……」

それまでほとんど動きのなかった面に、小波が走った。微かに表情が揺れたのだ。

「人が馬より速く走れる道理がない。そなたが天狗なら、なんとか話の辻褄が合う」

「……無理やり辻褄を合わせずとも、よろしいのではありませんか」

「合わぬと落ち着かん」

「しかし、天狗云々での辻褄合わせは、些か無理が過ぎまする」

「そうだな。あまり驚いたのでつまらぬことを言った。すまぬ」

つまらぬことだった。

この屋敷の中に父がいるのだ。

道理も辻褄もどうでもいい。

油紙を剝がし、拵袋に入った一刀を腋に抱く。

父上。

「御足をお洗いいたします」

板戸の中は狭い土間になっていた。掛け行灯の明かりの下に、左京が盥を差し出した。改めて、足元を見やる。泥に塗れ、枯れ草を張りつけ、汚れ切っている。

「構わぬ。自分でできる」

草鞋を脱ぎ捨てると、藤士郎は盥の中に足を沈めた。湯は程よく温かかったが、たちまち褐色に濁る。左京が新たな湯に替えてくれた。ついでに、足首から脹脛までを揉み解してくれる。身体の力が抜けていくような心地よさだった。痺れていた右足に血が巡り、感覚が戻ってきた。

「わたしは、この山で育ちましたゆえ」

指を動かしながら左京が言う。

「一帯は庭のようなものです。藤士郎さまには難儀な道も、目を閉じていても走れます。麓からここまで急げば半刻、いや、四半刻もあれば辿りつけるのです。種を明かせばそれだけのこと」

場所が場所ゆえ道が険しく、素人では里まで下ろせぬ。

使者の言葉がよみがえる。

山には玄人がいるのか。山野を自在に動き、山の全てを知り尽くした者たちがいるのだろうか。この男もそういう者の一人なのか。

それもどうでもいい。目の前の男が天狗の末裔だとしても、どうでもいいのだ。

「父上はどこにおられる」

「ご案内いたします」

左京は懐から手拭いを取り出すと、藤士郎の足を拭った。

「すまぬ。結句、手を煩わせたな」

「これが役目でございますから」

左京が先に立って廊下を行く。狭く長い廊下だった。人の気配はまったくない。雨戸を叩く風の音が、ほうほうと唸る。得体の知れない物の怪が吼えているようだ。微かに犬の遠吠えが聞こえた。あるいは、狼かもしれない。

足裏に冷え冷えとした廊下の感触が伝わってくる。どこからともなく線香の香りが漂ってきた。嗅いだ途端、鼓動が激しくなった。

線香は死者に手向ける香りだ。

息苦しさに、足がもつれそうになる。

左京が振り向いた。白い顔が無表情のまま闇に浮かぶ。藤士郎は丹田に力を込め、静かな視線を受け止めた。

廊下の奥はそこだけ帯戸になっている。左京が膝をつく。

「藤士郎さまがお見えになりました」

「通せ」

父の声だった。紛れもない父の声だ。

戸が横に滑る。一足一足を踏み締めて、部屋の中に入る。

頬が引き攣った。とっさに刀を抱き締める。

「父上……」

「よう来たな、藤士郎。苦労であった」

斗十郎は息子を見上げ、微笑んだ。

死装束だった。燭台の明かりに照らされて、白い装束は淡く射光して見えた。そのせいなのか、斗十郎の顔は蒼白く、生者の血の気を既に失っているようだ。

藤士郎は膝からくずおれそうになった。爪先に力を込める。先刻、揉み解してもらった足は身体の重みを受け止め、支えた。

背後で戸が音もなく閉まる。

「座れ。おまえに話しておきたいことがある」

「はい」

父の前に端座する。

「母上や姉上はどうしておる」

「二人とも、気丈に振る舞っておられます」

「そうか……。此度のことで、美鶴はさぞかし居づらい思いをしておろうのう。かわいそうなことをした」

「姉上はお変わりございません。伊吹の家にいたときのままです」

婚家を出る決意をしていると伝えるべきか迷った。束の間迷って、止めた。伝えずとも父は知っている。そんな気がしたのだ。

「藤士郎」

「はっ」

「茂登子を、母上を頼んだぞ。孝行してくれ」

「父上」

我慢できなかった。言葉がほとばしる。

「お教えください。いったい何があったのです。どうして、このようなことになったのです」

「詳しくは言えぬ。ただ、おまえが父を恥じることは一切ない。わしは潔白だ」

「わかっております。わたしも母上も姉上も、父上の潔白を疑ったことなど一度もありません」

そうか、と斗十郎は笑んだ。清々とした笑みだった。

「そなたたちが揺るぎなく信じてくれるのなら、それで十分だ」

「父上、父上は誰に陥れられたのですか。誰が父上をこんな目に遭わせたのです」

「それを聞いてどうする」

「斬ります」

斗十郎は暫くの間黙り込み、静かにかぶりを振った。

「わしは、誰に罪を着せられたのでもない。自ら捨て石になると決めたのだ。ここにこうしておるのは、わしの意志だ」

「捨て石と仰せられましたか」

「そうだ。藩政の膿を絞り出すための捨て石、捨て駒よ」

燭台の蠟燭が、じじっと鈍い音をたてた。身を焼く音かと思う。

「出雲屋と結託して巨利を得、藩政を壟断してきたのは、わしではない。傍から見れば親密にも思えたかもしれんが、それは飽くまで上辺だけのことに過ぎぬ。出雲屋にしても、執政でもないわしと手を結んでもさしたる益はない」

　斗十郎は顔を顰め、くつくつと笑った。

「では、執政のどなたかということですか」

「今は言えぬ」

「しかし、父上」

「斬らずともよい。いずれは、膿として絞り出される。よいか、藤士郎。藩政に深く食い込み、益を吸い上げておる商人は出雲屋だけではない。やつらは筍（たけのこ）と同じだ。地下に巣くう根を絶やさねば、どこからでもまた顔を出す。しかしな、商人たちの力、金の力がなければ藩はもう立ち行かぬ。いや、この世が回らぬのだ。それはいたしかたのないこと。が、かといって藩政の中枢（ちゅうすう）と一部の商人が、己の利のためだけに結びつくのは言語道断（ごんごどうだん）。藩を食い物にし、民を苦しめるだけの狼藉（ろうぜき）ではないか。伸び過ぎた根は、どれほどの苦労があろうとも掘り起こし、断たねばならぬ。今回の一連の出来事はその一歩だ」

「出雲屋は捕まったではありませぬか。屋敷財産没収のうえ、領外所払いになると噂（うわさ）されております」

「そうだ。しかし、藩政を正し、商人たちとまっとうな結びつきを構築するためには、まだまだ為さねばならぬことがある。事を急いで躓(つまず)けば元も子もない。わしは潔白だ。しかし、藩の未来(さき)のためとはいえ、心ならずも出雲屋とやりとりを重ねた。その責は負(お)わねばならん。わしは腹を切ることで、武士としての在(あ)り方を全(まっと)うするつもりだ。それはまた、藩政改革のための本気を知らしめることにもなろう」

「しかし、それでは父上は罪人のままではありませぬか。父上だけが一身に罪を負うて、それが藩政改革のためになりますか」

父の言は、筋が通っているようで、どこかちぐはぐだ。まだ、無念の想(おも)いを吐露してくれた方が納得できる。

胸にわだかまるような苛立(いらだ)ちを藤士郎は覚えた。

何かある。

「いずれ、おまえにもわかるときが来る。それまで、待て。事が全て終わり、政(まつりごと)が刷新されれば、家禄も元に戻ろう。それまでの辛抱だ。耐えてくれ」

斗十郎が僅かに眉を寄せた。

藤士郎はその場に平伏する。

父の命(めい)であるならば、どのような艱難辛苦(かんなんしんく)であっても耐えてみせる。凌(しの)いでもみせる。しかし、何だろうこの歯痒(はがゆ)さは。父と自分の間には薄い幕が張られ、影としてしか父の姿が窺えない。そんなもどかしさに焼かれる。

斗十郎が前屈みになっていた背を起こす。背筋を立て、藤士郎を見据える。

「刀をこれに」

「はい」

油紙は、草鞋を脱いだとき剝ぎ取った。錦織に房付き紐の拵袋のまま差し出す。

斗十郎は紐を解き、鞘を払った。

刀身が鈍く光を弾く。

暫く眺めた後、鞘に戻した愛刀を斗十郎は藤士郎の前に置いた。

「これをおまえに遣わす」

「……はっ」

蠟色塗の鞘は刀身とは逆に光を吸い込み、ぬらりと輝く。

「介錯せよ」

伏せた頭の上から、父の声が降ってきた。

首筋を強く打たれた気がした。骨が濁った音をたてる。

「何と……仰せになりました」

「今から腹を切る。その刀で介錯をせよ」

何も返せなかった。瞬きもできない。ただ、白装束の父を凝視するだけだ。血が引いて、頰が冷えていく。

白無垢に、茶筅髷。紛れもなくこれから切腹の座に向かう者の出立ちだ。この姿で、明朝を待つのだと思っていた。

「明日になれば城から人が遣わされる。その前に、己の思うように己の身を処したい」

「……父上」

「捨て駒とて意地がある。それを見せつけてやらねばならん。城の介錯人ではなく、血を分けた者に始末を託したいのだ」

斗十郎の唇の端がめくれる。

なぜに、誰に、命を懸けた意地を見せたいのか。斗十郎は語らなかった。口元を引き締め、眼に鋭い光を宿し、藤士郎を促す。

切腹は儀式である。武士にだけ許された死に様なのだ。だからこそ、作法がある。手順がある。身分による差異はあるが、諸侯であろうが下士に過ぎなかろうが、それぞれの作法と手順に則って従容と死に赴くのが武士の心得、あるべき姿だった。

城からの検使と介錯人を待ち、沙汰を受け、用意された場所で腹を切る。

藩の重臣であり、伊吹家の当主である斗十郎が、その手順を覆そうというのか。

「藤士郎」

静かに斗十郎が呼びかけてきた。

「父の最後の願いだ。聞き届けてくれ」

抗えぬ一言だった。

「は……」

戸惑いを押し殺し、低頭する。それから、ゆっくりと身を起こす。起こしながら、息を吸い込み、吐いた。蠟の匂いが染みた。

燭台の明かりが揺らめく。斗十郎の顔の上で、影が動く。おそらく自分の背中でも、影は蠢いているだろう。

手のひらに汗が滲み出てきた。

「一献、かたむけるか」

斗十郎は傍らにある膳を前に押し出した。白杯と銚子が載っている。そこにそんなものがあったとは、まるで気づかずにいた。

杯に満たされた酒は苦く舌を刺し、飲み下すのに苦労がいった。

「ふむ、美味い。末期の酒とは、こんなにも美味いものだったか。知らなんだわ」

杯を置き、斗十郎はおもむろに立ち上がった。雨戸を開ける。外は砂利を敷き詰めた庭になっていた。

雨はあがっている。空には星が瞬いていた。一つではない。雲は亀裂を広げ、さらに流れて消えようとしている。無数の星がさんざめく煌びやかな流れができていた。

夜気は氷室を思わせるほど、冷たい。吐いた息が白い塊になって、束の間、浮かび上がる。

砂利の上に白縁の畳が敷かれ、傍らに白木の燭台が置かれていた。時折、炎は風に揺れ、微かな音をたてた。

斗十郎は落ち着いた足取りで切腹の座についた。明かりの届かない闇の中から、左京が進み出る。足音も気配も伝わってこなかった。

三方を斗十郎の前に据える。祝儀とは逆の、綴じ目が外に向く据え方だ。九寸五分の切腹刀が載っていた。

斗十郎は装束の前をはだけ、左手で刀を握る。

「藤士郎」

「はっ」

一息を吐き、父の背後に立つ。

足が震えた。指先は強張って、鞘を払えない。刀を抜くことさえままならぬ。歯が奇妙な音をたてて鳴った。息が喉の奥で痞え、苦しい。

「許せよ」

前を向いたまま、斗十郎が詫びる。

「せめて、元服を見届けるまで守ってやりたかった」

「父上」

「強う生きろ。どのような苦難も凌ぎ切って、守るべき者を守れ」

「はい」

「そして、この、父の死に様を目に焼きつけておくのだ。忘れるな」

切腹刀が斗十郎の右手に移った。

指先の強張りが解ける。静かに、できるだけ静かに鞘を払い、八双に構える。汗が幾筋も背中を伝った。

風が凪ぐ。山は静まり返る。鹿の啼き声も狼の遠吠えも絶えた。ただ、静寂と闇と燭台の明かりだけがある。

「むんっ」

漆黒の静寂を破り、気合いが奔った。

斗十郎が左脇腹に切っ先を突き立てた。それを一文字に引く。

人のものとは思えぬ叫びが、己が口からほとばしった。叫びながら、無我夢中で上段に移した刀を振り下ろす。

刀身は首に届かなかった。狙いを外した一刀が斗十郎の肩を裂く。頭の中が白くぼやける。身体の至る所から汗が噴き出した。

二刀目も外れた。身動きした斗十郎の首を捉え切れず、後ろ頭を浅く斬ったのみだった。

どうすればいい、どうすれば。

口は渇き、全身が汗でしとどに濡れる。

斗十郎が血に塗れ、呻く。

影が走った。

脇差を抜いた左京が、傍らで白刃を構えた。揺るぎない姿勢だった。

「お替わりいたします」

静かな一言と共に上段に構える。

「ならぬ」

斗十郎が半身を起こした。

「介錯を許すは、藤士郎のみ。差し出がましい真似をするでない」

激しい一喝だった。左京がだらりと腕を下げた。無言のまま、無表情のまま、退く。斗十郎が微かに笑んだ。蒼白の顔には信じられないほど汗が噴き出していた。

「焦るな。落ち着け。恐れることはない」

藤士郎は両手で柄を握り締めた。

父の首を見詰める。

気息を整え、一息に振り下ろした。

血がさらに濃く臭った。


「あらまあ、お侍さま」

百姓家の前でくずおれた藤士郎を、百姓の女房が引っぱり起こした。

「どうなさったんけぇ。えらい泥だらけに……」

女房が口をつぐむ。藤士郎から一寸だけ身を退いた。血の臭いを嗅いだのだろう。

着替えはしてきた。用意してあったのだ。

何もかもが巧妙に仕組まれた芝居だった気がする。しかし、芝居でも幻でもない。現だ。現だからこそ、藤士郎は女房が退くほどの異臭を放っている。父親の血の臭いを纏っている。そのまま尻込みするかと思ったが、女房は藤士郎の腕に改めて腕を差し込んできた。

「さっ、起きなせえ。身体が冷えてしもうとるで。このままじゃ、凍(こご)え死んでしまいますがな。火に当たりなせえよ」

ずるずると、ほとんど引きずられるようにして歩く。女房の身体の温(ぬく)もりと、乳房の柔らかさが感じられる。

不意に、激しい情欲に襲われた。

女が欲しい。

女を知りたい。

熱湯のような欲望が身体を巡り、身体を食い破ろうとする。

これまで一度も覚えのない情動だ。

赤子が泣いた。

女房が白湯(さゆ)の入った椀(わん)を差し出してくれる。

「ゆっくり飲みなせえ。温まりますで」

「……かたじけない」

「お礼などいりません。たんと銭を頂いとりますで。何なら、休んでいきなさるとええ。まだ、夜が明けて間無しですけえの」

女房は赤子を抱き上げると胸元を広げ、乳を含ませた。何の遠慮も迷いもない動作だった。

鞣し革色の顔や腕からは思いもよらない、真っ白な乳房が剝き出しになる。そこに、赤ん坊がむしゃぶりついた。音をたてて、乳を吸う。生きるための音だった。情欲が淡々と消えていく。藤士郎は自分も薄れ、萎んでいくように感じた。老いて、髪や肌がぽろぽろと散っていくようにも感じた。

「ろくな物、食っとりませんのにな、何でか乳だけは余るほど出ますんで。おかげで、子どもは大きゅうになりますが」

女房が屈託なく笑う。

「子は男児なのか」

「へえ。男の子です。ようやっと四月を過ぎましたで」

「では、この家の跡取りだな」

「へえ、うちの惣領息子ですが。まあ、こんな貧乏ですけえ、子どもに遺すもんなんか何もありゃあしません。野良道具と、ちっとばかりの田畑だけですでなあ。飢えて死なんだけありがたいて、そのくらいの暮らしですけえ、惣領も次子もあったもんじゃねえです」

　あはあはと女房は笑い続ける。暗さは微塵もなかった。

「ご亭主はいかがした」

「夜が明ける前から田に出とります。間もなく、藺草の植え付けが始まりますで。忙しゅうになります」

「藺草か……」

「へえ。畳表に使う藺草ですが」

　白縁の畳が浮かぶ。

　血が染み込んでいた。

「後はお任せください」

　左京は言った。

「後始末については、全て仰せつかっております。藤士郎さまは急ぎ山を下りてくださいませ。明日のご遺骸の受け取りに万全を期していただきとうございます」

　夜気よりなお冷えた声音だった。

「藤士郎さま、これを」

　太刀が渡される。父の首を刎ねた一刀だ。拵袋に納まったそれの、ずしりと重い手応えに震える。

その後のことはよく覚えていない。

提灯一つを頼りに、山道を下ってきた。中途から月が出て、行く道を照らしてくれた。冴え冴えとした青い光は美しいのに、不気味だった。怖い怖いと思いながら、歩いた。月の光を恐れたのは初めてだった。

気がつけば、朝ぼらけの百姓家の前に立っていた。

「お侍さま、もう一杯白湯を召し上がりますすけ」

赤ん坊を抱いたまま、女房が覗き込んでくる。

「いや……もう十分だ」

「朝餉でも差し上げられるとええんですが。薄い粥みてえなものしかねえんです。それでもよろしければ」

「いや、本当に十分だ。世話になった」

藤士郎が粥を食えば、女房の食い分がなくなる。それくらいは察せられた。心遣いはありがたいが受けるわけにはいかない。それに、求食の念は一向に湧いてこなかった。

藤士郎は立ち上がり、両脚に力を込めた。

両手の指を握り締める。手のひらがまだ痺れている。父の身体に斬りつけたときから、ずっと痺れたままだ。この痺れがとれたら、肉の、骨の手応えが生々しくよみがえるのだろうか。

女房が吹雪を引いてきてくれた。

「餌も水もやってあります」

「かたじけない」

女房が首を振る。束ねただけの髪が背中で揺れた。

「お侍さまは、ほんによう礼を言われますなあ。わちらみたいな者をちゃんと人として扱うてくださる。お偉い方でございますが」

女房の視線から逃れるために、横を向く。

偉くなどない。

おれは小胆で、弱い。

もう少し剛の者であったなら、父に無用な苦しみを与えずに済んだ。もう少し剣の腕が確かであれば……。

「お馬はいつでもお預かりいたします。また、お出でくだせえ」

首が据わったばかりの赤子を背に括りつけ、女房が腰を折った。

「うむ。世話になった」

母の背で赤子は眠っている。女房はやや足を広げて立ち、馬上の藤士郎を見上げていた。どしりと重く、確かなものを感じる。地に根を深く張った大樹を見るようだ。大樹に守られて、赤子は貧しいながら健やかに育つだろう。

庭の隅で鶏が数羽、草をつついている。水溜まりに、明けたばかりの空が映っていた。吹雪の鼻から息が吐き出される。白い煙のようだった。

全てを朝の光が包み込み、淡く発光させる。

桃源を眺める思いがした。

これは、この世のものだろうか。

日に焼け、痩せて、ごつごつとした手を持つ女は神々しくさえある。雲に光が遮られれば、生き生きとした朝の輝きが失せれば、風景は真実の姿に戻る。女も家もみすぼらしく、食べていくのさえやっとの暮らしが剝き出しになる。

わかってはいるけれど、束の間、見惚れてしまう。

山は修羅、里は仙境。光に浄化されて血の臭いが薄らげば……。ふっと望み、いいや違うと思い直す。父の流した血の臭いを生涯忘れてはならない。忘れることはできない。

藤士郎は手綱(たづな)を握り、吹雪の腹を蹴(け)った。

吹雪とともに戻った藤士郎は、事のあらましを母と姉に告げた。

「……それが、お父上の望んだ最期(さいご)だったのですね」

茂登子の口気(こうき)は沈んではいるが、乱れはなかった。

「藤士郎、ご苦労でした。よくぞ、お父上の恩に報いてくれました」

藤士郎は黙したまま、膝の上でこぶしを握った。

母の労(いたわ)りが痛い。

手のひらはまだ痺れている。血の臭いは濃く纏わりつき、振り返った父の顔が闇の奥から浮かび上がる。振り払うつもりはなかったが、明るい光を見たかった。顔を上げる。美鶴の眼差しとぶつかる。

「葬儀の手配は整えてあります」

美鶴が言った。

「身内だけで目立たぬようにせよと、御使者から告げられております。だからこそ、きちんとお見送りをいたしましょう」

「はい」

斗十郎の遺骸を明龍寺の門より外に出すことは許されなかった。寺裏の罪人墓地に葬(ほうむ)られることになる。

「父上さまをお迎えに参りましょう」

美鶴が立つ。

微かに香が匂った。

葬儀はひっそりと、ごく短い時間で執り行われた。

藤士郎、茂登子、美鶴の他には、島村弥之介と平介、佐平の三人が出席したのみだった。他の奉公人はすでに暇(ひま)を取らせたと、美鶴から聞いた。葬儀が終われば、日をおかず屋敷を明け渡さなければならない。

「悲しんでいる暇などありません。この慌(あわ)ただしさは、お城のお偉い方々のお取り計らいでしょうかしら」

美鶴は皮肉っぽく言い、唇の端をほんの少し持ち上げた。

不敵な笑みだった。美鶴は、時折、こんな笑みを浮かべる。はしたないとその都度、茂登子に咎(とが)められてはいたが、今日の顔様(かおざま)は胸を突かれるほど美しく見える。

今泉家は代理の者さえ寄越(よこ)さなかった。

「些か薄情ではないか。仮にも妻の父の葬儀だぞ」

弥之介が不満を漏らしたが、美鶴は黙って前を向いたままだった。

読経の声が響き、線香の煙が細く上がる。

あいつは、いないのか。

柘植左京の姿を視線で捜す。

気配も物音も放たず、風景に溶け込んでしまう男はいくら目を凝らしても、見当たらなかった。

父の亡骸はきれいに血を拭われ、腹には晒が巻かれていた。首は丁重に縫われ胴と繋がり、藤士郎の付けた傷も全て、巧妙に隠されていた。眼も口も閉じられ、薄らと笑んでいるとさえ見受けられた。それは、

「生きておいでのようですね」

と、茂登子が吐息を漏らしたほど穏やかな顔様だった。

切腹の後、左京は一人でこれだけの支度をしたのだろう。城からの遣いを待っていては遺体は強張り、瞼も唇も閉じなくなる。

何者なのだ。

城から遣わされたと言った。とすれば、藩士の一人であるのか。そして、あの若さ

で能戸の牢屋敷の警護と罪人の世話を引き受けているわけか。それとも、今回のみの役割であったのか。

何者なのだ、いったい。

流れる煙を追うともなく目で追って、藤士郎は口元を引き締めた。

数日の後、藤士郎たちは伊吹の屋敷を出た。佐平だけを供にした。高齢で身寄りがなく、他家への奉公は叶いそうになかったからだ。

「それがしも、なにとぞ、なにとぞお連れくださいませ」

平介は地に伏して乞うたが、茂登子は聞き入れなかった。

「そなたはまだ若い。わたしたちと一緒に砂川村に引っ込まずともよい。奉公先は探してあります。そこにお行きなさい。そして、伊吹の家にいたとき同様、しっかり励むのですよ」

「しかし、わたしは一生ご奉公のつもりで……」

「新しい暮らしを始めねばなりません」

茂登子はぴしりと言い放った。

「そなたもわたしたちも、新しい場所で生きねばならぬのです。いつまでも未練を引きずっていかがいたす」

「奥さま」

「平介、そなたの忠義に礼を言います。今まで、よう尽くしてくれました。これからも息災に。誰かと所帯を持って子ができたら、顔を見せに来るのですよ。待っておりますから」

平介が地面に額を擦りつけたまま、咽び泣く。佐平が鼻水をすすりあげた。

家財を積んだ荷車を引く。佐平が調達してきた車は古く、車輪がぎしぎしと軋んだ。今にも外れそうで用心がいる。しかし、能戸の山道を行くことに比べれば、楽な道程だ。

砂川村は天羽の地の西の外れにある。城下からは四里あまり、一本の川を渡り、小さな峠を越えなければならない。

「今泉から去り状を受け取りました」

背に荷を括りつけて歩きながら、美鶴が言った。さらりと、空の様子を語るような口調だ。

「これで、伊吹の家に正式に戻れます。よろしくね、ご当主さま」

「当主?」

「そう、あなたが伊吹家の当主です。いずれは、父上さまの名を継ぐことになるでしょう」

惣領も次子もないと笑った女房の姿がふっと浮かんだ。

「わたしは、まだその器ではありません」

「それはそうです。一家の当主というものは、そう容易く引き継げるものではありません。あなたでは、まだ無理だわ」

「姉上……。そこまではっきりと言われますか」

「ええ、言います。あなたは世間知らずの若者だわ、人柄がよいのは認めますけれど。まだまだ、これからの精進がいりましょうね。でも」

「でも?」

「能戸の沢から帰られてから、少おし変わった気がします。何というか……」

空を見上げ、美鶴は黒眸を左右に動かした。

「大人になったのかしら」

「大人に? それは、どこか成長したという意味ですか」

「ええ、上手くは言えませんが、変わったような気がします。すごみのようなものを感じますもの、時折ですが」

それは、父を介錯したゆえなのかという問いを、藤士郎は呑み下す。いくら姉であっても問えることではなかった。

右足が鈍く痛み始めた。上手く力が入らない。

「若さま、替わりましょうか」

佐平が轅（ながえ）に手をかける。

「いや、構わぬ。年寄りに車は引かせられんからな」

「やつがれは年寄りではございませんぞ。まだまだ、若い者には負けませぬ。いつでも替わりますぞ。お申し付けくだされ」

佐平が胸を張り、轅を引く仕草をする。

「あら、腰が痛い、肩が凝る。やはり歳（とし）には勝てないと弱音（よわね）を吐いていたのは誰だったかしら」

「おじょうさま、それは聞き間違いでございましょう。やつがれは、そのような戯言（ざれごと）、一言も言うておりませんぞ」

「佐平、そのように意固地（いこじ）に言い張るのは年寄りの証（あかし）ですよ。無理はおやめなさい。腰を痛めて動けなくなったら大事（おおごと）です」

「これはまた、何ということを言われますやら。まったく、おじょうさまには敵いませんなあ。昔も今も、やり込められてばかりです」

佐平が白髪頭を掻く。

くすくすと美鶴が笑声をあげた。

姉上こそ、無理をしている。

藤士郎は美鶴の横顔を見やり、すぐに目を逸らした。

父を失い、婚家から冷たくあしらわれ、胸の内が平穏であるわけがない。その波風をおくびにも出さぬよう、振る舞っている。

姉の強さが哀れだった。

しかし、今の藤士郎ではどうしようもない。

「それにしても、世間とは冷たいものでございますなあ。あれほど旦那さまに世話になりながら、誰も見送りに来ぬとは」

「佐平、愚痴を零すものではありません」

「しかし、おじょうさま、あまりにも……」

「愚痴は心身を蝕むと申しますよ。おまえ、そのうちぐちぐちの病に罹ってしまいますよ」

「ぐちぐちの病とは、どのようなものでございます」

「その名の通り、愚痴しか言えなくなる病です。二六時中、愚痴、愚痴、愚痴ばかり。あっちを向いても愚痴、こっちを向いても愚痴。愚痴より他のことを言おうものなら、舌が腫れ上がって、息の管を塞いでしまうのですよ。病が重くなれば、息が詰まって苦しみながら死んでいくとか」

「ひえっ、ご勘弁を」

佐平が真顔で口元を押さえる。

藤士郎も笑い声をあげた。

姉を見習い、強くならなければと腹を括る。こんなときだからこそ、笑ってやる。笑い飛ばしてやる。

「世間は冷たいもの。一つ、学んだではありませんか。わたしたちは、あまりに何も知らな過ぎたのです」

美鶴の口調が硬くなる。

「これから知ることもたくさんありますよ、きっと。ねえ、藤士郎」

「はい」

「何があっても二人で、母上さまをお守りしてまいりましょう」

「はい」

「それに、世間に吹いているのは冷たい風だけではないはずです。温かな風も日差しもあるはずですもの」

「はい」

「そういえば、大鳥さまや風見さまはどうなすったのかしらね」

「はあ……」

慶吾も五馬も庭に忍び込んできた日以来、姿を見せていない。慶吾はおそらく、母親に伊吹家との関わりを絶つように諭されたのだろう。慶吾がそれに従うとは思わないが、出歩くのが難儀になっているのかもしれない。

五馬はどうだろう。どうしているだろうか。

思えば無性に逢いたくなる。

いや。強くならねば。

誰も頼らず、もたれかからず生きねば。

藤士郎は渾身の力を込めて、荷車を引いた。

第三章　風、疾(はし)る

峠(とうげ)の名は五治(いつじ)という。

五治峠。

その昔、峠一帯を荒らし回り村人たちを困らせていた五治という大狸(おおだぬき)を、旅の僧が法力(ほうりき)によって岩に閉じ込め退治したという口碑(こうひ)が残ると、佐平は言った。荷車を押しながらなので、息を弾(はず)ませている。

「あら、わたしは、五治は三百年を経た古狐(ふるぎつね)だと聞いた覚えがあるけれど」

美鶴が首を傾(かし)げた。

「いやいや、おじょうさま、五治は狸ですぞ。馬ほどもある大狸でございます」

「そうなの？　二尾(にび)の白狐(びゃっこ)ではなかったかしら。ねえ、母上さま、そうでございましょう」

「え？」

荷車の傍を歩いていた茂登子が顔を上げる。

「何か言いましたか、美鶴」

「この峠の名の由来です。佐平ったら、五治は狸だって言い張るのですよ。狐でございますよね。子どものころ、母上さまが五治狐の話を聞かせてくださいましたもの」

「……そうでしたか。さて、狐だったか狸だったか……」

茂登子は口の中で一言、二言、何かを呟くと、そのまま黙り込んだ。藤士郎と美鶴は顔を見合わせる。

美鶴の眼に影が宿る。

「この坂を上り切ったら、峠で一休みいたしましょうか」

影を払うように、美鶴は朗らかな声をあげた。

「佐平がすっかりまいっております。年寄りは労らねばなりません」

「おじょうさま、お願いでございますから、やつがれを年寄り扱いするのはおやめくださ い。やつがれはまだまだ」

「若い者には負けませぬ」

美鶴が佐平の口真似をする。そっくりだった。おかしい。噴き出してしまった。

身体から力が抜ける。途端、右足が滑った。坂道の途中だ。荷車は軋みの音をたてながら滑っていく。

「あっ」

「わわっ」

佐平が道端に尻餅をついた。腹に横木が食い込む。奥歯を嚙み締め踏ん張ろうとしたが、四里近く車を引いて歩いてきた右足が思うように動いてくれない。

後ろに引きずられる。

「若さま」

佐平がもたもたと立ち上がった。

「くそっ」

さらに強く歯を食いしばる。

荷車一つ御せないで、峠一つ越えられないでどうする。

ふっと楽になった。車が止まり、軋みの音が止まった。

振り返る。荷物の陰に土器色の木綿小袖が覗いていた。

「柘植……」

「このまま押します。よろしいですか」

「頼む」

草鞋の下で土塊が潰れた。車は、佐平が押していたときよりずっと軽く、滑らかに進む。上り坂はそれなりにきつくはあったが、車の輪が空回りすることも滑ることもなかった。

四半刻もかからず、峠道を上り切れた。

さすがに息が苦しい。心の臓が激しく鼓動を打ち、喉の奥がひりつく。美鶴が竹筒の水入れを差し出してくれた。

美味かった。身体中に染み込むようだ。

「そなたも」

跪く左京に竹筒を渡す。

「かたじけのうございます。されど、藤士郎さまと同じ筒からいただくなど畏れ多く」

「渇いているなら、飲め」

左京が顔を上げる。こめかみから顎へ、一筋だけ汗が伝っていた。

「頂戴いたします」

両手で竹筒を受け取ると、左京は喉を鳴らして水を飲んだ。

「美味いだろう」

「まさに、甘露の如くでございました」

「手伝いに来てくれたのか」

左京を見下ろす。能戸の沢の牢屋敷で見たときより、幾分、若く思えた。

「藤士郎さまの力になるようにと、伊吹さまより言いつかっておりましたので」

「父上から？　そなたは、城から遣わされた身ではないのか」

とすれば、斗十郎が亡くなった今、伊吹家に関わる謂れはないはずだ。

左京が目を伏せた。それだけの仕草で表情が一変する。若さが掻き消えて陰りが滲んだ。五つ六つ、急に歳を取ったようだ。ただ、声音には瑞々しい張りがあった。

「わたしの役目は、牢屋敷に刑人が送られてきたとき、世話をすることのみ」

「刑人がいなければ、仕事はないというわけか」

「とりたててはありません」

あっさりと左京は答えた。

能戸の牢屋敷は主に上士を禁獄する場所だ。町方の牢とは違い、常に刑人がいるわけではない。反面、ここに送られてくる者は町方とは比べようもない重く込み入った罪科を背負っている。ほぼ全ての者に切腹の沙汰が下されると聞いた。とすれば、左京の言う〝世話〟の中にはその介錯や後始末も含まれているのだろう。父のときと同様に。

異な仕事だ。少なくとも、藤士郎の思案の外にある。

「父上の言いつけに従って、あちらを留守にしてよいのか」

「かまいません。好きにできますので」

「いや、しかし、なぜそこまでして父上の意に合わせねばならんのだ」

「伊吹さまには、ひとかたならぬ恩がございます」

恩とは何だと重ねて問おうとしたが、止めた。左京が横を向いたからだ。

「藤士郎、この者は？」

かわりのように美鶴が問うてくる。眼差しは、左京に注がれていた。

束の間躊躇い、藤士郎は真実を告げた。

「柘植左京と申す者です。能戸の牢屋敷で父上の世話を担ってくれておりました」

「まあ」

美鶴が目を瞠る。

「父上さまの……。では、では、ご最期の折も……」

目を伏せたまま、左京が答えた。

「お傍に控えておりました」

そうだ、この男は傍らにいた。身じろぎもせず、全てを見ていた。手のひらが熱い。父の骨肉の手応えが火照りとなって、よみがえる。

「柘植左京……」

背後で、茂登子の息を呑む気配がした。美鶴を押しのけるようにして前に出てくる。

「柘植左京と申しましたね」

「はっ」

「そなたが、旦那さまの最期に立ち会ったのですか」

「立ち会われたのは藤士郎さまです。伊吹さまがそのように望まれました。わたしはただ、能戸の屋敷でのお世話を仰せつかったのみでございます」

「そう……」

茂登子が視線を逸らし、空を見上げた。

頭上に張り出した枝先に残り葉が一枚、ぶら下がっている。舟底の形をした半枯れの葉はしぶといようにも、未練がましいようにも目に映る。空は青く、鳶なのか鷹なのか、羽を広げた鳥がゆっくりと輪を描いていた。

「砂川村まであとどのくらい掛かりますか」

誰にともなく、茂登子が尋ねる。

「峠を下れば、半里もございません」

佐平が前に向けて、腕を伸ばした。

「間もなく着くのですね」

茂登子は視線を地へと落とし、微かに笑んだ。

「では急ぎましょう。もう冬。日は直に暮れてしまいます」

そのまま背を向け、坂を下りていく。振り向く素振りも見せなかった。美鶴が急ぎ足であとを追う。

「わたしが前に回ります」

左京は股立ちを取り、轅の内に身体を滑り込ませた。素早い動きだった。止める間もなかった。

「いや、おれが引く」

轅を摑む。左京はちらりと藤士郎を見やり、かぶりを振った。

「下り坂で荷車を引くのはコツが入用なのです。下手をすると、勢いのついた車の下敷きになりかねません」

「え？　そ、そうなのか」

「はい。上りよりずっと難しゅうございます」

荷車を引くコツなど知らない。誰からも教わらなかった。

「若さま。この若衆にお任せしましょう。荷車の下敷きなどになったら、間違いなく骨が折れてしまいます。下手をしたら命にも関わりましょう。それに、任せた方がきっと捗がいきますし」

佐平が拝むように手を合わせた。つまらぬ意地を張るなとの合図だろう。さすがに、伊吹家一筋に奉公してきた老僕だ。藤士郎の性質を見抜いている。

「参ります」

左京が足を踏み出した。驚いたことに、車輪が軋まない。藤士郎が引いていたときは、ぎぃぎぃと不快で騒がしい音をたてていたのに、今は滑らかに小気味よく回っている。

「おぬし、何でもできるんだな」

「は?」

「何でもできると言ったんだ」

「いや、そのようなことは……」

「謙遜せずともよい。謙遜も過ぎると、かえって嫌みになる」

「謙遜する気は毛頭ございません。ただ、自分が何でもできるなどと思うたことは一度もありませんが」

「ほんとうか？　しかし、実のところ何でもできるじゃないか」

「そうでしょうか」

「そうだとも。荷車が引けて」

藤士郎は左京の横で、指を一本折った。

「山道を天狗のように駆けられて、足を揉むのが上手い。それに」

剣が遣える。

この男なら、首の皮一枚残した見事な介錯ができただろう。

胸の内が疼く。血と汗に塗れ振り返った父の顔が見える。眼の奥に刻み込まれてしまった。

指を握り込む。

「へえ、この若衆、天狗さまでございますか。道理で軽々と車を引きなさるはずで。これはまた重宝なお方ですな」

「重宝に使っていただいて結構です。大概の雑事はこなせますので」

藤士郎の足が止まる。荷車は止まらない。坂道を一定の速さで下っていく。

「待て、柘植。今、何と言った」

「大方の雑用はできると申しました。重宝に使っていただければ幸甚でございます」

「どういう意味だ。まさか、おれたちと一緒に砂川村に住む気ではなかろうな」

「いえ、そのつもりです」

「馬鹿な。おれたちは領内所払いを命ぜられたのだぞ。奉公人を雇う余裕などあるものか。あっても藩が許すわけがない」

「雇っていただかなくて構いませぬ。藤士郎さまから給金をいただこうとは思うておりません。先ほども申し上げた通り、刑人がいなければわたしの役目はありません。好きにできるのです。むろん、藩も了解のこと。ご安心ください」

「心配などしておらん。柘植、いったいどういう料見だ」

何を企んでいると口にするのは、さすがに憚られた。柘植左京が謀り事を秘めているとも、勘定ずくで近づいてきたとも思っていない。ただ、得体の知れない男であることは事実だ。

「おぬし、何者だ」

胸にわだかまっていた問いをぶつけてみる。

「城から遣わされたというなら、大目付の配下か。なぜ、たった一人で父上の傍に侍っていた。能戸の沢の牢屋敷の警護まで一人で担っていたのか。今、ここにこうしておるのは、お役御免になったからか。そして、何より父上はどうして」

　ふっ。

左京が嗤った。微かではあったけれど嗤い声を漏らした。

「何がおかしい」

「ご無礼をいたしました。藤士郎さまの口吻が少しおかしかったのです。まさか、なぜ、どうして……。ほんとうに、何でも知りたいとお望みなのですね」

「知らぬから知りたい、わかりたいと望むのは、人の本色ではないか」

「そのようにお考えですか」

「おぬしは考えぬのか」

　この世は広く、深く、ややこしく入り組んでいる。藤士郎にはほとんど何も見渡せない。能戸の岨道のようだ。闇に沈み、闇に覆われ、そこに何があるのか些かも窺えないのだ。それでも、だからこそ、仄かな明かりを頼りに見極めたいと望む。知ることを欲する。考える。それが人ではないのか。

「考えませぬ」

左京の答えはにべもなかった。

「そうか。随分（ずいぶん）と達観しているのだな。それとも、おぬしぐらいになると世間のことごとくを熟知しているわけか」

　さっき嗤われたことも含め、些か腹立たしい。が、すぐに恥じた。皮肉を言い、拗（す）ねた己（おのれ）を恥じる。耳朶（みみたぶ）が火照るほど恥じる。

　これでは、まるでひねくれた童（わらべ）ではないか。あるいは、あてこすりばかり言い募（つの）る年寄りだ。どちらにしても、ろくな者ではない。

　藤士郎がすまぬと詫（わ）びるより先に、左京が口を開いた。

「それに、知らぬ方がよいことも、存外多くあるように思えます」

「……そうか」

「知ってしまえば、知らなかったころには戻れませぬ。退路を断たれれば、前に進むしかできなくなります」

「進めばよいではないか。前へ前へ、一歩でも前に出るのは武士の本懐であろうが」

「待っているのが深い谷であっても、ですか」

「なんだと？」

「前に進めば谷底に落ちる。そうわかっていてなお前に出るのは、蛮勇（ばんゆう）を通り越して愚挙でしかありますまい」

「柘植、何の話をしているんだ」

「知ることは恐ろしいと、申し上げております」

風が山から吹き下ろしてくる。凍(こご)えた手が背中を押すようだ。上り坂でたっぷりとかいた汗が冷えていく。寒気がした。

「谷の底には何があるかわからぬ」

呟いていた。ぎいっと、車輪が鳴った。

「渓流が流れておるかもしれんし、涸(か)れ沢になっておるかもしれん。断崖に生(は)えているのは松か櫟(くぬぎ)か名もない雑木か、花を付ける木々なのか。それによっても、風景は違ってくるだろう。もしかしたら、道がついているかもしれん。それを辿(たど)れば沢まで下りられるのだ。うん、そうだ。柘植、そういうことだってあるだろう」

左京は答えなかった。前を向き、車を引いている。

「前に進みたいのだ」

もう一度、呟く。いや、呟きがほろりと零(こぼ)れてしまったのだ。

「前に進んで、知らなかった風景を見たい」

やはり、左京は無言のままだった。

道がやや広く、緩(ゆる)やかになった。頭上の枝で百舌鳥(もず)が啼(な)いた。甲高(かんだか)い声が耳に突き刺さる。

「もう一つ、尋ねたいことがある」

前を行く母と姉の後ろ姿を見やる。すっと背筋の伸びた美鶴と並んでいるからだろうか、茂登子の背中が随分と丸く目に映る。

斗十郎の葬儀を終えた後、茂登子は急に老いた。夫の遺骸を目にしたことで気力を根こそぎ奪われた。そんな風にさえ思える。

立ち居振る舞いが鈍くなり、歩いている最中に不意に立ち止まり、そのまま物思いに沈んだり、座り込んだままあらぬ方に視線を漂わせていたりする。いつもではない。時折、だ。大概のとき、茂登子は気丈に振る舞った。涙を見せず、美鶴に助けられながら諸々の事に始末をつけてきた。

上士の妻から罪人の家族へ。人生のうねりに翻弄されてきた身が、疲れ果てるのは当然だろう。今、茂登子を支えているのは、夫の無念を晴らすという一念と、美鶴が傍らにいる安心だろうか。小石の多い坂道を行く母の足取りが覚束ない。

藤士郎は胸の塞ぐ気がした。

茂登子を頼むと、父に言われた。遺言に近いあの一言を噛み締める。

「何をお尋ねでしょうか」

左京が問い返してくる。顔は前に向けたままだ。藤士郎を見ようとはしない。

「いや……いい」

息を吸う。冷えた山気が滑り込んできた。

百舌鳥がまた、高く啼いた。

城からの使者を待たず、自ら果てた。父の死に様は、藩の意向に叛いたものだ。そこに加担した藤士郎自身の罪を含め、何一つ沙汰はなかった。咎めの言葉一つ、なかった。父が粛々と命に従ったが如き、藩の対応だった。

何故だ？

おれが去ったあと、何をした？

まさか、何かしらの取り決めがあったわけではあるまい？

そして、牢屋敷があそこまで手薄だったのは、如何なる子細があったからだ？ 門番もおらず、左京以外の者もいなかった。塀は高かったが切戸に錠はかかっておらず、誘うように明かりが点っていた。そして、父からの召呼。

無我夢中のまま過ぎた日々の後、藤士郎は徐々に思考する力を取り戻していった。取り戻せば、疑問が膨らむ。思案して解けるどころか、考えれば考えるほど絡まって、糸口さえ摑めない。

しかし、左京を問い質す気は失せた。問い質しても、確かな答えが返ってくるとは思えない。知らぬ方がよいこともあると言い切る男に、全てを話せと詰め寄っても無駄だろう。

それに……と、藤士郎は再び、母の背に目をやる。

それに、これからの暮らしにも心を馳せなければならない。屋敷を追われ、禄の大半を失い、さて、この先どうやって生きるか。現の問題が立ちはだかる。胸の内の疑念より、まずはそれらを組み伏せなければ。母や姉を飢えさせるわけにはいかないのだ。

峠を下り切ると道は田の間を縫うように伸びて、向かい側の山裾まで続いていた。田には人がいた。忙しげに立ち働いている。

「この時期に田畑仕事があるのか」

稲の刈り入れが終われば、野良仕事は一段落つくとばかり思っていた。しかし、霜の降りる頃だというのに、百姓たちのある者は鍬をふるい、ある者は馬鍬を使って田を掘り起こしている。

「まもなく、灯心草の植え付けが始まりますので」

「灯心草？」

「藺草(いぐさ)のことです。藺の芯(しん)は灯心として使いますゆえ」

「しかし、まもなく真冬だぞ」

天羽藩は温暖な気候に恵まれてはいる。が、それでも冬は冬。雪こそ少ないものの、霜も降りるし、水も凍る。凍(い)てつく季節に植え付けなどできるのかと思う。

「灯心草は真冬に田に張った氷を割りながら植え付け、真夏の炎気に耐えながら刈り取ります」

冬に植え、夏に刈り取る。厳寒と酷暑の間に育つ草があったのか。知らなかった。

「また一つ、おぬしに教えてもらったな」

「教えるなどと、さようなつもりはございません」

荷車を引いて歩く武家の身なりの一団を、百姓たちは仕事の手を休め、見送る。畦(あぜ)で白い犬が吠(ほ)え立てた。

そういえば、世話になった百姓の女房も、亭主が藺草の田に出ていると言っていた。

「夏はこの辺り一帯が藺草に覆われます。緑の海が広がったようにも見えましょう」

「緑の海か……どのようなものであろうな」

藺草が藩の重要な産物であることは承知していた。砂川村一帯が栽培地であることも知っていた。しかし、藺草が田で揺れる様を見たことはない。城下の周辺にも田は広がるが、ほとんどが稲田だった。

次の夏、一面の緑の海を目にするのだろうか。この砂川村で。

「あそこです」

左京が声を大きくした。前を行く美鶴が足を止め、茂登子の背を軽く叩いた。

道よりやや高くなっている山裾の一画に、茅葺屋根の家屋が建っていた。崩れかけてはいるが土塀に囲まれ、塀内に落葉した大樹が聳えている。桜のように見受けられた。春には見事な花の盛りを楽しませてくれるかもしれない。

安堵した。

もしや、廃屋同然の家をあてがわれるのではと危惧していたのだ。目の前の家は古く荒れてはいるが、骨組みそのものはしっかりとしているようだ。これなら、雨露は十分に凌げる。

「おーい、やっと来たかーっ」

木戸門から男が飛び出してきて、両腕を大きく振った。

「慶吾！」

藤士郎は駆け出した。風見慶吾の許まで一息に走る。

「遅いぞ。日暮れまでに着かぬのじゃないかと、あれこれ気を揉んだぞ」

「おまえ、その格好はどうした」

慶吾は襷(たすき)掛(が)けに股立ちを取り、手に雑巾(ぞうきん)らしき布を握っていた。汗止めの鉢巻(はちまき)まで巻いているので、何とも珍妙な姿だった。

「掃除をしてたんだ、掃除を」

「掃除？　この家のか」

「他にどこの掃除をすると言うんだ。五馬は大工仕事をしてる。あいつ、すごいぞ。剣術や彫り物だけでなく、大工仕事も相当できる。この門も外れて落ちていたのをささっと直してな。なかなかの手並みだったぞ」

「だが、どうして……」

「五馬の親父(おやじ)どのがここを知っていたのだ。砂川村に住むならあの家だろうと」

五馬の父、新左衛門(しんざえもん)は郡(こおり)奉行の配下だ。郷方廻(ごうかたまわ)りとして、藩内の村々を、小さな山村に至るまで隈(くま)なく見回るのが役目だった。当然、村々の様子にも明るい。伊吹家の者がここに所払いになるという報(しら)せをいち早く耳にしたのだろう。

「で、親父どのがあちこち手入れした方がいいと言うものだから、二日前から泊まり込んで一仕事してたってわけだ」

「二日も前にか」

「そうだ。伊吹さまの葬儀にも顔を出さず……すまん。家人以外は一切立ち入りを禁じられて……」

「わかっている」

「けど、おれたちがいなくて随分と心細い思いをしただろう。藤士郎が淋しくて泣いてるんじゃないかと、おれは気が気じゃなかったんだ」

「笑わせるな。そういう戯言が、よくも平気で言えるな」

「はは、隠すな、隠すな。おれたちに逢いたくてたまらなかったんだろう。よしよし、よく我慢したな」

　慶吾が肩に腕を回してくる。

「五馬には逢いたかったが。今、どこにいる」

「居間の修理をしている。床に穴が開いていて……あっ」

　慶吾は腕を引くと、慌てて袴を下ろし、鉢巻きを取った。

「み、美鶴さま。お、お久しぶりでございます」

「まあ、慶吾さん。まさかここでお目にかかれるなんて」

　美鶴が大きく目を瞠る。

「は、はい。まあ、いろいろと……その……」

「慶吾と五馬は一足先に来て、家の修繕や掃除をしてくれていたのだそうです」

「まあ、何てありがたいこと。慶吾さん、お礼申し上げます」

「いや、そ、そんな。お礼だなどと。み、美鶴さまが喜んでくださるなら甲斐があったというもので……。あの、どうぞお入りください。あ、いや、ここはおれの家じゃなかったんだ。でも、ひとまず中へ。あっ、足元にお気をつけください。あははは」

「ありがとうございます。まあ、母上さま。ご覧になって。思っていたよりずっとりっぱなお家だわ」

美鶴が弾んだ声をあげた。

茅葺の一棟の他に納屋と馬小屋と思しき矮屋がある。馬小屋の方はほぼ壊れて、残骸になっていた。

父の愛馬、吹雪を思う。

家財道具ともども島村家に預けてきた。連れてくるわけにはいかなかったのだ。所払いのさい、持ち出せるものは身の回りの僅かな品のみだった。

「屋根も壁もちゃんとしておりますわ。よかったこと。ね、母上さま」

「そうねえ」

茂登子は暫く辺りを見回していたが、ふっと笑んだ。

「それで、母屋はどこにあるのです」

「え？」

「母屋です。物置はいいから、母屋を見たいわ。案内してください」

「母上さま……」

美鶴が一瞬、呆然とした顔つきになる。しかし、それは一瞬で消えて、眼の中に強い光が宿った。

「母上さま、ここが今日からわたしたちの家になります。この家だけ。他にはございませんの」

「え……」

「さっ、中を覗いてみましょう。どんな風かしら。楽しみです」

さらに声を弾ませ、笑い顔を作り、美鶴が茂登子の腕を引く。茂登子は大人しく娘に従った。

屋内は思っていたより明るかった。入ってすぐが土間になっていて、格子窓がついている。そこからも、屋根の煙出しからも明かりが差し込んでいたのだ。土間の隅には竈が設けられ、柴の束が転がっていた。その横には素焼きの水甕が二つ並ぶ。

土間に続いて板敷の間があり、囲炉裏が切ってあった。火が熾り、仄かな温もりを伝えてくる。これも、慶吾と五馬が膳立ててくれたのだろう。柴の燃える匂いが心地よかった。奥は小間と納戸の造りになっているようだ。それが間取りの全てだった。

「藤士郎」

奥から鉄鎚を手にした五馬が現れた。

「無沙汰をしたな。身体の塩梅はどうだ」

「ああ、いたって息災だ」

「そうか。何よりだ」

五馬が静かに笑む。以前と変わらぬ笑みだ。そう思い、五馬たちと屈託なく笑い興じていた日々を昔と感じている己に驚く。

「五馬さん、お心遣い、本当にありがたく存じます」

美鶴が頭を下げる。いつの間にか袖を括り、前掛けまで着けている。

五馬がその場に正座した。

「とりたてて何もできませんでした。目についたところを直し、ざっと掃除をしたぐらいです」

「十分でございます。お二人にはほんとに助けられます」

美鶴は肩を竦め、くすっと笑った。町娘のようなおきゃんな仕草だ。上がり框に腰かけていた茂登子は、それを咎めなかった。座ったまま、窓からの光を見詰めている。格子に区切られた光は細長い筋になり、茂登子の足元まで伸びていた。

「いつもお腹を空かせた童のようで、正直、手に余る弟が三人もいる心持ちでしたのに。いつの間にか、こんな風に支えてくださるほどのお方になっていたのですね」

美鶴の口気はしんみりとして、息子を語る母の如くだった。

「ささっ、では荷物を運び込みましょう。佐平、佐平、とりあえず荷を全て下ろしておくれ」

不意に忙しい口調になり、美鶴が足早に外に出ていく。五馬は立ち上がり、鉄鎚を軽く振った。

「美鶴さまは変わらずだな」

「ああ。変わらずにいてくれて助かる」

本音だった。塞ぎ込みもせず暗くもならず、美鶴が美鶴のままでいてくれる。それで藤士郎も平静を保っていられた。

五馬がため息をついた。

「お変わりにならないのはいいが、できれば……」

「うん？」

「もうそろそろ、子ども扱いは止めていただきたいのだがな」

「はは、違いない。どうも姉上にとって、おれたちはいつまで経(た)っても悪童のままらしい。困ったものだ」

「悪童のままか……。それはちょっと辛(つら)いな」

「辛い？」

「あ、いや。別にいいのだ。これから雨戸(あまど)の修理を」

五馬の動きが止まった。

全身に緊張が走る。指が鉄鎚の柄(え)を握り込む。

「何者だ」

掠(かす)れた呟きが漏れた。

左京が木箱を抱えて入ってきたところだった。竈の傍に丁寧(ていねい)に下ろす。それから身体を起こし、ゆっくりと顔を向けてきた。五馬の視線を受け止め、背を伸ばす。両手を下げた、いかにも力のこもらない姿だった。

「柘植左京という者だ」

短く告げる。左京が無言のまま低頭した。入ってきた佐平と一言、二言を交(か)わし、出ていく。

　五馬が大きく息を吐き出した。

「……藤士郎、あやつ何者だ」

　同じ問いを、やはり掠れた声で繰り返す。

「おれもよくわからん。能戸の沢の牢屋敷にいた男だ」

「能戸の沢に？　おまえ、行ったのか？　伊吹さまと対面が叶ったのか」

「うむ」

「では、最後に話ができたのだな」

「そうだな……。父上のお気持ちを聞くことはできた」

「そうか、何よりだ」

　五馬が気遣うように物言いを柔らかくした。

「どんな話をしたのか、いつか聞かせてくれ」

「あ……うむ」

「おれたちだって、伊吹さまの潔白を信じてはいるが、それをどう明らかにするのか、術が一つも浮かばぬのだ」

　五馬の一言、一言が染みてくる。

五馬、おれは父上を、と出かかった言葉を藤士郎はかろうじて、呑み下す。今、ここで全てを吐露してしまえば、五馬に際限なく寄りかかってしまう。手のひらに残る骨肉の手応え、幾度となくよみがえる血の臭い。それらが父のものであること。未熟さゆえに父に無用の苦痛を与えたこと。胸に去来する数々の疑念。行く末への不安。おののく心……。己の奥底に押し止めてきた諸々をぶちまけ、聞いてくれ、察してくれと縋ってしまう。

それだけは、許さない。

己が己を許さない。

自分が担うべき荷を誰かと分かち合うことなどできない。押し付けることは、もっとできない。ならば、黙って背負うしかないではないか。

「藤士郎？」

「あ、いや、何でもない。それより、柘植が気になるか」

「そうだな。上手くは言えんが、気配が妙に……。藤士郎」

「なんだ」

「あの男、人を斬ったことがあるのだろうか」

ああ、と声をあげそうになった。

そうかもしれない。父の背後で見せたあの揺るぎない構えは、人の身体を確かに斬り裂ける、斬り落とせるものだった。

「信用できるのか」

五馬が囁く。

「信用だと」

「そうだ。傍に置いて懸念のない男なのか」

信用できるできないを断言できるほど、左京を知らない。ただ、警戒する要はまったく感じなかった。

「盗み出せるものがあるわけではなし、用心することなんて何もないだろう」

「そういうものか。しかしな……得体の知れん男だ」

「わかっている。いつか正体を知りたいとも思っている」

何者なのか。父との繋がりも含め、暴き出してやる。

左京の運んだ荷に視線を移したとき、

「藤士郎、何をしています」

美鶴の叱咤が飛んできた。昼の光を背に戸口に立っている。

「慶吾さんを手伝って、いえ、あなたが主になって掃除を済ませてしまいなさい。それから、荷を解いてくださいな。ぐずぐずしている暇(ひま)はありませんよ。細紐(ほそひも)はありますね」

「は、はい。持っております」

紐で袖を括り、股立ちを取る。五馬が小さく笑った。

「勇ましい出立(いでた)ちだな、藤士郎」

「姉上の采配(さいはい)の下(もと)、一毛(いちもう)の乱れもなく働く所存だ」

「それは殊勝な心構えである。十分にお励みあれ」

五馬と顔を見合わせ、笑い合う。

よし、働こうと胸を張った途端、腹が鳴った。

「まぁ藤士郎。はしたない」

「しかし、姉上。腹が減っては仕事も捗(はかど)りませぬが」

「……そうね。昼餉(ひるげ)がまだですものね。わかりました、すぐに竈に火を入れましょう。あ、でも甕は空(から)だわ。水をどうしましょう」

甕の蓋(ふた)をとり、美鶴が戸惑(とまど)いの声を漏らした。

「迂闊(うかつ)なことに、弁当の用意をしていなかったのです。ほんとにうっかりしていました」

あまりに慌ただしい出立だった。さすがの美鶴も気が動転していたのだろう。

「水なら裏手の山に湧き水があります。村人たちはみな、その水を使っておりますから、後で運んでおきます」

五馬が伝える。

「それは助かりますが、昼餉には間に合いませんね。朝餉もろくに食べていないし、何か拵えないと……」

「それもご心配には及びますまい」

「え？」

美鶴が五馬を見詰める。五馬の頬が染まった。

「あっ、来た来た。やっと来た。遅うございますぞ」

外から慶吾の大声が響いてくる。続いて、応じる人の声や気配がざわめきになって届いた。

「どうやら、到着したもようです」

「え、どなたが？」

美鶴が戸口を振り返る。

風呂敷包みを提げた慶吾と二人の女が入ってきた。一人は太り肉で大柄、もう一人は痩せて背が高い。

「まあ」

と目を瞠ったのは茂登子だった。上がり框から腰を上げる。

「幾世どのではありませんか」

「茂登子さま」

太り肉の女が土間に膝をつく。痩せた女も後ろに畏まった。

「お久しゅうございます。本当にお久しゅう……」

慶吾の母は袖口で目頭を押さえた。

「本来ならば、早く……もっと早く駆けつけねばなりませんでしたのに……。茂登子さまにお会いすることに臆して……まことに、申し訳ございませんでした」

「何を申されるのです。よう、ここまで来てくれました。どうかお立ちになって。あ、こちらは？」

茂登子の問いかけに痩せた女が顔を上げる。華やかさはないが、涼しげな目元が清らかに美しかった。

「きちと申します。大島五馬が母親にございます」

「ああ、五馬どのの母御ですか。初めてお目にかかりますね」

「はい。茂登子さまにお目にかかれるような身ではございませんが、本日は無礼を承知でまかりこしました。どうぞ、ご寛恕くださいませ」

「とんでもない。五馬どのは藤士郎の無二の友ではありませんか。その母御にお会いできて、嬉しゅうございますよ。まあまあ、お二人ともそのように畏まらないでください。ともかく、お立ちになって。お着物が汚れてしまいます」

「よろしいんです、着物なんて。ただ、このごろまた一段と肥えてしまいまして……。ずっと畏まっておりますと膝が痛くて」

よっこらしょと勢いをつけ、幾世が立ち上がる。

「あら、ほんとに幾世どの……。あなた、少し肥えましたね」

「少しどころではございません。春先に比べると二貫近くは肉がつきましたようです。特にお腹回りがひどくて。帯に乗ってしまうほどでございます。こんな有様、慶吾を孕んだとき以来でございますよ。ほんと難儀な身体です」

「まあ、幾世どのったら」

茂登子が楽しげに笑う。

母のこんな声を久々に聞いた。

「ささっ、今日はみなさまに弁当を持参いたしました。きちどのと二人、腕に縒りをかけて拵えて参りました。お召し上がりくださいませ」

風呂敷包みを解くと、三段重ねの重箱と握り飯の包みが現れた。美鶴が子どものように声を弾ませる。

「まあ、美味しそう。こんなご馳走がいただけるなんて、お花見のようですわね、母上さま」

「ほんとに。桜がないのが残念なぐらいですね」

「佳人がこれだけ揃っておりますもの。桜の花に引けは取りませんことよ」

美鶴の冗談に、女たちがどっと沸いた。茂登子さえ口元を押さえながらも、身体を震わせている。伊吹の家ではこのところ見せたことのない姿だった。

「女ってのは、幾つになっても賑やかなもんだな」

慶吾が傍に立った。

「おかげで、母上の気が随分と晴れたようだ。慶吾、五馬、礼を言う。この通り、かたじけ」

最後まで言うことができなかった。下げようとした額を指で弾かれたのだ。

「うわっ、痛っ。慶吾、何をする」

「殊勝に礼など言うな。鬱陶しい。それに、礼を言わねばならんのはおれの方なのだ」

「うん？　どういうことだ」

「うちの鬼婆だ」

慶吾が幾世に向かって顎をしゃくる。

「実はな、おふくろのことだから、おれが伊吹家と関わるのを咎めるとばかり思っていた」

慶吾は風見家のただ一人の男子だ。夫の死によって半減された禄を元に戻し、家の安泰を見届けるのは幾世にとって悲願そのものだった。当主が罪人として処せられた家と関わっても百害あって一利なし、家の再建を損じると考え、息子から遠ざけようと腐心してもおかしくはない。

「それが違う意味で怒鳴られて、な。つまり、ここぞと動き回るな、堂々と助力せよ。ご恩に報いられるときではないか、となそりゃあもう、それまでの鬼婆が愛らしく思えるほどの剣幕で怒鳴られた。まさに、あれはまさに、鬼の形相だったな」

「恩だと？」

「うん。おれは知らなかったんだが、親父が亡くなったとき、おぬしの母上さまが何かと力をお貸しくださったそうだ。風見の家がなんとか立ち行くように、ご尽力くださったのだ」

「母上がか。しかし、そのころは、おれとおまえはまだ剣友ではなかっただろう。そもそも知り合ってさえいなかったな」

「うむ。昔、おふくろが娘時分、おぬしの母上さまの伯母上の許に行儀見習いに上がっていた時期があって、その屋敷で何度か顔を合わせたことがあったらしい。縁はそれだけだ。それだけの縁で、なにくれとなくおれたちに心を砕いてくださったわけだ。家禄が半減で済んだのも、おれが元服のあかつきには出仕が叶うとの確約をいただけたのも、伊吹さまのお力添えがあったからこそ。つまり、おぬしの母上さまのおかげだ」

「そんなことがあったのか」

「知らなかっただろう」

「知らなかった。しかし、母上らしいな」

「まさに」

茂登子は放っておけなかったのだ。自分の息子と同い年の幼子と二人遺された幾世を、放っておけなかった。手を差し伸べずにはいられなかった。

そういう人だ。

そして、幾世は茂登子からこうむった恩と情けを忘れなかった。胸に深く留め、今、峠を越えて会いに来た。思案に思案を重ねた末の行いだと察せられる。

百害あって一利なし。

家の再建を損じる。

お家のために、息子のために見て見ぬふりをして近づかぬのが得策と考える。それを忘恩、薄情と責めるのは容易いが、責めても何も変わらない。わが身の保身に躍起になるのは人の常と割り切った方が気は楽だ。

斗十郎が能戸の沢に送られてから、人の出入りははたりと止んだ。藩から禁じられたわけではない。そういう達しはなかったはずだ。表門は閉ざしていたが、裏門からは今まで通り出入りもできた。にも拘わらず、あれほど足繁く通ってきていた男たちは誰一人、姿を見せなくなった。

「露骨過ぎて、いっそさばさばしますね」

一度だけ、美鶴が口にしたことがある。それこそさばさばした口吻だった。恨みがましくも愚痴っぽくもなかったけれど、微かな怒気は含まれていた気がする。

蝶なら蜂なら虻なら、盛りの花にしか群がらなくて当たり前だが、人は虫ではあるまい。人としての途があるはず。途を外す者への静かな怒りと侮蔑を美鶴は滲ませていたのだ。

幾世とて、五馬の母きちとて、悩まなかったわけではあるまい。それでも逡巡の時を経て、人の途に沿うことを選んだ。

女人(にょにん)の方がよほど潔(いさぎよ)いな。

凛々(りり)しくさえ見える。藤士郎は笑い興ずる女たちを、近寄りがたいような心持ちで眺めていた。

「しかし、驚きだ」

慶吾が腕を組む。

「わがおふくろさまに娘のころがあったとは、考えたこともなかったなあ」

妙にしみじみとした口調がおかしい。

「当たり前だろう。おふくろさまだって、今の姿で生まれてきたわけじゃない。赤子のころも童のときも娘盛りもあったはずだぞ。なけりゃ化け物ではないか」

「だから、人より化け物に近いと思っていたのだ。それが、娘時分の行儀見習いときた。いやあ、驚いた。人の世とはまこと摩訶(まか)不思議だ。今でも信じられん」

「慶吾の驚き代(しろ)はそこなのか。些かずれているぞ」

五馬が苦笑いを浮かべた。

「あなたたち、何をこそこそしているのです。こちらへいらっしゃい」

美鶴が仄かに上気した顔で呼ぶ。

「きちどのが、味噌玉(みそだま)を持参してくださったのです。今、温かな味噌汁を作って差し上げますね。藤士郎、外の二人を呼んできてくださいな。あ、その前に水がいります。急ぎ汲(く)んできてください」

「姉上、人使いが荒(あろ)うございますぞ」

「使えるものは何でも使います。温かな味噌汁のためです。がんばりなさい」

確かにここで味噌汁を味わえるのはありがたい。思ってもいなかった音物(いんもつ)だ。味噌玉は味噌に出汁(だし)や刻み葱(ねぎ)、若布(わかめ)、干し海老(えび)などの具材を混ぜ込み、小さな玉にしたものだ。湯さえあればどこでも手軽に味噌汁が味わえる。

美鶴が箱から椀(わん)や小皿を取り出す。それをきちが並べ、茂登子が拭(ふ)く。幾世は重箱を並べ始めた。女たちが動き出したのだ。その気配に押されるようにして、藤士郎は外に出た。

荷を下ろしている佐平と左京に声をかける。

「二人とも温かな弁当にありつけそうだぞ。早く入ってこい」

「そりゃあ、ありがたい。実はひもじくて、目が回りそうでございました。いや、ありがたい、ありがたい」

佐平は両手を擦り合わせながら、家の中に入っていった。

「柘植も来い」

「わたしも……よろしいのですか」

「言うに及ばずだ。いくら天狗でも腹は減るだろう。なにも食わずに動き回るわけにはいくまい。来い。無用な遠慮をするな」

左京が瞬きする。一瞬、陰りが眼の中を走った。途方に暮れた者の眼のようだ。

こんな顔もするのか。

左京の何を知っているわけではないが、迷いとも戸惑いとも心細さとも無縁の者のように、考えていた。

天狗ではなく、人なのだな。

当たり前のことを思ってしまう。

左京はすぐに、表情を消した。なにも読み取れない面になる。そうすると、一気に冷え冷えとした気配を纏う。

あの男、人を斬ったことがあるのだろうか。

五馬の一言を嚙み締める。そこに姉の声がかぶさってきた。

「藤士郎、水を急いで」

現の声に背を押され、藤士郎は水桶を手に駆け出した。

昼餉は賑やかなものになった。

囲炉裏端に車座になり、握り飯を頬張る。味噌汁をすする。漬物をかじり、温かい茶を飲む。

左京だけは上がり框に腰かけていたが、あとはみな、好きなように座っている。これまでは、朝も夕も膳を前に父と向かい合って食べていた。それはそれで穏やかな時ではあったけれど、気詰まりだったのも事実だ。握り飯を手に寛いでいる自分に気がつく。背負い込んだ荷の重さを、束の間忘れていた。

「納戸で機織りの道具を見つけました。さほど壊れてもいないようだし、あれを使えないかしら」

美鶴が誰にともなく言う。

「まあ、美鶴さま。いつの間に納戸をお覗きになりました」

幾世が椀を口に運んでいた手を止めた。

「つい、さっきです。我慢できなかったのですもの」

「え？　なんの我慢をなさっていたのです」

「幾世どの、美鶴は童の折から納戸とかお蔵とかが好きな娘でしたの。薄暗くて、様々な物が仕舞われている場所があると覗かないではおられませんの。ひどいときには一刻も二刻も、潜り込んだまま出てこないこともあったのですよ」

茂登子が口を挟んだ。以前のままのおっとりとした物言いだった。

「あらまあ、それはまた……奇妙な癖でございますね」

「そうなのですよ。このまま癖が高じたらどうしようかと、随分、気を揉みました」

「高じはなさらなかったけれど」

幾世が声を潜め、茂登子がうなずく。

「ええ、この通り減じもしないままです。困ったこと」

「あら、ひどい。お二人してわたしを奇人扱いなさるおつもりなのですね」

美鶴が膨れっ面をしてみせる。

「美鶴、冗談はさておき、あなた、機織りを始めるつもりなのですか」

茂登子がすっと真顔に戻る。声音も幾分低くなった。

「はい、できればそうしたいと思っております。母上さま、覚えていらっしゃる？　わたしが十のとき、機織りを習いましたこと」

「ええ、よく覚えていますよ。女中頭のおふゆがよく機を織る者で、旦那さまの許しを得て古い機織りを持ち込んで、暇を見つけてはとんとんからりとやっておりましたね。あなた、それに夢中になって、ずっとつきまとって教えてくれとせがんでいたわね。そのせいで他の仕事がちっとも捗らないって、おふゆが困り果てていましたよ。蜘蛛の巣にひっかかった虫の気持ちがわかるとも言っておりましたね」

「まぁ、おふゆったら、そんなことを。今更、文句も言えないし、口惜しゅうございます」

美鶴がさらに頬を膨らませる。女たちがそれぞれに笑い声をたてた。

おふゆ、泣いていたな。

二十年以上、伊吹家に奉公してきた女中頭は別れが決まった日、人目も憚らず号泣した。

藤士郎にとっても幼いころから、なにくれとなく世話をやいてくれた女との別離は胸に迫るものがあった。美鶴や茂登子にすれば、さらに想いは募っただろう。しかし、そんな感傷はおくびにも出さず美鶴は、来し方ではなく行く末を語った。

「おふゆには迷惑だったかもしれませんが、本当に機織りはおもしろうございました。父上さまも母上さまも、わたしが機を織るのを笑って許してくださいましたし。

それに口幅っとうはございますが、わたし、なかなかに筋がよいと思うておりますの」

「確かにおふゆも褒めておりましたよ。お琴やお花よりも、ずっと上手だと」

「もう、どうしてそんな褒め方しかできないのかしら。それでは、わたしのお琴の腕がさっぱりのように聞こえるではありませんか」

「さっぱりだったでしょう。筋の良し悪しでなく、やる気がまるでないとお師匠さまが頭を抱えていらっしゃいましたもの。それで、とうとう匙を投げてしまわれてね」

「母上さま、お琴の話は棚に上げておいてください。今は機織りの話をしておりますの。わたし、もう一度、機織りがしとうございます」

それはむろん、武家の娘の手慰みではなく、仕事として励みたいという意味だ。

打たれた気がした。

家禄の大半は召し上げられたとはいえ、それは一時的なこと。いつかまた旧禄に復されると、どこかで考えていた。それまで凌げばいいのだと。

美鶴は違う。〝いつかまた〟などとあやふやな夢に縋ってはいない。現を生きるための手立てを模索している。ここでもまた、藤士郎は己の甘さを思い知らされた。

「このあたりの女は機でなく、筵や畳表を織ります」

それまで黙っていたきちが、遠慮がちに言葉を入れた。

「ただ、藺草を使っての筵織りは道具もいりますし、一朝一夕にできるものでもありません。美鶴さまが機を織られるのなら、その方がよろしいかと存じます。糸のご用意などは、お任せくだされば手配いたしますが」

「きちどのも機織りをなされるのです。しかも、お腕がすごくて。内職の域をはるかに超えておりますの。こう申してはなんですが、大鳥家の大黒柱はきちどのだと、わたしは密かに思うておりますよ。密かにですよ。ひ・そ・か・に」

五馬の耳を憚ってか、幾世が声を潜める。

「そんな、幾世さま、それは褒め過ぎでございます」

「ご謙遜を。美鶴さま、本気でなさるおつもりなら、きちどのにお習いなさいまし。この上ないお師匠さまでございますよ」

「まあ、ほんとに。きちどの、是非にお願いいたします。是非に、是非にご教授ください」

「そんな……わたしなどが……」

きちが頬を染めて俯く。その膝に手を置いて、美鶴がねだる。物言いは品よくあったが、本気の心根は伝わってきた。

「女って、逞しいなあ」

慶吾が一息、吐き出した。

「そうだな。気圧される心持ちがする」

藤士郎も正直に答えた。

「男子たるもの、落ち込んではおられぬというわけだ」

慶吾が背中を叩く。

「別に落ち込んではおらん。おれなりに明日を思案せねばな。人生、山あり谷ありだ。しかし、おもしろいことも心弾むことも、また、多くある」

こうして、支えてくれる人々がいる。そういう人々と一緒に、握り飯を味わう一時がある。

それを忘れまいと強く思う。

「その意気だ。なあに、禍福は糾える縄の如し、だ。な、五馬」

「え？　あ、うん？」

五馬が視線を慶吾の上に戻す。

「何か言ったか、慶吾」

「聞いてなかったのか？　どこを見ていた？　あ、まさか、美鶴さまに見惚れていたのではあるまいな」

「馬鹿を言え。おまえと一緒にするな」

五馬が端整な顔を横に向けた。

五馬が見ていたのは美鶴ではない。左京だ。

「やはり、気になるか」

「……そうだな。静かなくせに、妙に心を騒がせる男だ」

五馬が、そっと唇を噛んだ。

確かに静かな男だ。佇まいにも立ち居振る舞いにも静謐を感じる。その静けさはしかし、どこかに剣呑を潜ませていた。獲物を倒すために気配を消すように、抜き身の刀が何の音もたてないように静かなのだ。

「よく働きそうじゃないか」

慶吾が漬物を口に放り込む。

「きっと、いい助手になるぞ。重宝、重宝。母上、もう一つ、握り飯をください」

「慶吾、食べ過ぎですよ。だいたい、あなたは食べるばかりで励むということを知らない。そんなことで、風見のお家をどう守り立てていくつもりです」

「うへっ、また始まった。やっぱり鬼婆は鬼婆のままだ」

慶吾が首を竦める。

その仕草がおかしいと、女たちがまた笑った。

囲炉裏では火が燃え、湯が沸いている。日差しはうららかに暖かかった。小春日和(びより)の穏やかな刻(とき)が、ゆっくりと過ぎていった。

ふと、目を覚ます。

人の足音を聞いたのだ。

藤士郎は囲炉裏の傍から身を起こした。

慶吾も五馬もその母たちも引き上げた。佐平と左京は納屋で眠っている。母屋で一緒に寝るように勧めたのだが、二人とも頑(がん)として聞き入れなかった。納屋には乾いた藁束(わらたば)が山と積まれていて、格好の寝床になると左京は言った。

茂登子と美鶴は、納戸横の小間に寝具を敷いて枕を並べている。風が出てきたのか、板戸がかたかたと鳴っていた。

「母上……」

茂登子が土間に立っている。木綿の寝間着が闇に白く浮いていた。

「母上、いかがされました」

茂登子が振り向く。胸元が乱れ、乳房のほとんどが覗いている。母とは信じられないしどけない姿だ。

「母上さま」

物音と気配を感じたのか、美鶴が出てくる。

「どうなさいました。お寒うございましょう。お風邪を召してしまいます」

「おふゆはどこにいます」

母は女中頭の名を呟いた。

「風が強くなりました。台所の火を確かめねばなりません。美鶴、おふゆに、そのように言いつけてください」

藤士郎と美鶴は、思わず顔を見合わせていた。藤士郎は囲炉裏の種火に柴を投げ入れた。炎が燃え立ち、美鶴の面を臙脂色に照らし出す。

「おふゆ、おふゆ。どこにいます。ねえ、美鶴。おふゆはどうしたのでしょうね。おまつもお初もいないのですよ。みんなどこに行ったのか、あなた、知っていますか」

美鶴が茂登子の手を取った。

「お母さま」

子どものころの呼び方をする。

「おふゆもおまつもお初もおりません。ここにいるのは、わたしたちだけです。お母さまと藤士郎とわたし、それだけです」

「旦那さまは」

茂登子が叫ぶ。激しくかぶりを振る。

「斗十郎どのはいかがされました。まだ、城からお帰りにならないのですか。こんな夜更け(よふ)なのに、こんなに風が強いのに。どうしてお帰りにならないのです？　藤士郎、門の外を見てきてください。早く、急ぎなさい」

「母上……」

膝からくずおれそうになる。

美鶴が身体を震わした。

風の音が強まる。

人の細(ささ)やかな営(いとな)みを嗤っているような音だった。

第四章　科戸の風

年が明けて、砂川村の寒さはいっそう厳しさを増した。天羽は温暖な地で、冬でも霜が降りない朝もそう珍しくない。しかし、藤士郎たちが移り住んだ年の暮れから年明けにかけて、甕の水が凍るほどの冷え込みが続いた。

昼間は雪雲が垂れ込めて、霙交じりの風が吹き付けてくる。それが宵近くになるとからりと晴れて、星がさんざめく夜空となる。艶のある漆黒の空も煌めく星々も、美しくはあるけれど地を冷やす。温みを吸い取るようだ。

城下の屋敷にいたころは、目が覚めると湯が沸いていたし、おふゆたち女中の手で炭が熾されていた。朝餉の膳も整い、藤士郎はただそれを口に運ぶだけでよかった。

随分と呑気だったわけだ。

安逸をむさぼっていたとまでは思わないが、ぬるま湯に浸かっていたのは確かだろう。父の死は、藤士郎を湯の中から引きずり出した。徐々にではなく、突然に、だ。

風の冷たさがいっそう、染みる。

「藤士郎、こちらの暮らしが落ち着いたら、塾にも道場にも、これまで通り通うようになさい。よろしいですね」

砂川村に落ち着いた翌日、美鶴が念を押してきた。

「え？　塾もですか」

つい、口を軽く開けて瞬きしてしまった。そういう顔様が自分を幼くも頼りなくも見せるとわかっているから、普段は口を引き結び気をつけている。つい、だ。姉の申し付けが不意であったため、つい、油断してしまった。

藤士郎は十の歳から、朱子学者御蔭八十雄の開いた御蔭塾に通っている。それ以前にも、屋敷内で書道家のもと、読み書きは習っていた。松原道場に通い始める二年ほど前からだ。

そのどちらも続けよと姉は告げたのだ。

「しかし、姉上……」

御蔭八十雄は高名な朱子学者で、江戸の昌平坂学問所で学び、藩校の学頭を務めていた時期もあった。幼いころから神童と称されるほどの秀才だったが、気質にやや難があり、学頭の職もそれが因で解かれたとの噂がいまだに囁かれている。
さもありなんと頷けるほど、八十雄は偏屈だった。さらに、人にも物にも己の信念にも異様に拘りが深く、湯呑を置く位置を間違えたばかりに足蹴にされた門人や味噌汁の具の切り方が気に入らないと暇を出された女中、講義の最中にくしゃみをしただけで破門を言い渡された塾生などの例は枚挙に遑がない。

さらに、謝金は驚くほどの高額だった。身分や家柄で塾生を選り分けることはしなかったが、入塾を乞えば「御蔭先生の講義に相応しいと思われるだけのものは、ご用意願いたい」と副塾頭から告げられる。そのくせ、相応しい金額がどれほどなのか、はっきりとは伝えられない。

用意した金子が足らなければ、その場で拒まれる。いきおい、御蔭塾は裕福な家の子弟しか集えない場になっていた。今の伊吹家に御蔭塾に通えるほどのゆとりがあろうはずもなく、藤士郎は姉に言った。

「塾はやめるつもりでおりましたが」

途端、美鶴の眼差しが尖る。藤士郎は、これもつい、肩を窄めてしまった。

「やめる？　何を言っているのです」

「しかし姉上、今は」

「あなたが心配することは、何もありません」

叱咤の口調で、美鶴は弟の言葉を遮った。

「御蔭先生にはちゃんとお話を通しております。今まで通りに通って差し支えないとの仰せでした」

「姉上、御蔭先生と話をされたのですか」

美鶴の手が胸を押さえた。その胸を心持ち反らし、ええと答える。どことなく挑むような響きがあった。

「お会いしてきました。伊吹藤士郎をこのまま御蔭塾に在籍させてほしいと頼みに参ったのです。父上さまに切腹の沙汰のあった日でした」

あの日？　では、あの日、姉はすでに未来に向かって動き出していたのだ。

美鶴は一息つき、胸から手を離す。

「先生は快く承諾してくださいました。ただし、あなたの向学の志次第だそうです。その志さえあれば、掛かりの大半は当分免じてくださるとお約束くださったのよ」

軽く目を伏せ、美鶴は続ける。頰が僅かに赤らんで早口になっていた。

「御蔭先生が父上さまと学友であり、一時、同じ道場に通った剣友でもいらっしゃったこと、あなたも知っているでしょう。剣では数段上をいけたけれど、学問では先生の足元にも及ばなかったと、父上さまがおっしゃっていたのを覚えていますか」

「ええ……」

では、父との繫がりで謝金を免除してもらえるわけか。しかし、それでは憐れみを受けることになるのではないのか。罪人となった旧友の遺児への憐れみ、屋敷を追われた家人への憐れみ、そんなものに縋ってまで学問を続ける意味があるのか。

「続けなさい」

藤士郎の胸裏を見透かしたかのような、美鶴の一言だった。

「剣にも学問にも励むべきです。あなたは、伊吹家の嫡男なのですからね。父上さまの罪が晴れたあかつきには、あなたがお家を守り立てていかねばならないのです。そのときのために、力を蓄えようと努めるのは当然でしょう。え？　なんです？　嫌だわ、何をじろじろ見ているの」

美鶴は顎を引き、少しだけ息を呑み込んだ。

「そんなに真正面から見詰めてくるなんて、いくら姉弟の仲でも無礼でしょう」

「姉上、どうなさったのです」

無遠慮な視線を外さないまま、藤士郎は尋ねた。

「どうって？」

「上手くは言えませぬが、妙に角ばっているというか力んでいるというか、まるで」

「まるで何です？」

「いや、別に」

慶吾の母者のようですとの言詞を呑み下す。慶吾の母幾世がただ口煩く、息子の尻を叩くだけの女ではないことは、前日の心遣いでよくわかっている。宿望である風見家再興に影が差す危惧を越えて、手助けに駆けつけてくれた。なにくれとなく世話をやき、これからも力になると誓ってくれた。

心意気の潔さに頭を垂れたくなる。それでいながら、母親の叱咤に辟易しつつ従わざるを得ない慶吾を、心底から気の毒にも感じるのだ。

美鶴の上に、幾世のよく肉の付いた丸顔が重なる。

「姉上が、そんなに厳しい方だとは意外でした」

伊吹家の再興を美鶴が望むのは当たり前だ。藤士郎だとて、いずれ必ずという思いはある。しかし、そう容易く成就する望みでないこともわかっている。藤士郎は、むしろ真実を知りたかった。

父はなぜ、死なねばならなかったのか。

なぜ、あんな死に方を選んだのか。

本当に罪を犯してはいなかったのか。

万が一、罪があるなら、それは公になった通りの賄賂承領なのか。ただ、それだけなのか。それだけで、父は腹を切ったのか。

能戸の牢屋敷でおれのしたことは正しかったのか……。

ああ、まただ。また、問いかけばかりが乱舞する。

あの夜からずっと、藤士郎を搦め捕り、締め付ける。問うても問うても、答えは一つも掴めない。指先を掠りさえしない。代わりのように掌が疼く。父の肉と骨を断ち切った手応えに、ずくずくと痛む。

家の再興より、真実を知ることを望む。

それが藤士郎の偽らざる思いだった。むろん、口に出せる思いではない。己一人の胸に仕舞い込んでおかねばならない。

姉上はどうなのだろう。

黒い眸を覗き込む。

美鶴は本来、おおらかで拘りの少ない女人だ。人の気質の美点と欠点に明瞭な線引きができるわけもないのだが、美鶴の気性に多くの者が惹かれているのは事実だろう。その姉が、妙に張り詰めた口調で藤士郎を鼓舞してくる。あれやこれやと指図する。

似合わない。

打掛の上に甲冑を着込んだように、ちぐはぐだ。

美鶴は聡明だ。勘も鋭い。何も言わぬのに胸の内をずばりと言い当てられて狼狽えた覚えが幾つもある。それなのに、能戸の牢屋敷で何があったのか一言も尋ねようとしなかったたし、突き止めようともしなかった。あえて、触れずにいるようだった。触れてはいけないと、勘が諭したのだろうか。その沈黙も、気にかかる。

美鶴が横を向いた。視線を逸らしたのだ。

「わたしには……できませぬから」

打って変わって、細く頼りなげな声音で呟く。

「何がです」

「伊吹のお家を継ぐことです」

「は?」

「は? ではありません。わたしにはお家を継いで、守り立てていくことはできません。だから……」

「おれに気合いを入れてるってわけですか」

わざと砕けた物言いをしてみる。姉との間に、張り詰めた気配を作りたくなかった。疲れる。

美鶴が睫毛を伏せた。目元に影が落ちる。それだけのことなのに、淋しげな顔様になる。

ああ、姉上も疲れているんだ。

無理もない。ここまで、美鶴は人一倍気を張ってきた。茂登子を支え、全てを取り仕切り、婚家の仕打ちに耐え、境遇の激変を忍んできた。悲嘆も落胆も呑み込んできた。

疲れないわけがない。

藤士郎は、ようやっと姉の心内に思いを馳せることができた。ようやっとだ。

ずっと己の思案だけに振り回されてきた。周りを気遣う余裕などなかった。姉一人に押し被せ、何も気づかぬままだった。

未熟だ。

わが身の未熟さに歯軋りする。奥歯の軋む音が、身の内に重く響いた。

板戸の開く音がした。左京が柴の束を抱えて入ってくる。背後から光が差し込んで、一瞬だが、光輪を背負っているかに見えた。

「まあ、柴をそんなにたくさん」

「これだけあれば、煮炊きに限れば数日分は賄えましょう。後は薪を割って、裏手に積み上げておきます」

「助かります。嬉しいこと」

美鶴の面が明るんだ。

左京は柴を下ろし、その場に片膝をつく。

「藤士郎さま、納屋の奥で風呂釜を見つけました。さほど傷みもなく、まだ十分に使えるかと存じます」

「立て」

「は？」

「おれに物を言うのに、一々跪かなくていい。おぬしは、おれの家臣でも下僕でもなかろう」

そうねえと、美鶴が頬に指を添えた。

「正直、柘植どのがいてくださると重宝この上ないけれど、給金も払わず働いてもらうわけにもいきませんし……」

「重宝に使うていただけるなら本望でございます。わたしは、伊吹さまからみなさま方を能う限りお助けするようにと命じられております」

「しかし、おぬしは父上の家来だったわけではない。命だからといって、忠節を尽くす謂れはあるまい」

左京が膝をついたまま、息を吐いた。何か言うかと思ったが、それきりだった。

また、だんまりか。

左京は寡黙だ。無駄口や冗談を口にすることはほとんどない。それでも、受け答えはきちんと返してくる。それが、ひとたび父伊吹斗十郎との関わりに触れると、頑なに黙り込む。

いったい、何なのだ。

あちらもこちらも謎だらけだ。確かなことは何一つない。いや、この手で父を介錯した。それだけは厳然たる事実だった。

事実は重く、謎は持ち重りする。

「よいではありませぬか」

声がした。

振り向くと、小間の戸口に茂登子が立っていた。こちらは、後ろに闇を従えている。

鈍色の小袖に濡烏の帯を締めた姿は闇に融け、顔だけが白く浮いているように見えた。束の間だが、藤士郎は人ならぬものがそこに佇んでいると感じ、身震いしてしまった。

「母上さま、ご気分はよろしいのですか」

美鶴が笑顔を母に向ける。

衣擦れの音をさせて、茂登子は居間に進み出てきた。

「柘植がこうまで言うておるのです。家士として使うてやればよいではありませんか」

「でも、母上さま。今のわたしたちには、人を雇う余裕などございませんわ」

美鶴が告げる。きっぱりした口調だった。

「給金無しで働いておるのは佐平も同じです。それでよいと本人が納得しておるのですから、差し障りはありますまい」

茂登子の口吻もきっぱりしている。藤士郎と美鶴は、どちらからともなく顔を見合わせた。

佐平は長く伊吹家に仕えてきた。身内もなく寄辺もない独り身だ。老齢でもある。

左京は若く、十分であり、正式に奉公していたわけではなかった。佐平と左京では事情がまるで違う。茂登子がそこに気づかぬわけがないのだが。

藤士郎は、そっと母の横顔を窺(うかが)った。

昨夜の惑乱は一筋の影も残していない。眼差しも物言いも、立ち居振る舞いも正気そのものだった。茂登子は正気で、左京をこの家に置けと言っているのだ。

「母上がそう仰せなら、我々に異存はございませぬが……。柘植、本当にそれでよいのか」

「ありがたき幸せに存じます」

左京が平伏する。藤士郎は思わず口元を歪(ゆが)めていた。

「だからな、そういう大仰(おおぎょう)な振る舞いは止(や)めてくれ。かえってこちらが気詰まりになる。ただ働きを強(し)いるわけだからな。肩身が狭い。さっ、立ってくれ」

腕を引っ張る。この男にしては珍しくのろのろと、左京は腰を上げた。

「そのかわり、お腹(なか)だけは足りるようにいたしますからね」

美鶴が手を打ち合わせる。明澄な音が響いた。

「そうだ。こう見えても、姉上はなかなかに包丁を使えるのだ」

「藤士郎、こう見えても、とはどういう意味です」

「いや、姉上と刃物はなかなかに相性がいいと褒めたつもりですが」

「ちっとも褒め言葉になっておりませんよ。ね、それより、柘植どの、さっき風呂釜がどうのと申しておりましたよね」

「はい。納屋の奥に風呂釜が仕舞われておりました」

「まあ、百姓家の納屋に風呂釜が。どんな行立があるのかしら」

これには、さすがの左京も答えられなかった。「さあ」と呟き、首を傾げる。

「納戸の裏手辺りに湯殿が設えてあったようです。佐平どのに手伝っていただいて、造り直してみようかと考えておりますが、いかがなものでしょう」

「おぬし、大工仕事までできるのか」

「素人仕事ですので、さほどのことはできぬでしょうが」

「嬉しい」

美鶴が声を弾ませる。

「お湯に浸かれるだけで、もう十分です。柘植どの、ぜひにぜひにお願いいたします。ほんと、楽しみだこと」

「おや、姉上。今度は柘植に気合いを入れるわけですね。柘植、姉上は本気だ。ゆめゆめ油断するなよ。怠けていたら、さんざん叱られるぞ」

「また、そんなことを。あなたの馬鹿な冗談を柘植どのが真に受けたらどうするのです。いいかげんになさい」

美鶴が睨んでくる。言葉は尖っているが、眼には柔らかな光が宿っていた。

「それにしても、美鶴」

茂登子が吐息を漏らした。

「たいそう、勇ましい出立ちですねえ」

視線が、娘の全身をすっと撫でる。

美鶴は手拭いを被り、前掛けを締めていた。左京が入ってくると素早く解いたが、さっきまでは襷掛けで、二の腕まで露わにしていたのだ。むろん、裾もたくし上げて短くしてある。髷を飾るのは鴇色の手絡と木櫛だけだ。

「流しを磨いておりましたの。下から甕が幾つか出てきて、あれもきっと役に立ちますわ」

悪びれる風もなく答える娘に、茂登子は苦笑を向けた。

「はしたないと叱らねばならないのでしょうが、そんな悠長なことも言ってはおられませんね。では、わたしも」

唐突に、茂登子も裾を持ち上げ、帯に挟んだ。

「美鶴、わたしにも手拭いをお貸しなさい。流しを磨くのはわたしがやりましょう。あなたは機織り道具をきれいになさい」

「まあ、母上さま。でも、水仕事ですし」

「これからは、水仕事を厭うわけにもいきますまい。いえ、わたしは昔から水仕事も台所仕事も好きでしたよ。包丁で菜を刻んだり、お出汁の味付けをするのが好きで好きで、暇があれば女中たちに交じって包丁を握っておりました。自分なりに、大根や人参の切り方を工夫したりして、それがまた楽しくてね。あまり楽しいので入り浸っておりましたら、島村の父に見つかって、ひどく叱られたりもしましたねえ。武家の娘がはしたない振る舞いをするなと。当時、存命だった母や女中頭……、お文という名でしたが、その者まで叱責されて、気の毒でした」

「でも、わたしに包丁の使い方を教えてくださったのは、お母さまでございますよ」

美鶴が少し甘えた物言いになる。

「ええ。伊吹家に嫁してからは、好きなように台所に入れましたからね。伊吹家は島村の父と違って寛容でいらしたから、わたしの好きなようにさせてくださったのよ」

「父上さまは、お母さまのお作りになったお菜がお好きでしたから。特に五目豆が好物で、よく召し上がっておられました」

「ええ……本当にお好きでしたね。茂登子の五目豆でないと食べる気がしないとまで褒めてくださって」

美鶴は一息を吸い込むと、茂登子の顔を覗き込んだ。

「母上さま。落ち着きましたら五目豆を作りましょう。そして、父上さまのご仏前にお供えいたしましょうね。きっと、ご供養になりますわ」

暫(しばら)くの間の後、茂登子は答えた。

「そうですね。そういたしましょう」

さっ、手拭いを貸して。

美鶴に催促して手拭いを手に取ると、確かな足取りで土間に下りた。左京が一礼して音もなく外に出ていく。藤士郎と美鶴は、今度はしっかりと視線を絡(から)ませた。

「姉上」

「ええ、母上さま、お変わりないですね。父上さまが亡くなられたことも、わかっておられる」

「昨夜のあれは、一時のものだったのでしょうか」

「そう思いましょう」

美鶴が胸を反らした。

「さっ、それぞれに働きましょうか。藤士郎、よろしいですね。塾と道場の件、疎(おろそ)かに考えてはなりませんよ」

「はっ、しかと承(うけたまわ)りましてございます」

わざと恭(うやうや)しく頭を下げた。それを上げた途端、額(ひたい)をぴしゃりと叩かれた。

「いてっ。姉上、不意打ちとは卑怯(ひきょう)ですぞ」

「ふふん、隙(すき)あり一本、です。まだまだ修行が足らないようね」

美鶴は笑いながら藤士郎の横をすり抜けて、納戸に入った。

「ちぇっ、姉上には敵(かな)わないな」

舌打ちすると、急に昔に戻った気がした。

美鶴がまだ稚児(ちご)髷を結い、藤士郎が肩上(かたあ)げをしていたころ、こんな風にからかわれて本気で怒ったり、笑ったり、甘えたりしていた。美鶴の傍(そば)にいると、いつも何かしらおもしろい事や物に出合えたのだ。木の陰に咲く思いもかけない色鮮(あざ)やかな花だとか、泉水の淀(よど)みに産み付けられた蛙(かえる)の卵だとか、土に埋まっていた煌めく破片(かけら)だとか、松の枝にかけられた鳥の巣だとか。

屋敷の庭を駆け回り、木に登り、大人たちに叱られ、笑い合った。鬱屈(うっくつ)など微塵(みじん)もなかった。ただひたすらに愉快で楽しかった。あの日々は遥(はる)か遠くに退いて、古物と変わらぬものになってしまった。懐かしいだけの……。

藤士郎は首を振る。

昔を振り返るようなときではないし、歳でもない。今は、前を向く。前に進む。

「若い衆、どこから材を工面してくるかね。釘なら、たんと見つけたがね」

佐平の声が薄い壁を突き抜けて届く。左京と風呂場の算段をしているのだろう。

茂登子は懸命に流しを擦っている。丸めた藁を持つ手が忙しなく動き続ける。

「藤士郎、ちょっと手を貸して。機織り機を出したいの」

美鶴の呼ぶ声がした。続いて、「きゃっ」と悲鳴があがる。

「姉上、いかがされました」

「鼠の死骸が転がっているの。藤士郎、早く片付けて」

「はは、どうしようかな」

「もう、意地悪をしないで早く来て」

隙間から冷えた風が吹き込んできた。〝しれと〟だろうか。その冷たさが藤士郎の目を覚まさせる。この穏やかさは一時のものだ。現は吹きすさぶ風よりずっと厳しいぞと告げる。

それでも、前へ。

前へ、前へ。

知ることは恐ろしいと、申し上げております。

左京の呟きがよみがえる。

知るは恐ろしい、前には奈落の谷があるやもしれない。それでも、前へ出るのだ。

唇を一文字に結ぶ。さっきまで笑っていた頬は硬く張って、僅かに熱を持っていた。

あ？

足が止まる。

藤士郎は辺りに視線を巡らせた。

梅が匂った。

あのさらりと甘い香りが漂った。

五治峠の頂を、砂川村に向けて越えてすぐの所だった。あてがわれた家の軒先にも桜とは別に梅の木が一本、植わっていた。こちらは日の当たりが乏しいためなのか地味が痩せているからなのか、ひょろりと細いばかりの貧弱な木で、佐平曰く「薪の足しにもならねえ代物」だった。

それが枝の先に蕾を付け、年が明けて間もなく二輪ほどが花弁を開いたのだ。朝間だけ差し込む光に照らされて、白い花が艶やかに輝き、顔を寄せると仄かに香った。茂登子が殊の外喜んだ。

「ここで、こんな美しい花を愛でられるとは思うてもおりませんでした。お父上のお心遣いではないかしら」

と、若やいだ笑顔を見せたのだ。

今、山辺のどこかにも梅が咲いて、芳しく匂っている。春とは名ばかりで、まだまだ寒さは厳しいけれど、それも間もなく終わりがくると告げているようだ。

励まされた心持ちになる。

竹刀に串刺しにした稽古道具を担ぎ直し、藤士郎は歩き出そうとした。姉の命に従ったわけではないが、四里あまりの道程をほぼ毎日、御蔭塾と松原道場に通っている。塾も道場も、以前とさほど変わらぬようだった。特に、道場には慶吾も五馬もいる。竹刀を合わせ、稽古に汗を流せば現のあらかたは忘れ去ることができた。ただ、稽古が終われば、どこかぎこちなさを感じる。表だっては、何事もない。藤士郎を面罵する者も気の毒がる者もいなかった。まともに話しかけてくる者すらいなかった。遠巻きにして眺めている。

そんな感じだ。慶吾と五馬のいない塾では、さらにその感が強かった。

塾生たちは、藤士郎とどう付き合えばいいのか戸惑っている風だった。伊吹斗十郎のことを、商人から賄賂を受け取り私腹を肥やした、武士としてあるまじき罪を犯した男と世間は見ている。罪人の倅に対し、あからさまな侮蔑や非難の眼差しは向けないが、親しく近寄りたくもない。そんな思慮のもと、塾生の多くは藤士郎と間合いをとり、視線さえ合わさぬよう逸らしているのだった。

一度だけ、廊下で御蔭八十雄とすれ違った。礼を言わねばと口を開きかけたが、八十雄は藤士郎を一瞥もしないまま通り過ぎていった。このときに限ったことではなく、八十雄はよほど機嫌がよくなければ塾生に話しかけたりはしない。励ましも悼みもしないのがかえって八十雄らしく、藤士郎はふっと笑ってしまった。

御蔭先生ならご存じではあるまいか。

往昔の友であるならば、父の死の真相、その一端なりと知っているのではないか。

そう考え、問うてみるべきかと思案はしていた。しかし、八十雄は藤士郎の言葉を一顧だにしないだろう。遠ざかる総髪の後ろ姿から読み取れる。そして、父に纏わる疑念は、他人に問うて晴れるような安易なものではない。ではどうすれば、晴らせるのか。解せるのか。手立ては一つも思いつかないままだ。

「あまり小難しく考えるな」

慶吾に背中を叩かれた。さっき、道場からの帰り道でのことだ。別れ際に、音が響くほど強くやられた。

「思案しても、どうにかなることとならんことがある」

「おれが思案しているとわかったのか」

「わかるさ。おまえは実にわかりやすい男だからな」

慶吾が喉の奥まで晒して笑った。

「慶吾にわかりやすいと言われては、藤士郎も立つ瀬がないな」

五馬が、こちらは苦笑に近い笑みを浮かべた。

「まったくだ。烏に黒いと嗤われたようなものだ」

「なんだぁ、その言い草は。おれは腹にあることを面に出すような真似はせんぞ」

「腹が空いてるだろう」

五馬が慶吾の鼻先で指を回した。

「藤士郎と話をしながら、美鶴さまの握り飯が食いたいと考えてたんじゃないのか」

「う……五馬、なぜそれを……」

「顔にくっきり書いてある。ついでに握り飯の絵も描いてある」

「ば、馬鹿な。そんなことあるものか」

慶吾が手の甲で頬を擦る。藤士郎が、続いて五馬が噴(ふ)き出した。

「くそうっ。よくもここまで他人をからかえるもんだ」

慶吾のむくれるのがまたおかしくて、笑いが込み上げる。

「美鶴さまにお尋ねしてみてくれ。年も明けたし、また、握り飯を馳走(ちそう)になりに伺(うかが)ってもいいかどうか」

笑いが納まったとき、五馬がさりげなく言った。

「ああ、いつでも来い。姉上もおまえたちが来るのを待っているみたいだからな。暮れに言付(ことづ)けてくれた餅(もち)の礼もしたいと言っていたぞ」

「なに、美鶴さまがおれを待ってるって」

慶吾が身を乗り出してきた。

「そうか、美鶴さまは、やっぱりおれのことを頼りにしておられるのだな。よし、そうと決まったら、明日にでも伺うぞ」

慶吾はこぶしを突き上げ、こくこくと首を動かした。まるで玩具(おもちゃ)の合点首(がってんくび)だ。

「ここまで一人勝手に、都合よく思い込めるなんて、実に気楽なやつだな」

「それが慶吾の美点だろう」

五馬が、また笑みを口に浮かべた。

「母から美鶴さまに糸を届けるように言われている。近いうちに顔を出す」

「ああ、待っている」

「おまえは、これから真(ま)っ直(す)ぐに帰るのか」

「そのつもりだ。寄り道をすると山道で日が暮れてしまう」

日の足が徐々に長くなったとはいえ、山間(やまあい)は夕暮れから夜までが一息の間しかない。とっぷり暮れた山の夜道は、まさに文目(あやめ)もわかぬ暗さとなる。市中の闇とは明らかに異質の、人の心身を圧するごとくの暗闇だった。そういう闇が山にはある。それも、砂川の暮らしの中で知ったことの一つだ。

では、と手を振って、慶吾と五馬は市中に伸びる道を帰っていった。藤士郎は五治峠に向かう。四里の道を往復する日々は、足腰の格好の鍛錬(たんれん)となった。最初は苦だった坂道や山道が、今はさほどの苦労もなく行き来できる。もちろん、荷を載せた車を引いて、というのはとうてい無理だが。

左京は今のところ、伊吹家に住み込み、無給のまま働いている。年の瀬から佐平が風邪(かぜ)をひいて寝込んだものだから、ほぼ一人で雑用を引き受けていた。板塀(いたべい)で囲んだだけの簡素なものだが風呂場も造り、美鶴を大いに喜ばせた。本人の言う通り、実に重宝な男なのだ。藤士郎は左京のいる暮らしに馴染(なじ)んで、その正体や心内の詮索(せんさく)を忘れそうになることもしばしばだった。そのたびに己の手ぬるさを叱り、左京を見据(みす)える。見据えられた方は、藤士郎の尖った視線など一向に気にする風もなく、足音も立てず動き回っていた。

風が冷たい。しかし、日差しは柔らかく和(なご)やかな気配を伝えてくる。梅の香りがそれをさらに濃くした。砂川村の藺草(いぐさ)も、苗の緑が心持ち鮮やかになったようだ。

人の世で何があろうとも月日は過ぎ去り、季節は巡る。

何かが始まるだろうか。

何かが始まる。梅の香は、その予兆のように思えた。

谷間から風が吹き上がってくる。梅の芳香をさらい、山へと駆け上がる。裸の枝がさわさわと揺(ゆ)れた。

む？

前に出した足を、藤士郎はまた止めた。息を整え、耳を澄ます。耳朶(じだ)を風がなぶって過ぎる。

空耳か。

いや、違う。確かに聞こえてくる。風音を掻(か)い潜(くぐ)り耳に届いた。これは……。

刀を斬り結ぶ音。

谷からの風が人の起こす剣呑な音を運んでくる。藤士郎は坂を一気に駆け下りた。坂を下り切った右手、雑木の林の中から音は響いてくる。太刀音だけでなく、人の切羽詰まった声音や乱れた足音も交ざっていた。

竹刀ごと道具を投げ捨て、藤士郎は柄に手をかけた。右足が滑った。爪先に僅かの痺れがある。構ってはいられなかった。身を低くして木々の間を進む。

葉が落ち、光が差し込む林の小さな空地で、男たちが争っていた。確かめるまでもなく、一人の男を数人が襲っている。一人、二人……四人だ。四人が取り囲み、斬りかかっているのだ。男はなかなかの遣い手らしく必死に応戦しているが、多勢を相手にして追い詰められていた。身体のあちこちから血が滲み、雑木にもたれ息を乱している。かなり上背のある若い男だ。

男たちの一人が気合いを発し、斬りかかった。刃先が身をかわそうとした男の肩を掠める。転がった男に向けて、幾つもの刃が煌めいた。

「待て！」

鞘を払い、男たちの前に躍り出る。

「多勢に無勢とは卑怯だろう。嬲り殺しにするつもりか」

男たちが一瞬、身を硬くした。

「小僧、どけ」

先頭にいた大兵の男が怒鳴る。

「余計な真似をするな。容赦せんぞ」

血走った眼つきをしていた。人を殺すことを厭わない眼だ。その眼に見据えられて、藤士郎の心はかえって落ち着いた。人というより獣に向かい合っている心持ちがする。獣なら怖くない。なぜか、そう感じた。

「邪魔だてするな」

一声、咆えると、大兵は斬り込んできた。まだ前髪の若造と侮ったのか、ぞんざいな太刀さばきだ。

藤士郎は身を屈め、一撃をかわすとそのまま前に跳んだ。がら空きの腹部に刀背を打ち込む。頭上で、ぐぶっと濁った音がした。大兵は尻から崩れ、地面に吐瀉した。

「おい、こやつなかなかに遣うぞ」

男の声に狼狽が混じる。男たちは動揺しているようだった。目配せを交わし合い、低く唸る。

「死ね」

別の怒声が背後からぶつかってくる。振り向くと同時に、刃が光を弾くのを見た。見切ることができた。下から打ち払う。打ちかかった男が「おっ」と叫び、一歩、退いた。

日差しが陰った。

雲が出てきたのだ。

風は冷たさを増し、足元を吹き過ぎていく。右足の痺れが強くなる。冷えるといつもそうだった。踏み締めた足がずるりと滑った。身体が傾ぐ。

しまった！

無用な隙を作ってしまった。焦りと怯えが藤士郎を貫く。しかし男たちは動かなかった。藤士郎を囲む如く並び、ただ見詰めている。

なんだ？　なぜ、隙を見逃した。なぜ斬りかかってこない。

藤士郎の疑念を感じとったかのように一人の男が進み出た。八双の構えから斬り下ろしてくる。鋭い太刀筋ではあったが避け切れないほどではない。ただ、足の痺れでいつもより動きが鈍くなっていた。刃先が頰を浅く斬る。

男がにやりと笑った。

「ふふん、もう一本、顔に文様をつけて……」

不意に男の顔が歪んだ。腕がだらりと下がり、唇が震える。

「な……なんだ」

男は妙に緩慢な仕草で首を回した。それから、わっと喚き声をほとばしらせた。

肩に小柄が突き刺さっている。

「いけべ！」

後ろにいた一人が不用意に名を呼んだ。いけべと呼ばれた男は肩を押さえ、数歩よろめくと膝をついた。

黒い影がその上を飛び越える。

「柘植」

藤士郎は細木の枝を摑み、姿勢を立て直す。その目の前で、左京が抜刀した。光が一閃する。藤士郎の視界の隅に血が舞った。雑木の幹に飛び散り、紅い染みを作る。

男が腕を押さえ、呻いた。抜き身が草の上に転がる。

「きさまあっ」

四人目の男が踏み込んでくる。左京はほとんど動かなかった。立ったまま刀を払う。男の鼻の一部が肉片と化して空を過った。すさまじい悲鳴が轟く。

「ぎゃぁあああ」

両手で顔を覆い、男がたたらを踏む。下手な踊りのようだ。

何だ、今のは。

追えなかった。こんなに間近にいながら、左京の一連の動きに付いていけなかった。身体ではなく、目が追いつけなかったのだ。

神業だ。

男たちのことも、血の臭いも、呻き声も、周りの何もかもが消えた。ただ、柘植左京の姿だけが焼き付いてくる。

「退け、退け」

引き攣った喚きに我に返った。藤士郎が腹に刀背打ちを見舞った男が喚いている。男たちは縺れるようにして、雑木の陰に消えていった。

「藤士郎さま、お怪我はございませんか」

刀を納め、左京が問うてくる。刀身はほとんど汚れていなかった。藤士郎は背中にうそ寒さを覚えた。

「ああ……大事ない。おれよりもあちらが……」

木の根元にうずくまる男を助け起こす。

「もし、しっかりなされ」

男は低く呻いた後、意外なほどはっきりと礼を述べた。

「お助けいただき、かたじけない」

そして、下村平三郎と名乗った。

「下村どの、お尋ねします。やつらは何者です。なぜ、こんな場所で斬り合いなど?」

下村が顔を上げ、真正面から藤士郎を見詰めた。

「……もしや、伊吹斗十郎さまのお身内ではござらぬか」

「いかにも。倅でございます」

「おお、伊吹さまのご子息か。まさに仏のお引き合わせだ」

下村は身体を起こし、目を輝かせた。両手で藤士郎の手を包み込み、強く握ってくる。藤士郎が顔を顰めたほどの力だった。

「伊吹の家の者に御用がおありなのですか」

「さようでござる。みなさまにお会いする役目を負うて、江戸より参りました」

「江戸?」

「は。それがし、江戸屋敷より遣わされた者にござる」

藤士郎は息を呑み下した。目の前の男は遠く、江戸の地から来たという。

「やっとのことでここまで辿り着いたところで、突如刺客に襲われて……」

「あの者たちは何者です」

　下村は口を結び、ゆっくりとかぶりを振った。血の滲んだ肩を押さえ、小さく呻く。

「申し訳ござらん。水を……所望したい」

　左京が竹筒を差し出した。

「かたじけない」

　下村は喉を鳴らして、水を飲み干した。手甲が血に汚れ、黒ずんでいる。

「ここでは傷の手当てもできませぬ。わが家は近い。蝸舎ではございますが、そちらにお出でいただきたい」

「それは、重ね重ねありがたき申し出。お世話になり申す」

　下村は両手を地につけて深々と低頭した。

「いや、こちらこそ、ぜひ、お話をじっくりお聞かせいただきたい」

　左京が下村に肩を貸し、藤士郎は荷物を担いだ。

「お手数かけ申す。まことに申し訳ござらん」

　下村はしきりに恐縮していた。

林を抜ける、遠回りになる裏道を藤士郎はあえてとった。いつもの道を行けば、いやでも田に出ている百姓たちの目につく。砂川の村人たちは、伊吹家の者を遠くから見定めているようなところがあった。

かつては上士の身分でありながら、土地屋敷を没収され、領内所払いに処せられた一家。村人からすれば近づき難いというより、あえて近づく要のない相手なのだ。そして、異物でもある。武士とはいえ普請方や郷方廻りの下士、郡代と違い、自分たちの暮らしに直に関わってくる者ではない。しかし、日々の営みの内に目につきはする。藤士郎は時折、こちらに向けられる好奇の眼差しを感じる。哀れみとも侮蔑とも憎しみとも違う、異質の生き物を眺める眼だった。

月に一度、村の世話役がやってくる。世話役は小柄なよく日に焼けた老人で、なにくれとなく気を配ってくれるわけではないが、村に出入りする連尺商いを連れてきたり、草鞋や薬草を届けてくれることがたまにある。親しくもならず邪険にもせず、老人は間合いの取り方をなかなかに心得ていた。

むろん、月に一度のおとないは藤士郎たちの暮らしを慮ってのことではない。おそらく、罪人の家族をそれとなく見張り、報告する役目を負うているのだろう。それを咎める気も厭う心も湧かない。藩から命じられれば、老人に拒む道はないのだ。

ただ、江戸からの使いだと名乗るこの男を、世話役はもちろん、村人たちの眼に不用意にさらさない方がいい。

とっさの判断だった。

幸い、家に着くまで誰かに見られた様子はなかった。

事情を聞き、美鶴は手際よく下村の傷の手当てをし、温かな茶を淹れた。

「人心地がつき申した。まことにかたじけのうござる」

美鶴はしとやかに頭を下げたが、僅かに退いただけで居間の隅に腰を落ち着けた。そこで、じっくり話を聞く腹積もりらしい。茂登子は小間に引きこもっている。ことりとも音がしなかった。左京は番をするかのように、戸口の前に畏まっていた。

「お聞かせ願えましょうか」

囲炉裏に柴をくべ、藤士郎は下村に言った。燃え上がった炎が熱を伝えてくる。

「我々にどのような御用がおありだったのか。いや、その前に、どなたの命によってここまでお出でになられたのか。そして、あの刺客たちは何者なのか」

美鶴が空咳をした。逸るなと釘を刺しているのだ。矢継ぎ早に問いかけられても、答える口は一つしかないのだ。藤士郎は茶をすするふりをして、急く心を静めようとした。

落ち着け落ち着け。おれは伊吹家の男だ。

下村の炎の色に染まった顔の中で、唇が動く。

「それがしは、側用人四谷半兵衛さまの使いにて、江戸より参りました」

「お側用人の……ということは」

側用人は主君の側近だ。

そうだという風に、下村が頷いた。

「此度の伊吹さまのご処分に、四谷さまは疑念をお持ちでござる。伊吹さまは罠にはまり、落命されたのではないかと」

「罠……」

炎が小さくなり、ゆらゆらと揺れた。

「父上が罠に？　それはどういう意味です」

もう一度、さっきより深く下村が首肯した。

「決して他言めさるな」

そう前置きして話し始める。

「伊吹さまの罪状は市中の商人から賄賂を受け取り、便宜を図ったというものでございましたな」

「……さようです」

「そのようなわけがござらん」

下村は言い切った。睨むように藤士郎を見やり、膝の上でこぶしを握る。

「伊吹さまは殿の密命を受けて、まさにその賄賂の流れを探っておられたのですぞ」

美鶴が腰を上げた。藤士郎は下村を見返す。束の間だが、瞼が痙攣した。

「それは……まことですか」

声が喉の奥に引っかかって、上手く出てこない。まだ元服前の若者かと下村に軽んじられないために、落胆させないために、精一杯沈着を装ってきた。が、そんな虚勢は吹き飛ぶ。

「下村どの、しかし、しかし……大目付が殿の命で、密かに出雲屋と御家との結びつきを調べていたと聞き及びましたが」

「それは根も葉もない噂に過ぎませぬ」

下村は言下に否定した。

「まことにその任を負っていたのは、伊吹さまでございます」

美鶴と顔を見合わせる。美鶴は頰を紅潮させて、身を乗り出してきた。

「下村どの、詳しく、詳しくお聞かせください」

「むろん、そのつもりでここまで足を運び申した。それがしも些(いささ)か気が昂(たか)ぶっており、話が前後してお聞き辛(づら)きところはご寛恕(かんじょ)あれ。よろしいかな、お二方。商人からの賄賂で私腹を肥やしていたのは伊吹さまではなく……、御家の中枢(ちゅうすう)に座る者でございますぞ」

執政でもないわしと手を結んでもさしたる益はない。

あの夜、斗十郎は苦笑交じりにそう告げた。自ら捨て石になると決めたとも、これは真顔で言い切ったではないか。

忘れていたわけではない。忘れられるはずもなかった。

藤士郎にとって遥か雲上の重臣たちが、出雲屋の件に絡んでいる。そこまでは思い至ることができた。しかし、そこから先へは身も思案も一歩も進まない。

重臣の御歴々など顔を合わせたことがない。名を知っているだけだ。変事なく伊吹家が存続していれば、家名を継いだあかつきには、いずれ顔を合わせる折もあっただろう。今となっては潰(つい)えた夢のようなものだ。

「どなたです」

美鶴の声音が俄(にわか)に尖る。

「父をあのようなところまで追い込んだのは、どなたなのです」

下村は美鶴に移した視線を、再び藤士郎の上に戻した。それから吐き出すように名を告げた。

「川辺陽典でござる」

美鶴が大きく目を瞠る。何か言いかけたが、唇が動いただけで言葉は零れなかった。

天羽藩次席家老、川辺陽典は事実上、藩随一の実力者と見なされている。筆頭家老の津雲弥兵衛門は齢六十を超える老人で、あまつさえ二年前に大病を患った。致仕こそしなかったものの、執政会議に顔を見せないことも ままあったし、よく言えば温厚、悪く言えば覇気のない性質で、出席した会議で己が意見を述べること、ましてや川辺の発言に異を唱えることはまったくなかった。あれではただのお飾りだと、陰口をたたく者がかなりの数いたほどだ。

畢竟、藩政の舵は川辺一人が握るようになる。

新田開発、藺草の生産増大、河川の大規模な修復、養蚕の奨励、街道や宿場町の整備等々を成し遂げ、あるいは手をつけ、辣腕の政客としての名をほしいままにしていた。

下村は一息にそこまでを語った。そして、続ける。

「長らく、川辺家老の後ろには出雲屋が控えておりました。出雲屋という巨大な後ろ盾があったればこそ、あれだけのことを成し遂げられたわけでござる」

「しかし、新田開発にしろ藺草の生産にしろ、藩に大いなる益をもたらしたはず。決して横道ではございますまい」

下村は藤士郎を見やり、微かに笑んだ。「何も知らぬのだな」とでも言いたげな笑みだった。

「確かに益はあり申した。しかし、出雲屋の独占、専売を許さず、他の商人にも門を開き、公平な政を行っておれば、その何倍もの益があったは必定。結句、川辺家老は出雲屋と結託して、藩財を吸い上げたのでござる。さらに今、新たな耕地の開発に取り掛かろうと画策しております。これを何のためとお考えある？」

「それは石高を上げるためでは……」

どろりと黒くねばりつくような言談の後では、あまりにまっとう過ぎる答えではあったが、他に何も思いつかなかった。案の定、下村は強くかぶりを振った。

「積もりに積もった借財の利平として、出雲屋に下げ渡すためでござる」

「な……」

絶句した。

「これまでも、出雲屋は藩から新田の一部を払い下げられておりまする。それに加え、百町をゆうに超える土地を新たに手に入れれば、藩内に並ぶもののなき大地主になり申そう」

藤士郎は手をそっと開いてみた。手のひらに薄く汗をかいている。そのわりには、胸内は冷えて静まっていた。

まるで物の怪の話を聞いているようだ。自分には関わりのない、いや垣間見ることさえなかったはずの異界を下村は語っている。

父上は、こんなところに身を置かれていたのか。

そして、非業ともいうべき最期を迎えた。

「川辺家老は確かに稀有な政の才を持っております。が、そこに晦まされて、あるいは威を恐れて、家老と出雲屋の関わりを表だって難じる者はおりませんでした。ただお一人、四谷さまだけが、ずっと疑念を抱き、殿のお許しを得て、内密に国元での調べを進めておられたのです」

「では殿は、江戸表にて全てをご存じなのですね」

美鶴が再び身を乗り出した。

「四谷さまに、慎重の上にも慎重を重ねて調べを進めるようにとご指示があったもようでござる。殿はこの件を梃子に、藩政の改革を進めたいとのお志をお持ちなのです。生半なまま事が露見すれば、殿のご決意が無駄になる危惧も十分にあり申す。なにしろ、相手はあの川辺家老でござりますからな」

天羽藩藩主、吉岡左衛門尉継興は二十三歳。前藩主の急死により家督を継いで、まだ三年足らずの年月しか経ていない。英明の君主と称せられてはいるが、老獪そのものの次席家老を相手にするにはいかんせん若過ぎる。藩主の威光を盾に誅責しても、巧みにかわされればそれまでだ。

だからこそ、川辺家老が一切言い逃れできぬよう、揺るがぬ証が必須となる、と下村は語った。

「伊吹さまは、四谷さま、ひいては殿のご意向を受けて、国元で川辺家老と出雲屋の結びつきを探っておいでだったのでござる。しかし、それが川辺家老の知るところとなり、逆に陥れられた。これが此度の真実でござる」

「父に賄賂の罪を着せ、切腹を命じたのは、全てご家老の奸計であったと、そう言うておられるのですか」

「さようでござる」

下村は重々しく点頭した。

「全てが川辺家老の企てたことに相違ござらぬ」

「しかし、此度の件では、出雲屋は闕所に処せられておりますぞ」

「それも、奸計の内でござる。川辺家老は足元についた火に慌てるどころか、かえってこれを利用したのです。つまり、莫大な資力を手に入れ、己を凌ぐ力をつけた出雲屋を、これを機に一気に潰し、財産を没収すれば藩庫は大いに潤いましょう。家老の名声はいやが上にも高まるわけです。執政としての地位を盤石にしながらも、いずれは障りとなったであろう商人を取り除く。むろん、没収した金の一部は川辺家老が手にしているはずです」

「それでは出雲屋が黙っておりますまい」

「出雲屋は死にました。ご存じなかったのですか？」

美鶴と顔を見合わせる。

知らなかった。

「まことですか」

「まことです。一時預かりとなった寺で縊死したとか。自死として届け出られましたが、川辺の手の者によって謀殺されたに違いござらん。口封じでござる。何しろ、出雲屋は多くを知り過ぎた。それが明るみに出れば、破滅は必定。川辺とすれば放っておくわけにはいきますまい」

川辺と憎々しげに呼び捨てにして、下村は口元を歪めた。それから膝を前に出す。

「ここからが本題でござる」

下村の声が密やかになる。

「出雲屋が川辺とやりとりした書簡を、伊吹さまが入手されたのではないかと四谷さまはお考えです」

「書簡？」

「さよう。出雲屋も川辺も戒心の深さは並外れております。交わした書簡、表に出せない契文の数々は、当然のことながら完全に処分しておりました。しかし出雲屋は、一通だけ川辺からの書簡を手元に置いていたらしいのです。いざというときの切り札にするつもりだったのかどうか。今となっては確かめる手立てはござらぬが」

「書簡とはどのようなものです」

「それも詳しくはわかりませぬ。ただ、推察するに、出雲屋にさらに多額の賄賂を無心するものか、見返りを約束したものと思われまする。どちらにしても川辺の花押があり、その悪事を白日の下にさらすには十分な証拠となりましょう」

「が、しかし……父はどのような経緯で、そのような書簡を手に入れたのでしょう。

そしてまた、なぜそれを明らかにしないまま腹を切ったのでしょうか」

解せない。どうしても、解せない。

下村の話は一応筋は通っているものの、どこかがぼやけていて、全容を見渡せない気がした。それは美鶴も同じらしく、眉間に皺を刻んで口を引き結んでいる。

下村は二人の顔を交互に見やり、話を続けた。

「伊吹さまは一時、川辺の下で出雲屋とのやりとりを仕切る役目を負うておられました。まだ、一介の商人に過ぎなかった出雲屋を藩の抱え商人に推挙したのも伊吹さまであったとか。昔からの馴染みであったそうですな」

下村の言葉に刺激され、浮かび上がってくる記憶があった。

伊吹家の中の口に立った男が腰を屈めた。

「若さま、お父上さまにたいそうお世話になっておる者でございます。どうぞ、末永くお見知りおきくださいませ」

耳に心地よい声だった。大柄な堂々たる体軀から、落ち着いた柔らかな声が流れ出てくる。慇懃ではあるが、威厳さえ感じさせる物言いだった。

もしや、あれが出雲屋だったのでは。

思い出せるのは、声と陽光を背にした大きな黒い人影だけだった。その者が名乗ったのか、なぜ中の口で言葉を交わしたのか、まるで覚えていない。

下村の言葉が正しければ、伊吹斗十郎と出雲屋は古くから関わりがあったのだ。執政でもないわしと手を結んでもさしたる益はない。

あの一言は、栄華の階段を駆け上がり、大商人となった出雲屋を指してのことか。では、それ以前はどうだったのか。

「昔から大勢が出入りする家でしたが」

美鶴が藤士郎に目を向け、首を傾げた。

「出雲屋という商人のことは、記憶にありません」

「さようですか。お屋敷にはそうそう足を向けなかったのかもしれませぬな。しかし、伊吹さまが出雲屋と繋がりがあったのは確かでござる。そして川辺と出雲屋の間を取りもたれた」

「しかしそれでは、父もご家老の一派であるように思われますが」

美鶴が淡々と問う。こういう口調になったとき、実は姉の心内は強く張り詰めているのだ。美鶴は内心の緊張を押し隠し、下村をひたと見据えていた。

「伊吹さまは、確かに最初は川辺の下におられました。伊吹さまなりに川辺の手腕を買うておられたのです。しかし、その手腕が正道を外れ、目に余るようになったことで、川辺に見切りをつけられたのです。そして四谷さまに助力し、藩政の膿を掻き出そうと決意された。が、あと一歩というところで……」

下村は落としていた視線を上げる。藤士郎にぶつかってくる。それで、藤士郎は自分も下村をひたと見詰めていたことに気がついた。口の中の唾を呑み下す。

「伊吹さまは、心底から藩の行く末を憂慮しておられました。わが身を捨てても政道を正さねばならぬと……。志半ばで腹を召されたのは、どれほどご無念であったか……」

下村が膝の上でこぶしを握り、はらりと一粒、涙を零す。

「だからこそ、だからこそ……川辺の悪行をあばき、悪源を取り除かねばならぬのです。そのために、出雲屋の保管していた書簡が役に立ちます」

「そう言われても……」

藤士郎は、下村の頬についた涙の跡から目を逸らした。

「父がそのような物を所持していたかどうか、我らには見当がつきませぬ」

正直に答える。

美鶴も同意を示すように深く頷いた。

「まったく心当たりがないと仰せか」

下村の眉が寄る。そうすると、妙に下卑た顔つきになった。その顔つきがへんに不快で、藤士郎は短く言い捨てた。

「ござらん」

「よくよく、お考えあれ。藩の存亡にも関わる大事でございまするぞ」

下村の眉間の皺が深くなる。問い詰める気配が、表情にも口吻にも滲み出ていた。考える？　言われるまでもない。父が一命を懸けたものの真実を知るのに、何を惜しもうか。

あの能戸の牢屋敷で、父の語った一言一言に心を馳せる。忘れてはいない。朧にもなっていない。今告げられたもののように、生々しく響いてくる。

父は語った。

わしは潔白だ。そなたたちが揺るぎなく信じてくれるのなら、それで十分だと。そしていずれ、全てが明るみに出て、藩政は刷新されるとも。それから……それから……。

書簡？　川辺家老から出雲屋へ宛てた書簡……。

「お父上と最後にご対面なさったのは、藤士郎さまでございましたな」

下村の言葉が突き刺さってきた。とっさに、小さく声をあげていた。

「え？　なぜそれを」

「いや、我々とていろいろと探索の手立てはござるのだ。内密のことゆえ詳しくは語れぬが」

下村が曖昧に笑う。嫌な笑みだ。

能戸の牢屋敷までの道行きは禁戒を犯した所業だ。内密の行動だった。それを知る者はごく限られている。

身体を回し、土間を見る。そこに畏まっている男を見る。

左京がゆっくりと顔を上げた。

視線が絡み合う。

何も読み取れない面であり、眼差しだった。

違う。

柘植ではない。柘植は何も漏らしてはいない。

得体の知れない男ではあるが、左京と下村たちが繋がっているとはどうしても思えない。なぜ思えないのか説明できないが、違うのだ。左京は一人だ。誰とも繋がっていない。藤士郎たちの動きを報告せねばならない相手など、いない。

では、誰だ？

藤士郎の一挙一動を誰が知らせた？

伊吹家の者、家士、奉公人の誰か……。

背筋に冷たい汗が流れる。

笑い声を聞いた。

慶吾の、五馬の、そして自分のものだ。屈託のない笑い声が三つ溶け合い、天へと昇っていく。疑念とも確執とも無縁でいられた日々の笑いだ。この前まですぐ傍らにあったのに、今は遥か遠くに隔たってしまった。

もう戻れない。

背筋を伸ばし、藤士郎は束の間、目を閉じた。

背後で美鶴が密やかな吐息の音をたてた。

第五章　疾風雲の彼方

　下村が辞したのは、日が暮れて暫くの後、暮六つはとうに過ぎたかと思われる頃だった。

「もう、遅うございます。お怪我もされております。このような陋屋ではございますが、一夜、お泊まりくださ い」

「それがよろしいでしょう。夜道は剣呑ですし、刺客たちが再び襲ってこないとも限りませぬ」

　美鶴と藤士郎は言葉を尽くして勧めたが、下村は固辞した。他にも寄るべき場所が幾つかあると言う。

「川辺は藩政に広く深く根を張っており申す。それを取り除くは至難。だからこそ、寸暇を惜しみ、能う限りのことを為さねばならぬのです。それがしが国元に入ったと川辺たちに知られてしまいました。やつらのこと、また、新たな手を打って参りましよう。事は急がねばなりません」

川辺家老の横暴に怒り、藩政を正そうとする志の者は天羽にも少なからずいると、下村は続けた。

「そういう方々と結びつき、内密に、しかし迅速に事を進めるのもそれがしの役目の一つでございます」

「そういう方々とは、どなたです。お聞かせいただきたい」

確かな返答はあるまいとわかっていながら、藤士郎は問うてみた。父にも似た問いかけをした。答えは暈されてしまったが。

「それは、まだお伝えするわけにはいきませぬ」

案の定、拒まれる。

「時期尚早でござる。四谷さまからは慎重の上にも慎重に動くよう命じられております。この秋、殿がご帰国あそばします。さすれば殿ご出座の大会議の席が、川辺たちの悪行を全て白日の下にさらし、糾弾し、排斥する千載一遇の機会となりましょう。それまでに、全ての手筈を整えねばなりませぬ。そのためにはどうしても、出雲屋嘉平の書簡が入用なのです」

下村は突き上げるように、藤士郎を見上げてきた。

「しかし……繰り返しになるが、我らには本当に心当たりがござらんのだ」

つい、ぞんざいな物言いをしてしまった。腹立たしかったのだ。下村が必死に書簡の在処を探っているのは、わかった。それが藩政の刷新に欠くべからざる証拠品になることも解せた。が、藤士郎たちがさっきまで、その存在さえ知らなかったのは事実だ。知らぬから知らぬと告げた。それを下村は疑っている。あるいは、咎めている。険のある眼つきを向け、口元を歪める。

そんな眼つき、顔つきをされる謂れはない。

苛立ちが、胸底で埋火のように燻る。

下村は、むすりと黙り込んだ藤士郎を気に掛ける風もなく、

「明後日にまたお邪魔いたします。その折は、奥さまにも、ぜひお目通り願いたい」

と、これは美鶴に向けて告げた。

茂登子はとうとう小間から出てこなかった。動く気配すら伝わってこない。ひっそりと息を潜めているのだろうか。

「母は、わたしたち同様に何も知らぬと思いますが」

「それは、お会いしてみなければわかりませぬ」

美鶴が眉間に皺を寄せた。さすがに、気に障ったらしい。

「下村さまは、わたしどもをお疑いなのでしょうか」

居住まいを正し、真正面から下村を見据える。

「わたしどもが、出雲屋の書簡の在処を知りながら知らぬふりをしている、どこかに隠しているとでもお考えなのですか。もし、そうであるなら、とんでもない見当はずれだと申し上げるしかございません」

「あ、いや、そのようなつもりは毛頭ござらん。言が過ぎました。どうかお許しください。いや、どうも焦り過ぎておりますな」

ふっと浮かべた笑みをすぐに消して、下村は深い吐息を一つ、漏らした。

「ただ、出雲屋の書簡は確かにございます。それを伊吹さまが接取されたのも事実。しかしながら、誰もその在処を知らぬのは、いったいどういうわけでござろうか」

「さあ、どういうわけなのでしょう」

美鶴の答えはそっけない。よほど気分を害したらしい。しかし、下村は相手の心内を忖度する素振りは一切見せず、続けた。

「どうか、よくよくお考えください。重要な証ともなるもの。伊吹さまが容易く目に付くような場所に隠したとは思われませぬ。むろん、破棄するなどあり得ない。とすれば、やはりご家族に何らかの形で託したとしか考えられませぬ。いかがです。伊吹さまから託された物が何かございませんでしたか」

「父は遺言を残しました。でも、そこには出雲屋の『い』の字も出て参りませんでした。むろん、ご家老さまのお名前も四谷さまのお名前も、です。ただ、わたしや母の身を案じ、弟に後を頼むと……。わたしどもが父から受け取ったのは、その想いだけです。どうお疑いになってもかまいませんが」

「あ、いや、疑うなどとんでもない。ただ、お身内のみなさまにとっては、青天の霹靂であり、嵐のごとき日々であったと推察いたしまする。とすれば、忘れたままのこともあるやもしれませぬ。どうか、ご再考くださいませ」

もう一度息を吐き出し、下村は立ち上がった。

囲炉裏の炎が揺れる。

影が揺らめく。

美鶴が提灯を手渡す。礼を述べ、また明後日に参りますと言い置いて、下村は夜の闇の中に出ていった。風と一緒に冷気が吹き込んでくる。昼間感じた春の兆しの温もりは僅かも含まれていない。

「わが家になど泊まらずとも、宿はちゃんと用意されているようですね」

美鶴が肩を竦め、戸に心張り棒を支う。

「姉上、どう思われましたか」

「今の話ですか」

「はい。父上は本当にそのような、藩政を左右するような書き付けをお持ちだったのでしょうか」

「見当がつきません」

投げ出すような言い方だった。

「そのようなこと、考えたこともありませんからね。それより、お腹が空いたでしょう。夕餉にいたしましょうね。朝の残り物だけど、支度はできていますから」

竈の前に座り、火を掻き起こす。

前掛けを締め、襷を掛けた姿は町方の女そのものだった。

砂川の地に住むようになって、美鶴は少し痩せた。しかし、窶れてはいない。むしろ以前より生き生きとして見えた。髪も肌も艶を増し、藤士郎でさえ目を瞠ることがたまにだがある。慶吾などは、しょっちゅう「美鶴さまとわが母を、同じように女人として括っていいものか」と、本気なのか冗談なのかわからぬ思案を口にしていた。

「あなたはどうです」

竈の前から、美鶴が振り向く。

「そんなものがあると思いますか」

「なければ、江戸から人を秘密裏に寄越したりはしますまい」

「そうね……。そうかもしれませんね。でも……」

「でも、なんです」

美鶴は立ち上がり、前掛けの前を軽く叩く。その仕草も町方のものだ。

「何だか、途中からどうでもいいような気になってしまって」

ああ、と頷きそうになった。

どうでもいいとは思わなかったが、自分とはかけ離れた遠い世の話を聞いている気にはなった。空しささえ感じた。

父の無念は晴らしたい。その一念は褪せてはいない。伊吹斗十郎を咎人のままにしておくものか、と。しかし、無念を晴らしたその後、何がどう変わるのか、まるで掴めない。川辺家老をその地位から引きずり下ろし、永蟄居なり切腹なりに処したとして、それで本当に藩政は刷新されるのか。一点の曇りもない正しい政道が敷かれるのか。出雲屋に代わる豪商たちとの関わりを排除しては、藩政は立ちゆくまい。とすれば、同じ過ち、同じ悪政が繰り返されるだけではないのか。政の外側にいる者にとっては、内側に座る者の首が挿げ替えられるだけで、何も変わらない。

そんな気さえする。

下村は川辺陽典の所業に怒りはしたが、苛斂誅求に苦しむ民については一言も触れなかった。端から、目に入っていないのだろう。

それを咎め立てはできない。藤士郎もそうだった。職人や商人や百姓が、自分と関わり合いがあるとは考えてもいなかった。五馬から村々の暮らし——年貢を納めた後に麦を作り、それを主食とするとか、五歳の童でも山に入り仕事を為すとか——を聞いても、珍しがるだけで、心を寄せることはなかった。砂川村に来なければ、あのまま伊吹の屋敷で暮らしていたら、一生そのままだったろう。村人たちが自分と同じ、泣きもすれば笑いもする人であると思い及ばなかったのではないか。

では、江戸の藩主は思い及んでいるのか。その上で藩政の変革を望んでいるのか。ただ、目障りな重臣を取り除き、思うがままに政を動かしたいだけではないのか。

……のか。……のか。疑念ばかりが膨れ上がる。

詮無い。考えても詮無い。しかし、考えてしまう。

心の一端を空しい風が吹いて過ぎる。

鍋から湯気が上がり始めた。煮物の香ばしい匂いが漂う。芋や根野菜を煮込んだものだ。

一昨日、僅かな銭と引き換えに、左京は叺一杯の野菜と麦を調達してきた。

「まあ、こんなにたくさん」

美鶴が頬を紅潮させる。

「さすがに米は無理でした。種籾が何とか残っているだけで、あとは麦と粟や稗しかございません」

「お芋がありますもの、十分ですわ。そうだわ、芋粥を作りましょう。稗餅もね。まあ、何と立派な蘿蔔。ひい、ふう、みい。三本もあるのですね。嬉しいこと」

美鶴の声が弾む。もともと明朗な気質ではあったが、さらに明るく、さらに快活になった。あえてそう振る舞っているのではなく、姉は心底から今の暮らしを楽しんでいる。藤士郎にはそう思えた。

「それにしても、たったあれだけの金子でよくもこれだけのものが手に入りましたね。どんな手妻を使ったのです」

「手妻などと、とんでもない。百姓は銭を喜びます。むしろ、こちらが頭を下げられました」

「そうなのですか」

美鶴が泥の付いた大根を愛しげに撫でる。

「姉上、騙されてはなりませんぞ。柘植は天狗なのです。ひょいと風を起こして村人たちを脅したのではないですか」

「天狗？　そうだったの。柘植どの、あなた天狗だったのね。つまり、人並み外れた力をお持ちなのですね」

「いえ、ただの人でございます」

左京がにこりともせず答える。その澄ました顔がおかしくて、藤士郎は笑い出してしまった。美鶴も口元を押さえる。

姉弟の笑い声が重なった。左京の口元にも微かな笑みが浮かんだようだったが、見間違いであったかもしれない。

美鶴は今朝、野菜を炊き合わせ、米と芋を混ぜた粥を拵えた。夕餉も同じ膳になる。味が染みて、煮物はさらに美味になっているだろう。

口の中に生唾が湧いてきた。

「佐平たちも、すぐに来るでしょう。藤士郎、母上さまをお呼びして」

「はいはい」

「お返事は一言だけにしなさい。子どもではないのですから」

苦笑しながら、藤士郎は小間の戸を開けた。

「母上、夕餉にございます。こちらにお出(い)でください」

返事はなかった。

「母上？」

一瞬、胸が騒いだ。あまりの静けさに不吉なものを感じたのだ。小間には燭台(しょくだい)が灯(とも)っていた。ぼんやりと明るい。

燭台の傍(かたわ)らに茂登子は座り、一心に手仕事をしていた。異変はないようだ。安堵(あんど)する。しかし、仄明(ほのあ)かりに照らされた母の手元に目をやって、胸内がまた波立った。

茂登子は何も持っていなかった。空(から)の手を忙(せわ)しく動かしているだけだ。背筋が、すうっと冷えていく。

「……母上、何をしておいでです」

「え？　あら、藤士郎」

顔を上げ、茂登子が笑む。いつも通りの笑顔だった。

「夕餉の支度が整ったそうです」

「夕餉？　まあ、もうそんな刻(とき)になるのですか」

「はい。暮六つを過ぎたようですが」

「そうでしたか。ちょっと根を詰め過ぎたかしら。でも、あと一息で仕上がりますよ、斗十郎どのの小袖」

「え……」

「このごろ、お痩せになったでしょ。身頃の幅がちょっと気になって。でもこれでは色合いが少し地味かもしれませんねえ。今更だけれど、そちらも気になってきたわ」

茂登子は首を傾げ、藤士郎には見えぬ布地をしげしげと眺めている。

「母上……」

「でも、仕方ありませんね。気に病んでも色合いが派手になるわけではないですから。斗十郎どのなら、ちゃんと着こなしてくださるでしょう。さ、それでは、夕餉にいたしましょうか」

立ち上がると茂登子は火を消し、確かな足取りで部屋から出ていった。藤士郎は闇に包まれた燭台の辺りに目を凝らす。母が見ていたものを見ようとする。

何もない。

針箱も裁鋏も地味な色合いの小袖も、現のものではなかった。母は現にないものを眺め、手にしていた。

「藤士郎」

美鶴に呼ばれる。

気息を整え、藤士郎は音をたてて戸を閉めた。

囲炉裏を囲み、夕餉が始まる。

砂川村で暮らし始めたころ、佐平も左京も土間に畏まって、そこで食事をとると言い張っていた。それを叱りつけたのは茂登子だ。

「佐平も柘植もいいかげんにしなさい。給金も払えぬのに、主人だの奉公人だのと分けられぬではありませぬか。それに、そなたたちがいなければ、わたしたちの暮らしは立ちゆかないのです。なのにそのように窮屈に畏まられては、かえって困ります。よもやそなたたち、わたしたちを困らせて喜んでいるわけではありますまいな」

「まっ、まさか、奥さま、やつがれはそのような不埒なことを考えたことなど一度もも、はい、ただの一度もございません」

「では、言われた通りになさい」

茂登子の一喝に佐平は震えあがり、居間の隅におずおずと座り込んだ。

「柘植、そなたはいかがいたす」

「はっ。奥方さまの仰せに従いまする」

「よろしい。では、お上がりなさい」

主従の別はないと言いながら、茂登子からは女主の威厳と威圧が滲み出ていた。

「あれでは、言うことを聞くしかありませんね」

美鶴が藤士郎の耳元で囁く。

まったくですと答えて、おかしくてたまらず、美鶴と笑い合ったのを覚えている。

居間の板敷までは上がったものの、佐平も左京も囲炉裏端に座り込むことはなかった。囲炉裏の明かりから隠れるかのように、片隅を己が席としていた。

「さあ、芋粥ですよ。たんと、召し上がれ」

「美鶴、あなた、日に日に台所上手になっていくのではなくて」

「あら、母上さま、それ褒めてくださっているのですよね」

「もちろんです。芋粥がこんなに美味しいなんて知りませんでした。見事なお手並みよ」

椀を手に、茂登子は娘を褒めた。

「ありがとうございます。わたし、包丁を握るのも鍋を磨くのも大好きなのです。きっと、母上さま譲りの性質ですわね。でも、今泉の家ではそんな仕事は下女がするもの、はしたない振る舞いだと、たびたび叱られておりました。そういうところも、娘のころの母上さまと似ておりますね」

「まあ、そうでしたか。たしかに、武家の女子(おなご)が台所に立つというのは、家によってはひどく嫌うこともあるでしょうねえ。今泉家は藩の名門ですからねえ」

考え込むように目を伏せる母に、美鶴は心持ちにじり寄った。

「でも、そんなのおかしくありませんか。物を食べなければ人は生きられないではありませんか。いわば、命の源でしょう。台所仕事をはしたないなんて軽(かろ)んじていいものでしょうか」

茂登子の眉(まゆ)が寄る。

「……美鶴、まさかとは思うけれど、そんなことをあちらで口にしたのではないでしょうね」

「今泉の家でですか？　ええ、申しましたわ。お義母(かあ)さまが眦(まなじり)を吊(つ)り上げて『はしたない、はしたない』と、あまりに口煩(くちうるさ)いのですもの。ふふっ、お義母さまは目を剝(む)いて、そのまま黙ってしまわれました」

「まっ、何てことでしょ。お姑(しゅうとめ)さまに反言(はんげん)するなんて。あなた、今度のことがなくても離縁されていたのじゃなくて」

「かもしれません。今泉の家を悪く言うわけではありませんが、いつもいつも取り澄まして、格式にばかり拘(こだわ)って、あまり居心地(いごこち)はよくなかったのです。あのままだったら、父上さまの件がなくても、わたし、去り状を請うていたかもしれません」

「まあ、呆れた。今の話、お父上のお耳に入らなくてよかったわ。生きておられたら、どれほどお叱りになったか」

「そうでしょうか。父上さまなら、『よく言った。よく帰ってきた』と褒めてくださった気がいたします。いえ、きっと褒めてくださいました」

「まあまあ、よくもそんな手前勝手な解釈ができますね。ほんとにあなたって娘は」

茂登子がさらに眉を寄せ、眉間の皺を深くした。しかし、その渋面はすぐに緩み、楽しげな表情になる。美鶴は肩を窄めて、舌を覗かせた。

母上は正気だ。

母と姉のやりとりを、藤士郎はそっと窺う。

茂登子は夫が亡くなったことも、自分たちの現もちゃんと解している。

では、先ほどのあの振る舞いは何だったのだ？

母の心は、不意にあらぬ場所に彷徨ってしまう。彷徨って帰ってきてくればよいが、そのうち……。藤士郎は我知らず箸を握り締めていた。

そのうち、帰ってこられなくなるのではないか。

囲炉裏の温もりを受けながら、腹の底から冷えが上ってくる。

母上。

背後で躊躇いがちな咳が聞こえた。

振り向くと、左京が俯いて口元に手を当てている。湿った、苦しげな咳嗽の音だ。

「柘植、大丈夫か？」

「あ、はい。申し訳ございません」

左京の椀の中身は、ほとんど減っていなかった。小皿の煮物も手つかずのままだ。

「まさか、具合が悪いわけではあるまいな」

半ば冗談のつもりで問うた。この男に限って、人並みに体調を崩すとは考えられない。

「決してそのような」

「どこぞで性質の悪い風邪でも貰ってこられたんでは、ねえですか」

佐平が左京を覗き込む。

「昨日からえらく調子がお悪そうでしたが」

「まあ、昨日から？　気がつきませんでした」

美鶴が左京に身体を向けた。

「柘植どの、どのような具合です？　薬湯を作りますゆえ」

「いえ、お手を煩わせるほどのことはございません。一晩、ゆっくり休ませていただきます。ご無礼をいたしました」

箸を置くと、左京は一礼し土間に下りようとした。

「おい、待て」

とっさにその腕を摑み、藤士郎は声をあげそうになった。

熱い。袖を通してさえ、手のひらに火照りが伝わってくる。

「おまえ、熱がひどいぞ。尋常じゃない」

「お構いくださいますな。さほどのことはございません」

「偽るな。おまえ、いとも容易くこうやって」

藤士郎は指に力を込めた。

「おれに腕を取られた。尋常ではあり得まい」

そうだ、あり得ない。今の左京は隙だらけだ。

左京の頰が強張った。奥歯を嚙み締めたのだ。心持ちだが、声が上ずった。

「お放しください」

「駄目だ。姉上、柘植を囲炉裏の近くに寝かせます」

「ええ、すぐに床を敷きますから」

美鶴と茂登子が手早く片付けを始める。佐平が慌てて粥を掻き込んだ。

「いえ、わたしは納屋に帰りますので、お気遣いは無用です」

「気遣いなどしていない。病人なら病人らしく、大人しく言うことを聞け」

「おれに構うな！」

刃が斬りつけてきた。

そう感じるほど、激しく険しい一声だった。しかし、藤士郎は放さなかった。熱い腕を握り締めたまま、左京の視線を受け止める。

出会って初めて、左京は感情を露わにした。生々しくぶつけてきた。血肉と心を持つ者の一部に触れた気がする。安堵と呼ぶほど柔らかくはないが、気持ちの端がほぐれていく。

「構うさ」

短く、告げた。

ああ、構うとも。知らぬふりなどできない。したくもないし、する気もない。

「構うさ、柘植。おまえがどう叫ぼうと怒鳴ろうと、放ってはおかぬ」

何か言いかけた左京が不意に咳き込んだ。ごほごほと、不穏にも聞こえる咳の音が響く。腕がさらに熱くなる。

「白湯（さゆ）です。飲めますか」

茂登子が湯呑（ゆのみ）を差し出す。左京は、咳が一旦は治まった後の荒い息を繰り返していた。

「飲めるのならお飲みなさい。多少なりとも楽になります」

左京を見詰め、茂登子は言った。

「力を抜きなさい」

左京の手に湯呑を持たせる。

「もっと力を抜いて生きねばなりません。そうしないと、いつか骨も肉も……心も砕けてしまいますよ」

左京は黙っている。ややあって、白湯を一気に飲み干す。身体がふらりと揺れた。とっさに背後から抱きかかえた。そのまま、美鶴の敷いた夜具まで引きずり、横たえる。左京は抗（あらが）わなかった。

「昨夜から具合が悪かったのです。やつがれは何度も休むよう申しましたのに」

佐平が長いため息をついた。

「放っておいてくれと言われまして。今日も林に薪（まき）を集めにいかれたりして、明日の分の薪が足らなくなりそうだったもので……。それで余計にこじらせたのではございいませんかの。柘植さまのおかげで、やつがれは随分(ずいぶん)と楽をさせてもろうております。それで、つい甘えてしもうて……」

身を縮(ちぢ)め、眉を曇らせる。上目遣いに美鶴を見やる。

「おじょうさま……あの、大事(おおごと)になることはございませんよね。お若いですし、あれほど上手に荷車を引かれるお方でございますから」

「荷車と病は関わりないでしょう。でも、ええ、大丈夫よ、佐平。案ずることはありません。水と手拭(てぬぐ)いを持ってきて」

「へ、へい」

佐平が土間に飛び降りる。

「さて。すぐに薬湯を拵えないと。お湯は沸(わ)いておりますね」

「薬があるのですか」

藤士郎は立ち上がった姉を仰(あお)いだ。

村に医者はいない。時折、山伏(やまぶし)の形(なり)をした男が「霊験(れいげん)あらたか、万病退散」と唱(とな)え、怪しげな護符を売りにくるだけだ。屋敷を出るさい、薬を少しは携(たずさ)えてきたが、昨年の暮れに村の子どもたちの間で感冒が流行(はや)ったとき、ほとんどを世話役に手渡してしまったはずだ。

「ええ、ありますよ」

美鶴があっさりと頷いた。

「実はね、宗太郎どのが伊吹の屋敷をこっそり訪ねてこられて、幾ばくかの薬を手渡してくださったの」

「宗太郎どのが」

「義兄上が」

茂登子と藤士郎が同時に顔を上げた。茂登子が軽く息を呑む。

「知りませんでした。いつ、そんなことを」

「砂川に来る前夜です。裏口からひっそりと、人目を忍んでお出でになってね」

何を思い出したのか、美鶴が口元を緩めた。

「『おまえのことだから金子は受け取らないだろう。だからこれを餞別に持ってきた』と布袋を渡してくださったの。中には薬包がたくさん入っていて、一つ一つに『熱取り』だとか『癪』だとか『腹下し』だとか記してあるのです。きっと怪しまれないように薬箱から少しずつ持ち出したのでしょうね。わたしが間違えないように、細々と記してくださったのです。いかにも宗太郎どのらしくて、笑いそうになりました。『これは自分たちのためにだけ使うのだぞ。決して無駄にするな』と、それはそれはしつこく念を押されて。それも、らしくてねえ。ほんと、おかしかったです。でも、お心遣いはありがたく頂戴いたしませんとね」

義兄だった男の、白くのっぺりした顔を思い出す。累を恐れて、今泉家は美鶴を含めた伊吹家の者に、一切関わろうとはしなかった。それを怨む気はまるでなかったが、蔑みと怒りがない交ぜになった心持ちはしていた。保身に汲々とする義兄の実家を嘲笑ってやりたいような心持ちだ。若い藤士郎は母や姉のように、世間とはこういうものだと割り切る術を持っていなかった。今泉宗太郎が薬包を懐に訪ねてきたと聞いても、それで見直す気はとんと起こらない。しかし、人という生き物の複雑さ、一筋縄ではいかぬ在り様に微かだが怯むような、目が覚めるような心地にはなる。

「いけない、おしゃべりをしている時ではないわ。柘植どの、今少しご辛抱なさい」

「いいえ」

左京が起き上がろうとする。

「薬は貴重です。わたしが頂くわけには参りません」

しかし、美鶴は聞いていなかった。既に水屋の引き出しから薬包を取り出し、湯に溶き始めていた。

茂登子が濡らした手拭いを左京の額に載せる。

「じたばたするな。みっともない」

藤士郎は軽く左京の身体を押した。ほとんど手応えはない。

「うちは代々お節介の家系なのだ。どれほど嫌だと言い張っても、あれこれ世話をやかれる。逃れられぬと覚悟を決めて、諦めるんだな」

左京が長い息を吐く。

「……無礼をはたらきました」

「うん？　無礼？」

「藤士郎さまに……無礼な口を……」

「ああ、さっきのか。別に気にするな。たいしたことではない。それより薬をきちんと飲んで、ともかく休め」

美鶴の差し出した薬湯を飲み干し、左京が目を閉じる。熱のせいで火照る頬の上を汗が一筋、二筋流れる。

佐平と茂登子がそれぞれの寝場所に引っ込むと、急に風音が強くなったようだ。春の盛りに先駆けて吹く風かもしれない。

それにしても、こやつ……。

この身体で、おれを救ってくれたのか。

雑木林でのあの動きがよみがえる。一筋の無駄も無理もない動きだ。鬼神のごとき太刀さばきだった。藤士郎には真似どころか、目で確と捉えることさえできなかったではないか。

昨夜から具合が悪かったと佐平は言った。ならば、尋常な身体であればあれに勝る動きをするのか。それとも、本物の剣士とは身体の調子など関わりなく、一たび剣を握れば己の力を全て引き出せるものなのか。

おれなどとうてい及ばぬな。

舌の先を苦く感じる。喉がひりつくようにも感じる。どう足掻いても越せぬ岩壁を仰ぎ見る、そんな気にもなる。

しかし、意外にも心は凪いでいた。焦燥や口惜しさは感じない。あまりに差があり過ぎると、かえって清々してしまう。ただ、心に伸し掛かる想いはある。

こやつなら、父上を苦しめなかった。

残虐な拷問のような苦しみを与えずに済んだ。

こやつの介錯なら、父上はほとんど痛楚を感じぬまま、腹を召されたはずだ。おれが、おれが未熟なばかりに……。

ずくり、ずくり。

手のひらが疼く。

汗に塗れ、苦痛に歪んだ父が浮かぶ。浮かび、迫ってくる。

父はなぜ、あのような所業に出たのだろう。

手のひらの疼きを忘れた。代わりのごとく、心の臓が鼓動を激しくする。

父上はおれに愛刀を渡し、介錯を望んだ。

何のためにだ。

おれのためか。

おれを一人前の武士とするために、わが身を断ち切らせた。

ずっとそう考えてきた。そうとしか考えられなかった。しかし、しかし、それなら作法にのっとり、従容として死に就く様を見せれば十分ではなかったのか。

頭の中で下村の言葉が弾けた。

伊吹さまから託された物が何かございませんでしたか。

弾けて火花になり、四方に散る。

心当たりはないと、正直に答えた。

けれど、あるではないか。父から託された唯一の物が……。

「藤士郎」

美鶴の手が肩に載った。

「どうしました。怖い顔をして考え込んで」

「姉上、いや、つい……いろいろと……。こちらに来てからずっと、柘植に頼りっぱなしでしたから。佐平ではないが、少しばかり省慮しております」

「ほんとにね。駄目ですね、わたしたち。他人に尽くされるのを当たり前のように思ってしまう。気をつけなければいけません」

美鶴は左京の額の手拭いを水に浸した。

「でも、よく眠っております。夜中におそらくひどく汗をかくでしょう。そのとき、着替えをさせねばなりません。身体を拭いてさっぱりさせてあげれば、病人の支えになるそうですよ」

「おや、姉上、医術の心得まであるのですか」

軽い気持ちでからかってみた。

「わたしではなくて、別れた旦那さまが、ね」

手拭いを額に戻し、美鶴は悪戯っぽい笑顔で弟に応じた。

「義兄上、今泉さまが？　まさか」

「そのまさかなの。宗太郎どのはね、本当はお医者さまになりたかったそうですよ。子どものときから医術に心を惹かれていたのですって。でも、今泉家の嫡男が医者になれるわけもなく、諦めざるを得なかったと。でも、お部屋には、その道のご本がいっぱいあって、腑分けの話や薬の調合、病人の手当て、病の名前まで、いろいろ教えていただいたわ」

「へえ、それは慮外だ。驚きました」

暫く黙り込んだ後、美鶴はぽそりと弟を呼んだ。

「ねえ、藤士郎」

「はい」

「武家とはまことに窮屈なものですねえ。己の生きる道を己では決められない。家だの身分だのに縛られて、励むことさえ許されないのですから。わたしは正直、宗太郎どのを気の毒に思うておるのです」

罪人の家族として所払いを命じられた者が、名門今泉家の次期当主を憐れむ。身の程知らずなと、嗤笑を買ってもしかたない一言だ。が、美鶴は心底から前夫を不憫がっている。

「でもそれは、今泉さまに限らぬことです。武家と生まれたからには身分に関わりなく、生きる道は定められております。そしてそれは百姓も町人も、みな同じでしょう」

「そうね。ええ、縛りつけられているのはみな、同じ……。あら、でも、藤士郎」

「はい？」

「とすれば、今のわたしたちは誰より身軽なのではなくて」

「は？」

美鶴は先ほどの悪戯な笑みをさらに広げた。

「だって、守るべきお家がないのですもの。好きに生きろと言われているようなものでしょう」

「姉上、先日は家を守り立てるための力を蓄えろとおっしゃったではありませんか。そのために剣にも学問にも励めと、わたしの尻を叩かれましたぞ」

「そうでしたね。お尻を叩いた覚えはありませんが、確かに優しく励ましはいたしました」

「優しかったかなあ。姉上らしからぬ剣幕でしたが」

「まぁそんな……。でも、そうねえ。確かに肩に力が入っていたかもしれません」

「それで、姉上、お考えが変わったのですか」

美鶴はまた黙り込んだ。無言で、囲炉裏に柴(しば)をくべる。炎に照らされた面(おもて)は、妖艶な女のものだ。

未練だったのではあるまいか。

ふっと思った。

宗太郎は妻だった女への未練に駆られて、夜道を急いだのではなかろうか。もう一度逢(あ)いたい、一目逢いたい。そんな想いに炙(あぶ)られて矢も盾(たて)もたまらなくなり、伊吹の家をおとなったのではないか。薬は、ただの口実に過ぎなかったのだ。

埒もないことを考えるなと、藤士郎は己を叱る。が、炎色の明かりを受けた横顔は、藤士郎をあらぬ想いに引きずり込む。それほどの美しさだった。

「あなたに伊吹の家を再興してもらいたい。その思いはむろんありました。女のわたしには叶(かな)わぬことですから。母上さまのためにも是非(ぜひ)にという思いが……」

また一枝の柴を投げ入れ、美鶴は炎を見詰めた。

「でも、何だか、あなたには似合わない気がするのです」

「は、似合わない？」

「ええ、裃(かみしも)をつけて城中に勤める。お役目を得て扶持(ふち)をいただく。執政の一端に食い込み、そこからさらに上を目指して……宗太郎どのの生き方がまさにそうでした。

それが悪いとは思わないけれど、藤士郎、あなたには不向きな気がします」

「姉上、しかし」

「下村どののお話を伺(うかが)っていても、謀(はかりごと)だの密命だの企(くわだ)てだの、禍々(まがまが)しい言葉ばかりではありませんか。まるで、魑魅魍魎(ちみもうりょう)の跋扈(ばっこ)する魔境のよう。わたしには政の何たるかもわかりはしませんが、ただおぞましく感じました。そういうところにあなたが足を踏み入れるかと思うと、ぞっとします」

「酒呑童子(しゅてんどうじ)退治に出かける源(みなもとの)頼光(よりみつ)、といったところですか」

「藤士郎、わたしは真面目(まじめ)な話をしているのよ」

わかっている。しかし、姉の真意を藤士郎は摑みかねていた。同時に、新しい風を吸い込んだように胸が軽くなる。戸惑(とまど)いと快(こころよ)さと。二つがない交ぜになった心地をどう表していいか言葉が見つからず、つい茶化してしまった。

「父上さまはどうだったのかしら」

美鶴は弟から炎に目を移し、呟(つぶや)いた。

「どんなお気持ちで生きておいでだったのでしょうか」

「父上は武士の道を貫(つらぬ)かれました。武士らしく最期(さいご)を迎えるために、腹を召されたのです」

「ええ……」

美鶴が何か言いかけたとき、左京が低く呻いた。

「まだ、熱が高いわ。汗を出し切れば熱は引くものだと宗太郎どのは仰っていたけれど、どうかしら。お薬、本当に効くのかしらねえ。あの方、口のわりには頼りにならないところがありましたから」

辛辣な物言いをしながら、美鶴は甲斐甲斐しく額の手拭いを取り換える。

「姉上、後はわたしが引き受けます。どうぞ、お休みください」

「あなたが看病を？」

藤士郎は顎を引き、口元を引き締めて見せた。

「見くびっていただいては困ります。それくらい、わたしにだってできます。だいたい、姉上に柘植の身体を拭かせるわけにはいかないでしょう」

「そうですね……。では着替えと手拭い、それに水がいるわね。ここに用意しておきます。後はあなたに任せます」

「そうしてください。あ、姉上」

美鶴が振り返る。眼差しだけで問うてくる。

どうしました、藤士郎。

「……いえ、何でもありません」

まだ早い、まだ、姉に告げるべきときではない。まずは、確かめてみなければ。

刀架に納まった蠟色鞘に目をやる。

百姓家の居間には不釣り合いな一振りだ。黒天鵞絨を思わせる艶を放ち、鎮座している。

その前に座り、腕を組み、藤士郎は闇に融け込む黒を凝視した。

考える。考え続ける。

風の音が響く。山を下り、野を走る風は、刻々と激しさを増すようだ。村人たちは藺草田が気になって、眠るどころではないだろう。

更けていく夜を肌で感じる。

キーッ。小さな叫びを聞いた。鼠が狩られたのだろう。断末魔の声は風音に紛れ、掻き消えてしまう。

腕をほどく。眼前の闇が能戸の沢のそれに繋がっていった。

これをおまえに遣わす。

死の間際、父は言った。

父から嫡男へ愛刀を譲る。武家の儀式の一つだと思った。その一刀で介錯せよと命じられたとき、ただの譲渡ではない重さと恐れを感じた。

父は命を賭して何かを伝えようとしている。その何かを摑まぬままでいてはならない。父の想いを受け止めねば、男子と生まれた甲斐がない。とまで思い詰めていた。今も、思っている。しかし……。

しかし、しかし、しかし……。

それだけだろうか。父が、伊吹斗十郎が命懸けで遺そうとしたのは、想い一つだけであったのだろうか。

刀架に手を伸ばす。

鞘を摑む。

冷たい。

命を持たぬ物の冷たさだ。凍える気さえする。それなのに、手のひらに汗が滲んだ。

ふっと気配を感じた。

指を握り込み、振り向く。

視線が絡んだ。険しくも優しくもない。猛々しくも弱々しくもない。静かで動かぬ眼差しが、藤士郎に向けられていた。

「柘植、目が覚めたのか」

「……藤士郎さま、わたしの看病を」

かぶりを振り、左京を遮る。

「喉が渇いたろう。水を飲むか」

「水……いただきます」

低いがはっきりした声音だった。ほっとする。藤士郎の渡した水を左京は喉を鳴らして飲んだ。汗と水の滴が顎を伝う。

「汗をかいたな。なるほど、義兄上もまんざら口だけじゃない」

「は？」

「いや、何でもない。着替えは用意してある。それと、汗を拭かねばならんな。待て、今、湯を持ってくる」

「自分でできます。ですから」

「放っておいてくれと言うのか」

左京が目を伏せる。短い息を吐き出す。

「放っておけるようになったら放っておくさ。しかし、まだその潮時ではあるまい」

「……慣れておるのです」

「慣れている？」

「どういうわけか幼いころから……季節が移ろう時期、必ず熱を出します。震えが止まらなくなって三日三晩、寝付いたこともありました。今回は、おかげをもちまして大事に至りませんでした。貴重な薬までいただき」

「動くな」

「え？」

「また、大仰に頭など下げるなよ。病人にひれ伏されても鬱陶しいだけだからな。ほら、湯だ。おれに拭かれるのが嫌なら自分でやれ」

手拭いを固く絞って渡す。左京が無言で受け取る。

「やはり天狗ではなかったな」

天狗は熱など出さぬからなと続ける。ただの人でございます、と左京は答えた。

「そうだな、人だ。おぬしが人でよかった。人とならば友にもなれる」

左京の手が止まる。藤士郎に顔を向け、目を細める。

「友？　わたしと藤士郎さまが、ですか」

「そうだ。おぬしがどうかは知らぬが、おれはおれとおぬしが主従にあるとは、どうしても考えられん。かといって、身内親族でもなければ赤の他人という気もせん。おぬしに関しては、はっきりしないというか、どういう繫がり方があるのか、正直ずっと手さぐりしていた」

左京から手拭いを引ったくると、荒っぽく湯に突っ込んだ。滴が散って床を濡らす。

心内を打ち明ける気恥ずかしさに、耳朶が火照る。それでもしゃべりたい気持ちが勝った。いつか、どこかで左京に告げたいと思っていた。一息に、藤士郎は言葉を連ねる。

「諸事万端、助けてもらいながら、いつのまにか気兼ねするのも忘れている。がしかし、いつか恩を返したい気持ちは心底にずっとある。これは何だとおれなりに考えて……、おぬしは慶吾や五馬たちと同じだと気づいたわけだ。だから」

口をつぐむ。

左京の肩が震えていた。顔を伏せ、剝き出しの肩を小刻みに揺らしている。俯けた顔の陰から声が漏れる。その声も震えていた。

泣いているのか？　いや……。

左京は笑っていた。密やかではあるが笑声を発している。哄笑を必死に抑え込んでいるようにも見えた。

「柘植、何がおかしい」

さすがに感情が苛立つ。

「嗤われるようなことを、おれは言ったか」

「……おかしゅうございます。おかしゅうてなりません」

「だから、何を嗤うのだ」

つい、声を荒らげてしまった。

左京がおもむろに顔を起こした。眸の中に囲炉裏の熾火が映っている。朱色の小火が灯っているようだ。

「ご無礼をいたしました。しかし、あまりに埒もないお話でしたゆえ、笑いを堪え切れませんでした。ご寛恕ください」

「埒もないだと。何ゆえだ」

不意に遠吠えを聞いた。野犬にしては太く、雄々しい。狼だろうか。それは長く尾を引いて響き、ぷつりと止んだ。

「友になどなれませぬ」

言い切った左京は、もう笑んではいなかった。

「そのようなことを、藤士郎さまは本気でお考えになったのでしょうか」

「当たり前だ。本気で考えて何が悪い。いいか、柘植。おまえが身分だの何だのにまだ拘っているのなら、お門違い（かどちが）も甚（はなは）だしいぞ」

「身分ではございません。生きている世界が違います。わたしは、あなたのように生温（なまぬる）くは生きられませぬ。あなたとて、わたしの生き方など何一つご存じないでしょう」

生温いと言われて、息を詰めた。詰めただけで言い返せない。自分が何も知らない者であるという事実は、この数か月、数え切れないほど鼻先に突きつけられた。ぬるま湯に浸（つ）かって生きてきたと指弾されれば、返す言葉を失う。

お門違いなのは自分だったかと、唇を噛み締めるしかなかった。

「何も知らぬ同士が友になれると告げる。あなたのその安易さ、甘さが、わたしには解せませませぬ」

風が鳴る。

遠吠えは止んだままだ。山は静まり返っている。

「……知らぬと友になれぬのか。それは短慮に過ぎよう」

「短慮？　わたしがですか？」

「そうだ。互いを知らずとも、友にも仲間にもなれるはずだ」

唇を突き出していることに気がつき、慌てて一文字に結ぶ。すねた童のようだと、母や姉から窘められた顔つきだ。さらしたくなかった。

「おぬしは、おれの知らぬことを山ほど知っている。山の歩き方も荷車の引き方も、家の修繕の仕方も……剣の遣い方も、おれにはとうてい及びもつかん。だから、少しでも近づきたいと思ったのだ。おぬしの生い立ちも、どんな生き方をしてきたかも知らん。おそらく、おれには思い及ばぬものだろう。だがな、昔のことなどどうでもいいではないか。おれは、今のおぬしに学びたいのだ。もっと話をして、もっと知りたい。恩も借りも返したいし、いつか……何らかの形で、おぬしの手助けができればとも思った。甘かろうが辛かろうが、これがおれの本心だ」

左京は黙したままだった。何も言わず着替えを済ませ、手拭いと桶を片付ける。夜具に戻り、やっと一言口にした。

「十分です」

「うむ?」

「身に余る看病をしていただきました。貸しを全て帳消しにするには十分過ぎます」

「そういう理屈はあるまい。医者を呼んだわけでなし、手厚い看病をしたとはお世辞にも言えぬ」

「いえ、懇切なる気遣いをしていただきました。もう十分でございます。もう報恩などお考えくださるな」

「柘植、話がずれている。おれはな、恩の貸し借りの話をしているのではない。人としての関わりを話しているのだ」

「無理です」

左京が口元を歪めた。苦艾の汁を飲み込んだようだ。

「狼と兎が友になれるわけがありますまい」

そこで、左京は長い息を吐いた。

「疲れました。あなたとしゃべっていると、本当に疲れる。横にならせていただきます」

夜具に潜り込み、藤士郎に背を向ける。

風も凪ぎ、熾火のはぜる音だけが微かに響く。

「柘植、もう一つ、尋ねたい」

左京に向かって身を乗り出す。

「今の譬え、やはりおれは兎の方なんだろうな」

左京の肩がひくりと動いた。

「それはそうだな。おぬしが兎なわけがないか。しかしな、自分は狼でこっちは兎というのは、いくら何でも謙虚さが足らぬのではないか。差があり過ぎる。せめて、狼と狐（きつね）、あるいは犬ぐらいに譬えてくれてもいいと思うが」

夜具がもぞりと動いた。

「兎でも狐でも、どうでもよろしいでしょう」

「そうはいかん。実はな、おれは兎が大の苦手なのだ。怖くてな、見るたびにぞっとする」

左京が身を起こした。

「兎が怖い？　あの兎がですか」

「そうだ。子どものとき、奉公人が貰ったのか買ったのか知らぬが兎の皮を剝（は）いで、軒下（のきした）にぶら下げていてな。皮を剝かれた兎を見たことはあるか？」

「何度もあります。皮を剝いで肉にしますので」

「そうか……おぬし、兎の皮も剝げるのか。さすがだな。そういえば、この前は山鳥を獲（と）ってきて食わしてくれたな。こってりと脂（あぶら）がのって、実に美味（うま）かった。あれが兎だったら口にはできなかった」

「兎の肉も美味ではございますが」

「いやいや、とても食えぬ。丸剝けの兎は小さな赤ん坊のように見えぬか？　おれには見えたのだ。それがずらりと並んでいて……。今思い出しても身の毛がよだつ」

「しかし、山鳥の前は兎でした」

「ええっ」

藤士郎は腰を浮かし、息を吸い込んだ。煙の匂いが鼻に染みて、くしゃみが立て続けに出てしまった。

「柘植、兎というのは……」

「はあ。ですから、わたしが仕掛けた罠(わな)にかかったやつです。それをわたしがさばいて、美鶴さまが摘入(つみれ)風になさいました」

「待て、柘植。それは、姉上が味噌(みそ)鍋を作ったときのことか」

「かと存じます。藤士郎さま、たいそう美味だとおっしゃって、確か何杯も召し上がっておられました」

「あれは……兎なのか」

「はい。兎です」

「おぬしも姉上も何も言わなかったではないか」

「藤士郎さまが何もお聞きになりませんでしたゆえ」

「おれは、鶏を潰したのかと思っていたのだ」

鶏は慶吾と五馬が新年の祝いだと持参してくれた。雄一羽に雌が三羽いる。卵は貴重な食料源となっていた。

「卵を産む鶏を潰すわけがございますまい。それに、今も四羽揃っているのは一目瞭然ではありませぬか」

「……そうだな。言われてみれば痛いほど納得できる。そうか、あれは兎の肉だったのか。姉上も大胆な真似をなさる。あ、何だか急に気分が悪くなった。しかし、とっくに腹の中でこなれておるわけだし、今更どうにもならぬなあ」

左京が噴き出した。

さっきの冷笑とは明らかに違う。若い弾みを含んだ笑声だ。左京の作り物でない笑顔を初めて見た。

「まったく、あなたという人は……」

左京が咳き込む。

「おい、大丈夫か」

「ご心配なく、すぐに治まります。柄にもなく笑わされてしまいました。まったく……あなたといると、こちらまで調子がちぐはぐになってしまう」

「おれはいたって真面目だ。真面目に話をしている」

「だから手に負えないのです。何事も真正面からしか見られないし、見ようとしない。その正体が何なのか考えようともなさいません。それが、あなたという人です」

辛辣なわりに、左京の物言いは柔らかだった。だからだろうか、藤士郎は熱り立つこともなく、むしろ穏やかな心持ちで耳を傾けることができた。

「摘入を鶏だと思い込めば、何の疑念も抱かない。その安易さも生温さも、伊吹家の御曹司であるうちは許されましょう。しかし、今のあなたには、庇護してくれる者が誰一人おりませぬ。狼の縄張りに紛れ込んだ兎のようなものです。しかも、ろくに走り方も知らぬひ弱な兎だ。野では生きていけませぬ」

「走り方を学べということか」

「鍛えるのです。眼も耳も頭も。本物と紛い物の違いを感じ取れるようになさいませ。ご自分の内に生まれた疑念を、つまらぬ思い込みや一時の情で抑えつけてしまわないだけの智恵は身につけるべきです。生き残りたければ、ですが」

「柘植、おぬし、何の話をしている」

「あの男を疑っておいでなのでしょう」

うっ、と小さく唸っていた。左京は無表情のまま、藤士郎を凝視している。

心のどこかで、下村平三郎という男を胡散臭いと感じていた。そのことを、無理に片隅に押しやっていた。

下村は父の無罪を断言してくれた。下村の語る伊吹斗十郎の姿は武士そのものであり、清廉と忠義の男だった。罠に陥れられた悲運の人でもある。

快かった。

父をそのように語ってもらうのは、この上なく快かった。その快感に浸るために、藤士郎は下村への疑念を振り捨てた。

「あの男に胡乱を覚えながら、あえて目を背けた。違いますか」

「……おぬしは端から怪しんでいたわけか」

「はい」

「なぜだ」

「林での争いが、馴れ合いのように感じたからです。襲った方からも襲われた方からも、必死の気迫が伝わってこなかった。芝居ではないかと、とっさに思いました」

それは藤士郎も感じた。斬り合いの場にしては男たちはどこか緩んでいた。しかし……。

脳裏で肉片が飛ぶ。

人の鼻の先だ。

左京の一太刀は、男の顔面から鼻先を削ぎ落とした。

「芝居だと知りながら、相手にあれだけの傷を負わせたのか」

「知っていたわけではありません。疑っただけです。その分、手加減はしたつもりですが」

「手加減だと？」

「やつらが本気であれば、一人残らず斬り捨てておりました」

自分の目が大きく見開かれたのがわかる。藤士郎は口中の唾を呑み下した。

大言壮語ではない。

この男なら雑作もないだろう。誰一人、逃しはしない。瞬き一つか二つの間に、刺客たちはみな地に転がり、呻きさえ発せなかっただろう。刹那だが、人の血の臭いを嗅いだ。

藤士郎は刀背を遣った。誰であろうと殺す気はなかった。それは余裕ではなく甘さであったのか。

左京が横を向いた。向きながら問うてきた。

「藤士郎さまは、どこで下村に疑いを持たれました」

「おれか……おれは訛りだ。下村の言葉には江戸の訛りがなかった。側用人の密使になるほどの側近なら、定府だろう。それなのに、江戸言葉ではなく天羽の物言いを感じたのだ。本人は巧妙に隠していたつもりだろうがな。それで変だと思ったのだ」

「なるほど。とすれば下村は、定府ではなく領内の者であるわけですね」

「断言はできん。ただ、出雲屋の遺した書簡とやらを手に入れようと躍起になっているのは確かだな。斬り合いは芝居であっても、おれたちから手がかりを聞き出そうとした下村の態度は本気だった。焦ってさえいた」

「ということは、むしろ、川辺家老の手の者かもしれませぬな」

「否定はできぬな。さっき芝居と言うたが、それはおれたちに味方だと思わせて、書簡の在処を聞き出すためのものだろう」

「そうでしょうね。わたしが現れなければ下村が必死の抗いをみせて刺客を追い払う、そんな筋書きであったかもしれません」

とすれば、目算は大きく狂ったわけだ。藤士郎は胸裏で吐息を漏らした。

「おぬしは小芝居と見抜いたが、おれにはわからなかった。下村が傷を負うていたからだ。おぬしが言う通りなら、血を流してまでおれたちに取り入ろうとしたことになる。よほど焦っている。つまり、そこまで追い詰められているわけだ。だから」

藤士郎は囲炉裏に炭を足し、火を熾した。

火花が散った。

鮮やかな火色が目に焼き付く。

「江戸表が動いているのは確かなのだろう。川辺家老失脚のために、動き出している」

そこに藩主の意図がどれほど関わっているのか、藤士郎には測れなかった。若いとはいえ一国の主だ。真剣に失脚なり致仕なりを望み、成そうとしているのなら、川辺陽典にとってはこの上ない脅威だろう。

「もったいのうございますぞ」

「うん？」

「炭です。それは薪炭屋から買い求めたものです。そんな贅沢な使い方はおやめください」

「姉上から、おぬしを温めるように言い付かっておるのだ」

「ですから、わたしはもう十分です。どうしてもと言われるなら柴を燃せばよろしいでしょう」

「柴は、どうも生木が交ざっているようで、煙たくてかなわぬ」

「それくらいは辛抱すべきです。だから、あなたは甘いのだ」

「悪かったな。おぬしこそ、少々細か過ぎないか。どこぞの小姑ではあるまいし。まったく、一々小うるさい」

「わたしが小うるさく言わねば、あなたは何も気づかぬではありませんか。黙っておれば炭櫃が空になります」

炭が熾る。

ぱちぱちと小気味よい音をたてる。仄かな温もりが伝わってくる。少し、おかしい。笑いが込み上げてくる。

「藩政の大事と炭の使い方を一緒に語るというのも、いかがなものかな」

「わたしにとっては、政より炭や米の方がよほど大切です。藩民のほとんどがそうでしょう。誰が失脚しようと執政の座に就こうと与り知らぬこと。ただただ、自分たちの暮らしがなんとか立ちゆくだけの政をしてもらいたい。それだけです」

「……そうだな」

能戸の麓の村で、吹雪を預かってくれた百姓家の女房。その、日に焼けた顔が浮かんだ。

あの女房も願っているだろう。

暮らしが何とか立ちゆくだけの政。飢(う)えずに過ごせる日々。子や亭主と一緒に生きていける一日一日(ひとひひとひ)。砂川の人々だとて同じだ。米を作り、藺草を作り、自分たちは麦を食う。菰(こも)を被(かぶ)って寝る。そんな暮らしを守り続けたいと願う。

政とは、民の願いを叶えることではないのか。

川辺家老はさておき、若き藩主も側用人も、そこに心が届いているだろうか。そして、父はどうだったのだろうか。

左京の一言が重い。

「これから、どうなるのかな」

ほろりと呟きが零(こぼ)れた。子どものような口吻(こうふん)になってしまった。しかし、それを恥じる気持ちは湧いてこない。

「さあ、わかりませぬ。ただ、江戸表が動いていると伝われば、これまで川辺家老の威光に縮まっていた者たちが息を吹き返すやもしれません」

「その中心になるのは誰だ。津雲さまか、他の執政方か」

左京がゆっくりと首を振った。

「見当がつきませぬ。ただ、川辺家老側だとて手を拱(こまね)いているわけではありますまい。保身のためにあらゆる手段を取るはずです。藩内での家老の権勢は、顕然(けんぜん)としてあるわけですから」

「藩を二分する争いになるかもしれんわけか。しかし、それは極めてまずいな」

「仰せの通りです。藩内で揉め事が続けば、公儀の耳目に触れやすくなります。下手をすれば、取り潰しの口実にされかねない。江戸表も国元も、それを恐れて迂闊に動けないという事情もあるのかもしれません。天羽藩を潰したいと考える者など、さすがにいないでしょうから」

腕を組み、天井を見上げる。梁の上で、赤い小さな光が瞬いた。鼬の目だ。赤い目は人の蠢愚な諍いを見下し、嘲笑っているかのように瞬き続ける。

「明後日、下村はまた来るかな」

「来るでしょう。やつはまだ、目的を果たしておりません」

「そのとき、おれたちはどうするかだ。何も知らぬと惚け通すか、おまえは何者だと問い詰めるか」

「藤士郎さま。あなたは何かをご存じなのですか。惚けねばならぬことがおありなのか」

「うっ、それは……」

口を滑らせた。けれど、まあいい。

「あるにはある。しかし、まだ言えぬ」

正直に告げる。

能う限り、正直でいようと心を定める。

大人たちが謀略と駆け引きに明け暮れているのなら、まだ前髪も落とさぬ自分たちだけはせめて正直でいよう。甘いと嗤われても世間知らずと揶揄されても、他者を偽るまい。

「もう少し待ってくれ、柘植。話せるときがきたら、一番におぬしに報せる」

「しっ」

「うん？」

「足音がします」

「足音？」

耳をそばだてる。

「何も聞こえぬが」

「いや……足音です」

もう一度、聞き澄ます。

足音が、忍びやかな足音が耳に届いた。

一つ、二つ……二人か。

左京が動く。枕元の太刀を摑み、土間に下りる。藤士郎も刀架から一振りを外した。

夜更けというより、もう朝方に近い。こんな刻に誰が？

藤士郎が鯉口を切ったのとほぼ同時に、板戸が叩かれる。

ホトホトホト。

遠慮がちな音が、それでも静寂を綻ばせる。

「伊吹さま、こんな刻に申し訳ありません。伊吹さま、起きておいででしょうかな。吉兵衛でございます」

世話役の老人の声だった。

左京と一瞬、顔を見合わせる。頷くと、左京が心張り棒を外し、戸を開けた。村の世話役が提灯を持って、立っていた。小腰を屈める。

「吉兵衛どの。いかがされた」

「伊吹さま、実は大変なことになりましてな」

藤士郎を上目遣いに見て、吉兵衛は眉を顰めた。

「何事です」

「これは作治という者ですが、実は先ほど」

　吉兵衛が背後の男を指差す。ずんぐりとした体軀の若い男だった。今にも泣き出しそうな顔つきをしている。

「風が強いので気になったとかで、藺草田を見回りに行きましたら……、道端に転がっておる男を見つけましてな。それが血だらけで……つまり、そのばっさり斬られておるようなのです」

「え……」

「しかも、それがお武家さまの形をしとられての……。はい、大小をちゃんと佩いておられましたんで。あれは、間違いなくお武家さまですな」

　風が鳴った。白い花びらが数枚、風と一緒に入り込んできた。梅が散ったのだ。

「うちの村でお武家さまが斬り殺されるなど、今まで一度もございませんでしたで。それで、もしや、こちらと関わりがあるのではないかと参ったわけでございます」

　武家？　斬り殺された？　道に転がっている？

　何だそれは。何が起こったんだ。

「藤士郎さま、もしや」

　左京が囁く。

　風音が、その囁きを吹きさらっていった。

第六章　明けの空

夜が明け始めた。

山の稜線が明るく輝いたかと思うと、空は瞬く間に鮮やかな青へと色を変える。青は夜の黒も星の瞬きも呑み込んで広がっていった。暮れてゆく空が徐々に色を濃くして黒へと沈み込んでいくのとはうらはらの、疾走するが如き速さだった。光が日に日に強靭になっていく。唐突に明ける空は、その証のようだった。

天を仰ぐたびに、あの空を思い出す。

父の待つ能戸の沢の牢屋敷へと泥道を歩きながら見上げた空だ。紅く焼けながら雨を降らせていた。その後の父の死と相まって、焼け空の光景は藤士郎をいつも不穏な心持ちにさせた。

だが、今、胸内が騒いでいるのは、父のせいではない。白目を剝いて絶命していた男が故だ。

口元が歪み、血に塗れた形相は、おぞましくも哀れにも目に映ったが、間違いなく下村平三郎だった。

首元から脾腹にかけて斬り裂かれていた。踏み込んだところを一太刀、みまわれたのだ。存分に力をのせた見事な太刀筋だった。下村は声をあげる間もなかっただろう。

掛けられていた菰をめくり、骸の傷を確かめたとき、藤士郎は戦慄に近い震えを感じた。

これはそうとうの手練れの仕業だ。

「お知り合いですかのう」

吉兵衛が藤士郎の顔を覗き込んでくる。答えるより先に左京が口を開いた。

「見知らぬ方でござりますな、藤士郎さま」

「あ……うむ……だな」

「え？　ご存じないので」

「まったく面識はない。初めて見る男だ」

左京の返事に、吉兵衛は明らかな落胆の色を浮かべた。

「お武家さまですし、てっきり、伊吹さまのお知り合いだとばかり思うておりましたが……」

「いや、知らぬ」

左京は飽（あ）くまで知らぬふりを通すつもりらしい。下村は何者かに殺された。そういう者との関わりを認めることは百害にしかならないと判断したのだろう。藤士郎たち伊吹家の者は、領内所払いを命じられた身だ。これ以上、厄介（やっかい）なことに巻き込まれてはならない。巻き込まれれば、藤士郎自身が窮地（きゅうち）に追い込まれかねない。

左京の思惑も配慮も十分に解（げ）せはしたが、無残な遺体を前に惚（とぼ）け通すことはなかなかに骨が折れた。

「困りましたなあ。うちの村でお武家さまが斬り殺されたなどと、前代未聞でございますよ。どう為埒（しらち）すればよいのか」

吉兵衛が深いため息を漏（も）らした。世話役として吉兵衛は、親切とまでは言わないが、藤士郎たちを決して冷遇しなかった。助けてもらった。ありがたいと感じたことも何度かある。その吉兵衛を困惑させるのは気が引ける。

「まずは代官所に届を出さねばなるまい。後はそちらに全て任せるのだ。武家のことは武家が処する。吉兵衛どのが案ずるには及ぶまい」

「さようでございましょうかな」

左京を見やり、吉兵衛はもう一度息を吐き出した。幾分、顔様が和らいだようだった。

歩いていくうちにも空は明るさを増し、小鳥の囀りが姦しくなる。薄雲が朝日を浴びて金色に輝いていた。

美しい、静かな春の朝だ。

吐く息はまだ白いけれど、光は暖かい。道辺の草々に降りた霜が瞬く間に融けていく。濡れて草は色を濃くし、その間から米粒ほどの白い花が覗き、花弁を開こうとしていた。

「柘植」

「はい」

「下村が殺されると、予察していたか」

「いえ、まさかの思いです」

「たった一太刀だったぞ」

「ええ。並々ならぬ腕前です。だからこそ、刺客に選ばれたのでしょうが」

い。

「刺客……。下村は暗殺されたわけか」

むろん、そうだ。こんなところでたまたま行き合った何者かに、殺されるはずがない。

刺客が放たれたのだ。

「川辺家老の仕業か」

「さて……」

左京が黙り込む。ややあって口を開いたとき、声は聴きとりづらいほど低かった。

「そう安易には決めつけられますまい。下村が本当に四谷さまの配下だったのかどうかも疑わしいのです。むしろ……」

「家老側の者で、おれたちを謀ろうとしたとも考えられる、か」

「その見込みは十分にあります。津雲さまの手の者であるやもしれません」

「津雲さまか」

川辺・津雲の両家老に江戸表。いったい、どこまで縺れ合っているのだ。

「その見込みもあるというだけのこと。何一つ定かではありませぬ」

つい、唸っていた。

あちらも疑わしく、こちらも怪しい。どちらが正義でどちらが悪か、それも定かにならない。

　早朝の風景はこんなにも澄んで美しいのに、人の世は混沌として一寸先も見通せない。

「ともかく、暫くは静観しているしかないな」

「はい。迂闊に動けば巻き込まれる危惧が増しましょう」

「何に巻き込まれるのだ。重臣方の政争か。それなら、下村が姿を見せた時点でもう巻き添えをくっているのではないのか」

「としたら、どうなさいます。戦いますか」

　戦う？　誰とだ。姿を見せぬ相手とどう戦えばいい？

「ともかくお気をつけください。一太刀で人を斬殺できる者がいる。それだけは確かなのですから」

「そやつがおれたちを襲うことがあると思うか」

「わかりません」

　左京がゆっくりと首を横に振る。

「だから用心をするのです。正体の知れない相手なら、まずは敵と考えておくべきでしょう」

「慎重なのだな」

「そうでなければ生き残れません」

「おぬし、ずっとそういう生き方をしてきたのか」

左京は眉一つ、動かさなかった。無言のまま前を向いている。

「それに、身体はもうよいのか」

これには、すぐに返事があった。

「おかげをもちまして。薬がよく効いたようです」

「義兄上、いや、今泉さまの薬もなかなかのものだな。まぁ、調子が戻ったのなら何よりだ。よかった、よかった」

左京が呟く。

「……本当におかしな方だ」

「うん？　何か言ったか」

「いえ……」

つぐみかけた口を左京は動かし、告げた。

「謎やら政争やら骸やら、何とも禍々しい気配の中にいるのに、妙に晴れ晴れとした顔をなさる」

「おぬしの身体がよくなったと聞いたからだ。病むより健やかな方がいいに決まっている」

「わたしの身体のことなどどうでもよいではありませぬか」

「どうでもいいわけがないだろう。だいたい、おぬしはすぐそうやって捨て鉢な物言いをする」

「捨て鉢？　わたしが自棄になっていると？」

「そうは言わん。ただ、おぬしの物言いを聞いていると、自分で自分を粗末にしているとしか思えんときがある」

「馬鹿馬鹿しい」

左京が鼻先で嗤う。零れた白い息はすぐに朝の光に融けて、消えていった。

「よくも、そんな馬鹿馬鹿しいことを考えるものだ」

「考えるというより勘さ。そして、おれの勘は意外に鋭い」

「あなたのような呑気者の勘が当てになるものですか」

囲炉裏の傍で交わしたのとよく似たやりとりだ。なぜかおかしくて笑ってしまう。

畦道を突っ切り、しばらく行くと家が見えてきた。うっすらと煙が上がっている。

美鶴が朝餉の支度に取り掛かっているのだ。佐平が薪を抱えて、家の中に入っていった。入れ替わりに茂登子が出てきて、前を掃き始める。屋根の上には雀たちが行儀よく並び、人の営みを眺めていた。朝の光がそれら諸々を柔らかく包み込み、輝かせる。

何の変哲もない、ささやかな、しかし胸が詰まるほど美しい光景だ。藤士郎は足を止め、束の間、見惚れた。

この光景を壊したくない。

強く思う。

伊吹家の再興より藩政の刷新より、今、目の前にある諸々を守る方がずっと大切ではないのか。

茂登子が身体の向きを変えた。藤士郎たちに気がついたようだ。美鶴なら大きく手を振るかもしれないが、さすがに茂登子は軽く会釈しただけだった。遠すぎて表情は読み取れない。それでも藤士郎は、母が微笑んでいると確信できた。

「そんなことが……」

慶吾は絶句し、あったのかと続けられなかった。かわりに、うーっと低い唸り声を出す。

「おれたちの手に余る出来事だな」

五馬が慶吾の心内を代弁する。

五馬は美鶴の機織り用の糸を、慶吾は漬物や味噌を、それぞれの母から言付かっていた。もっとも、五馬はともかく慶吾にとっては、漬物も味噌も伊吹家を訪れる口実に過ぎなかった。さらに言うなら、美鶴に会いたくて、無理やりおとないの言い訳を作っているだけだ。

伊吹の屋敷にいたときのように、気軽に訪れればいいものをとおかしかったが、藤士郎はあえて何も言わなかった。他のことなら、お互い、からかったり囃したりもするが、女人への情が関わるとなると気後れする。考えなしに触れてはならない領分のように感じるのだ。たとえ、言いたいことを言い合える仲であっても、いや、仲であるからこそ配慮がいる。野放図に相手の内に踏み込んではならない。

正直、美鶴にとって、慶吾は弟の親友以上でも以下でもないだろう。手がかかって、かわいくて、成長が楽しみな者であっても、男として眺めたことは一度もないはずだ。

懸想する相手を間違えたな、慶吾。

藤士郎は胸裏で語り掛ける。慶吾の一途さが気の毒なようでも眩しいようでもある。

「しかし、一太刀とはな」

五馬が鉈の刃先を軽くかざした。

薪割りの最中だった。

山と積まれた薪を三人交代で割っていた。剣の腕に比するのか、薪割りは五馬が一番上手かった。軽く鉈を振るっただけで、薪はほとんど音もなく二つに分かれる。それでもっぱら、藤士郎は割れた薪を束にする作業を、慶吾はその束を運ぶ仕事を引き受けていた。

「ああ、傷は骨まで達していたが、下村は痛みを感じる前に絶命していたと思う」

介錯。

首を裂かれ、夥しい血を流し、瞬きの間に亡じた。

唐突に、その二文字が浮かぶ。まるで凄腕の介錯人だ。皮一枚残して、見事に相手の命を絶つ。手のひらがまた疼く。父の肉の手応えがよみがえる。苦悶に歪んだ口元が見える。

藤士郎はかぶりを振った。

一生、忘れられないのかと思う。何をしても、どこで生きても、事あるごとにこの手応えが、父の最期の様子が思い出され、心と手のひらを疼かせるのだろうか。

「それって、やっぱりすごいのか」

慶吾が荒縄を切り揃えながら首を傾げる。

事のあらましは薪割りの前に二人に話してある。慶吾も五馬も一様に驚き、困惑の色を深くした。藤士郎同様、政の闇になど何の縁もなく生きてきた。突然に鼻先に突きつけられても戸惑うばかりだろう。

「そりゃあそうだ。一太刀で相手を仕留めるなんて、誰にでもできる芸当じゃない」

藤士郎が答える。慶吾の稚拙にも呑気にもとれる問いかけを少し愉快に感じる。慶吾といると、いつの間にか心が解れていくのはこの気性のおかげだ。

「ふーん、じゃあ刺客の正体も、ある程度は絞れるんじゃないか」

五馬は鉈を握った手を、藤士郎は薪を掴もうとした指を止めた。ほとんど同時に慶吾に視線を向ける。

「あ、いや、止めてくれ。二人して見詰めたりするな。おれ、そんなに変なこと言ったか」

慶吾の頬が紅潮した。本気で照れているのだ。

「変じゃない。なるほどと思ったのだ。確かに、あれほどの腕のある男は家中にもそう多くはいないだろう」

「男と決めつけていいのか」

五馬が鉈を振るう。割れた薪が転がる。

「刺客が女？　いや、それは考えられん」

腰が据わった見事な太刀筋は男のものだった。

「おれも考えてはいないさ。ただ、どんな些細なことでも、端から決めつけない方がいい。刺したのならともかく、上背のある若い男を女が袈裟懸けにできるはずがない。そう、誰しも思う。ところが、下手人は男顔負けの剛力な女だったなんて強盗返しも、なきにしも非ずかもしれん」

「五馬、凄腕の剛力女に心当たりがあるのか」

慶吾が身を乗り出して尋ねた。五馬は苦笑する。

「だから譬えだ。譬え。そんな女、滅多にいるものか。十中八九、刺客は男だ。しかし、家中の者だとは言い切れまい」

「他所から来たと？」

「見込みはあるだろう。雇われたのかもしれないし、江戸から遣わされたのかもしれない」

「ふーん、見込みなあ。藤士郎、どうだ？」

「え？」

「なんだ、ぼんやりして。どうした？　今の五馬の話、聞いていなかったのか」

「あ……いや、聞いていた。下村はここを出て間もなく斬り殺された。村外れの藺草田の傍でだ。刺客は近くの草むらに潜んで下村を待っていたんだろう。あれは峠越えの山道に繋がる近道なのだ。藺草田しかない場所だから、日が暮れると人通りも絶える。たまたま藺草の苗が気になって見回りに出てきた百姓がいたから、夜が明ける前に事が発覚したが、そうでなければ、朝方まで誰にも見つからなかったはずだ。うん、そうなのだ。人気のない近道。下村も刺客もそのことを知っていた。他所から来た者じゃない。二人とも家中の者だ」

「刺客が潜んでいたと、なぜわかる？　下村ってやつの跡をつけて、適当な場所でばっさり殺ったのかもしれんぞ」

「草むらに人のしゃがんでいた痕跡がはっきり残っていた。間違いなく、あそこで待ち伏せしていたのだ」

うーんと、また慶吾は唸った。

「藤士郎、おまえ、大目付の配下にでもなればかなり出世するんじゃないか。よくもいろいろ頭が回るな」

「いや、柘植と二人で推察してみただけだ。これ以上のことは何もわからん」

がっ。鈍い音がした。薪を割り損ね、五馬が舌打ちする。

「おっ、珍しいな。五馬が下手をしたぞ」

慶吾が妙に嬉しげな声を上げた。

「おまえらがうるさいから気が散ったのだ。慶吾、舌より手を動かせ。ほら、薪が山になっている。藤士郎も早く束ねろ」

「はいはい。わかりましたよ、旦那。やりゃあいいんでしょ、やりゃあ」

慶吾がすねたふりをして唇を尖らせた。おどけた表情に、五馬が笑い出す。その笑いをすぐに引っ込めて、藤士郎に真顔を向けてきた。

「藤士郎、あの男はどうなのだ」

あの男が柘植左京を指しているとはすぐに解せた。その後の一言がわからない。

「どうとは？」

五馬の目尻がひくりと動いた。

「……刺客だとは考えられないか」

「柘植が？　刺客？」

「あいつなら、一太刀で人を屠るなんて容易いだろう。それだけの腕はある。しかも、このあたりの道筋には明るい。刺客の条件には当てはまるぞ」

「本気で言ってるのか」

「冗談に聞こえたか」

即座に、首を横に振っていた。

「柘植ではない。柘植に下村を斬ることはできなかった」

「なぜだ？　あいつは納屋で寝ているのだろう。下村がここを出たのを見計らい、先回りして、待ち伏せしたとは考えられないのか」

「考えられない。下村がここを去った直後から、柘植はおれとずっと一緒にいた。夕餉の後に熱を出して臥せっていたのだ。傍にいたおれの目を盗んで、下村を殺し、また戻ってくるなんて真似はできっこない。五馬、違うぞ。刺客は柘植ではない」

がっ。また鉈の動きが乱れる。木の破片が散った。

「もう、止めよう」

吐き捨てるように、五馬が言う。

「こんな物騒で陰湿な話、うんざりだ」

「確かにな。こんな話をするために、おれたち、顔を合わせているわけじゃないな」

「おれは、これを台所まで運んでくる」

慶吾が薪の束を肩に担いだ。

「ついでに、あと何束入用か姉上に聞いてみてくれ」

「おう、任せとけ」

慶吾はにやりと笑うと、足早に歩き出した。

「あいつ、美鶴さま絡みとなると、やけにはりきるよな」

「まったくだ。わかりやすすぎる」

「可愛いと言えば可愛いが」

「可愛い？　冗談にもならんぞ、五馬」

慶吾が「何か言ったか」と振り返る。藤士郎と五馬は顔を見合わせ笑った。

笑えるのは、いい。口を開けて新たな清気を吸い込める。

「うわっ」

慶吾の声が響く。よろめく姿が目に映った。飛び出してきた美鶴とぶつかりそうになったのだ。慶吾の肩から薪の束が滑り落ちて、派手な音をたてた。

「姉上」

思わず叫んでいた。

「姉上、どうなされました」

美鶴は血の気のない真っ青な顔色をしていた。血の抜け切った下村の死に顔が、重なるほどの色だ。

「姉上……」

駆け寄ろうとした藤士郎に向け、美鶴はかぶりを振った。拒みの仕草だった。

美鶴は一歩、後ずさりして、くるりと背を向ける。そのまま裏手へと走り去った。

「姉上！」

呼んでみたけれど、姉の背中はあっという間に家陰に消えた。

「どうされたのだ」

五馬が囁く。

「わからん」

あんなに取り乱した美鶴を見るのは、おそらく初めてだ。姉はいつも、心の真ん中に強い芯を持っている。だから、揺るがない。どんなときでも沈着で凜としていた。

なのに、今のあの顔色は何だ？　なぜ、逃げるように走り去ったのだ？

開いたままの戸口から家の中に入る。

竈に火が入っていた。鍋がかかり、湯が沸いている。そのせいで、土間は仄かに暖かかった。

「母上」

竈の前に茂登子がしゃがみ込んでいる。両手で顔を覆い、身体を震わせていた。

「母上、いかがされました。しっかりしてください」

「藤士郎……」

茂登子が腕を摑んできた。意外なほど強い力だ。

「わたしは取り返しのつかないことを美鶴に……」

双眸に涙が盛り上がり、零れる。母の泣き顔を見るのも初めてだ。芯の強さと凜とした気配を姉は母からもらい受けたのだと、藤士郎は勝手に信じていた。

「どうしたのです？　姉上と何があったのですか」

「……わからないの」

茂登子がいやいやをするように首を振る。

「わからないの。でも、言ってはいけないことを……ひどいことを言った……それだけは、確かで……。藤士郎、藤士郎、ああ、どうしましょう。美鶴はもう帰ってこないわ。わたしが……わたしがひどいことを言ったから……惨いことを打ち明けてしまったから……」

ひどい、惨いと茂登子は繰り返す。

「母上、何を姉上に言われましたか」

「わからない。わからない。何もわからない。頭の中に霞がかかって……。藤士郎、美鶴を連れ戻して……わたしは、わたしは……詫びなければ。あの娘に……。ああ、いやいや。わたしは……美鶴、ごめんなさい。許して、許して……」

茂登子が嗚咽を漏らす。それは、すぐに号泣に変わった。身悶えしながら、母が泣く。まるで子どもだ。頑是ない童が抑え切れなくて泣き喚く姿そのものだった。

茂登子は童女に返ろうとしている。

ぞっとした。背筋が冷えていく。

「すまん、母上を頼む」

後ろにいた慶吾に茂登子を預ける。慶吾は深く頷き、「任せろ」と言った。その一言だけで、背中の悪寒が和らぐ。

沢に続く斜面はまだ枯れ草が目立つ。草は小道を覆い隠していた。踏ん張りがきかない右足をかばいながら、降りていく。吹き上がってくる風が前髪をなぶって過ぎていった。

斜面を降りると、林と呼ぶには貧弱な木々の群がりが現れる。沢は疎らな雑木の向こう側だ。

砂川村の家の大半が、幾重(いくえ)にも木々に囲まれている。藤士郎はこれまで木々の名前をほとんど知らなかった。松と桜と銀杏(いちょう)と梅と……その程度だろうか。知りたいと望んだ覚えもない。藤士郎にとって、雑木は雑木以外の何物でもなかったのだ。だから雑木それぞれに名があり、用途があり、人々の暮らしと密(みっ)に結びついていると知ったときは大袈裟でなく、目の前が少し開けた思いがしたものだ。

世の中は、何と未知なるものに溢(あふ)れているのか。

沢近くに生(は)えている木々は紅葉(もみじ)や樫(かし)、三草四木(さんそうしぼく)の一つの漆(うるし)などだ。紅葉も漆も秋には葉を、燃えるが如き紅(くれない)に変えると聞いた。

足が止まる。

姉上。

美鶴が立っていた。

美鶴は髷(まげ)を巧(たく)みに結う。髪に簪(かんざし)一本挿(さ)していないが、髷はいつも形よく納まっていた。茂登子の髷も美鶴が整える。

年が明けて間もなく、年始の挨拶(あいさつ)に訪れた幾世が、

「美鶴さまは本当に器用でいらっしゃいますね。これなら女髪結いにでもなれるので

はありませんか。ええ、うちの近くの髪結い床よりずっと、お上手でございますよ」と口を滑らせ、慌てて詫びた。かりにも武家の娘、武家の妻だった女を髪結いと比べたのだ。失言も甚だしい。幾世の顔から血の気が引いた。

美鶴が屈託なく笑ったおかげで、その場の気まずさは払拭されたが、幾世は後で慶吾からひどく叱られたらしい。暫くは萎れていたと、慶吾が話していた。

今日も美鶴はきっちりと髷を結い上げ、黒く艶やかな髪色を早春の光景に溶け込ませている。

声を掛けそびれたのは、美鶴が一人ではなかったからだ。視線の先に男がいた。樫の木を背に佇んでいる。

柘植……。

昼下がりの光が左京の背後から差し込み、辺りを照らしていた。ために、左京は黒い影になり、向かい合う美鶴も黒く風景に沈んでいた。

足音がした。

五馬が斜面の道を降りてくる。藤士郎は身振りで止めた。五馬が怪訝な顔つきになる。

不意に美鶴が前に出た。左京の許に駆け寄る。左京は動かなかった。後ろの樫の木と一つになったように動かない。

美鶴が何か言った。左京の腕を摑み、揺する。仕草は激しいのに声は低く、藤士郎の耳にまで届かない。何かを問い詰めているのか。訴えているのか。乞うているのか。美鶴の必死の気配だけが伝わってくる。

左京が身を屈めた。何か囁いたのだろうか、美鶴の顎が上がる。頰が光る。涙が流れているのだ。摑んでいた腕を放し、美鶴は顔を覆った。

母と同様に姉も嗚咽を漏らしている。

力なく垂れていた左京の腕が静かに上がった。一歩前に出て、左京は美鶴の背に腕を回した。応じるように、美鶴の身体から力が抜ける。

藤士郎は踵を返し、二人に背を向けた。

見てはならないものを見てしまった。

「藤士郎」

五馬も気がついたのか唇を一文字に結び、黙り込んだ。

風が強くなる。身体の熱が奪われていくようだ。

あれは、男と女の逢瀬だろうか。だとしたら、柘植と姉上は心を通わしているのか。

そんな風には見えなかった。

見えなかったのは、自分が何も知らない子どもだからだろうか。美鶴も左京も大人で、心の内を上手に隠す術（すべ）を心得ているのだろうか。疑念は膨（ふく）らむばかりだ。気分が悪くなる。吐きそうだ。

家に戻ると、茂登子は眠っていた。泣き喚く茂登子を慶吾と佐平で宥（なだ）め、寝かしつけてくれたらしい。

「美鶴さまはどうした？」

気になるのか、慶吾が急（せ）いた口調で問うてきた。

「うむ。まあ……な」

「まあなでは、わからん。ひどく取り乱しておられたが、大丈夫なのか」

そういえば、母と姉の間になにがあったのか、まだわからぬままだった。ここでもまた疑念だけが残り、答えが見つからない。父の死から始まった日々は、謎だらけだ。大海に一人、小舟で漂っているような心細さを覚える。

「藤士郎」

五馬が肩に手を置いた。

「薪割りもあらかた終わった。おれたちは帰る」

慶吾が腰を浮かせる。

「えっ、五馬、帰るって。ちょっと待て」

「いいから。ほら、帰るぞ」

「待てったら。まだ、風呂口に薪を運ばねばならないんだぞ」

「では、早くしろ。おれも手伝う」

慶吾の背中を押し、五馬が出ていく。

「気を遣わせたか。すまんな」

戸口で見送り、藤士郎は短く詫びた。

「すまんことなどない。しかし……」

言い淀(よど)み、五馬は薪を担いだ慶吾が裏手に消えるのを確かめてから言葉を続けた。

「正直、どうなのだろうな、あの男は。正体がまるで知れんというのも、な」

「ああ。でも、刺客でないことだけは確かだ」

美鶴を抱き締めていた左京の姿が過(よぎ)る。剣においても生きるための賢さにおいても敵(かな)わない。だからこそ、学ぶべきところは多々ある。ずっとそう思っていた。思いが消えたわけではないが、揺らぎはする。

左京は他者を拒む。容易に寄せ付けない。それなのに、美鶴だけは受け入れた。

「刺客でなければ、間者かもしれんな」

五馬の呟きが耳に食い込んできた。

「間者？」

「そうだ。誰の手先かわからぬが、おまえの身辺を探るために送り込まれたのではないか」

「まさか……」

「そんな風に疑ったことはないのか」

「ない」

疑念は山のようにあり、押し潰されそうな心持ちにもなるけれど、左京が間者ではと怪しんだことは一度もない。

「おまえは人が好いからな。他人を疑うなんて真似ができないのだろう」

五馬が息を吐く。

「人の好い悪いじゃない。おれの家に間者を送り込む意味がないではないか」

「あるだろう。その下村って男は何のために、ここにやってきたんだ。そいつが現れたわけを考えてみろ」

「それは……」

さすがに父の死や藩政にまつわる詳細までは伝えられなかった。曖昧にぼかしていたが、五馬は感づいていたのだ。

「おまえは藩政を左右する重大な何かを持っているのだ。伊吹さまから託された。そうだろ？」

「理屈ではそうなるのか。しかし、おれにはまるで心当たりはない。そのことは下村にも伝えた」

五馬に嘘を吐いた。

心当たりはある。微かなものではあるが。

人を欺きたくない。五馬と慶吾ならなおさらだ。誰を裏切っても、二人にだけは正直でいたかった。しかし、藤士郎の勘が告げる。

黙っていろ。一言も漏らすな。

藤士郎はその声に従った。後味は苦い。

「そうか。それならそれでいい。ただ、何かあったら一番におれたちに知らせろよ。あまり役にはたたんが、悩み事でも愚痴でも聞いてやるからな」

五馬の一言に、苦みが増す。心の中にあることを残らず打ち明けたくなる。

「おーい、五馬。狡いぞ。手伝うと言ったじゃないか」

「あー、わかった、わかった。今、行く」

五馬が肩を竦めた。

「すぐに唇を尖らせる。いつまでたってもガキだな、慶吾は」

「そこが、慶吾のいいところだろう。裏表がなくて真っ直ぐだ」

「……だな。いつまでもガキでいられるのは、存外、すごいことなのかもしれん。慶吾だからできる……」

五馬の口調の暗さが引っかかる。小禄の家に生まれついた五馬には、いつまでも子どもでいる贅沢は許されないのだ。大人になり世間を知り、仕事に励み、暮らしの糧を得ねばならない。

「五馬」

友の背中に声を掛ける。

「うん？　何だ？」

足を止め、向き直った五馬の面が急に陰る。雲が日を遮ったのだ。雲は次々に風に流されてくる。その風は、いっそう冷たさと強さを増す。天候が急変し、今夜あたり氷雨か雪を降らせるかもしれない。

「いや、いいんだ。おれも運ぶ」

無理やり笑みを作り、藤士郎は薪束を肩に載せた。

美鶴が戻ってきたのは、五馬と慶吾が去ってから四半刻ばかりが経ったころだった。顔色は悪かったが、態度は落ち着いていた。ただ、口数は極端に少ない。立ったままぼんやりと足元を見詰めていたりする。

姉上。

柘植はどうしました。あいつを愛しいとお想いなのですか。

喉元までせり上がってきた言問いを懸命に呑み下す。呑み下すたびに、喉の奥が疼く。茂登子が起きてきたのは、さらに四半刻ほど後だった。

「まあ、美鶴。いつの間に帰っていたのです。帰ったのなら、ちゃんとご挨拶にお出でなさい」

ほつれた鬢を直しながら、茂登子が軽く咎める。夕餉の支度にかかっていた美鶴は、口を丸く開けて母を見やった。

「それで、どうでした？　お琴のおさらいは上手くいったの」

「え……」

「あなたは筋は悪くはないけれど、やる気がないから上手くならないと、お師匠さまがおっしゃっていたわよ」

くすくすと茂登子は唐突な笑いを零した。

「まあ、人には向き不向きがありますからね。お琴より台所に立つ方が好きなのでしょう。ふふ、わかっておりますよ」

「母上さま」

「ねえ、お菊はどうしたの？」

茂登子の視線があちこちに飛ぶ。誰かを眼差しで捜し回っているようだ。

お菊？　聞いたことのない名前だ。

「お菊はどこに行ったの」

茂登子の口調は幼い子どものものだった。舌足らずにさえ響く。藤士郎は生唾を呑み込んだ。

「お菊とは誰でございましょう」

美鶴が尋ねる。

「お菊はお菊です。わたしの乳母のお菊。ああ、どこに行ってしまったのだろう。淋しい。悲しい。お菊に会いたい」

板場にしゃがみ込み、茂登子は「淋しい」を繰り返した。

「母上、ここにはお菊という乳母はおりません。母上の乳母なら相当な歳のはず。もう、亡くなっておるやもしれませんぞ」

黙り込んだ姉にかわり、藤士郎はできる限り穏やかに母を諭した。

「亡くなった？　お菊は死んじゃったの」

茂登子の物言いは完全に幼女のものとなった。

「嫌だ。そんなの嫌だ。わたし、お菊が大好きなのに」

いやいやと首を振り、さめざめと泣く。感情が剝き出しになっている。

佐平が入ってきた。

「あの、柘植さまがおられませんが。どこか使いにでも」

途中で口を閉じた。茂登子の異様さに気がついたのだ。

「奥さま……あの」

茂登子がゆっくりと起き上がった。

「柘植とは、あの女のことですか」

佐平を睨みつける。幼女ではない。怒りに満ちた女人の眼だ。佐平は狼狽え、その場に膝をついた。

「美鶴を取り戻しに来たのですね。佐平、追い返しなさい」

「へ？　お、奥さま。な、何のことで」

「美鶴は返しません。わたしの娘です。ええ、渡すものですか。美鶴、美鶴。どこにいます」

美鶴と呼びながら、茂登子の眼差しは娘の上に留まらない。あの女が連れていったのではないでしょうね。佐平、表を捜して。美鶴を早く、ここに連れてきておくれ」

「へ……へえ」

佐平が辛うじて返事をする。

「美鶴、美鶴、出ておいで。母さまが赤いべべを縫うてあげたのですよ。あなたによく似合うべべです。安心なさい。あなたを渡したりはしません。あなたはわたしの娘ですよ。ああ、あちらにいるのかしら」

裾を引きずり、茂登子が小間に走り込む。佐平が縋るように美鶴を見やった。

「美鶴さま、奥さまはいったい……」

美鶴がふらりとよろめいた。

とっさに両手を差し出し、支える。弟の腕の中で、美鶴は固く目を閉じる。

藤士郎もまた目眩を覚える。

冷や汗が出た。
奥歯を噛み締め、耐える。
まさか、まさか、まさか。
胸の内側で心の臓が膨れ上がる。
「美鶴、美鶴」
娘を捜す母の声が遠くから響いてきた。
東風が渡る音に似ていた。

第七章　風わたる

懐紙を口にくわえる。

目釘（めくぎ）を外し、柄（つか）を外す。

茎（なかご）が現れる。

やはり。

胸の内で呟（つぶや）いたつもりだったが、唇が動いたらしい。懐紙が膝（ひざ）の上にほろりと落ちた。

「やはり」

現（うつつ）の声が聞こえる。自分のものであるのに妙によそよそしく伝わってきた。背筋が、すっと冷えていく。

茎の先、銘を隠すように薄紙が巻き付けてあった。気息を整え、ゆっくりと剝（は）がしていく。

受納書だった。

五百両の金が、出雲屋嘉平から川辺陽典に渡されている。出雲屋と川辺家老の名が並び、それぞれの花押が押されている。

囲炉裏の明かりだけで、十分に読み取れた。

僅か三行の証文。しかし、これが公になれば川辺家老の失脚は避けられない。

我知らず、生唾を呑み込んでいた。

父上はどこからこれを手に入れたのだ。

最初に浮かんだ疑問だった。が、答えはすぐに閃いた。

出雲屋か。

一歩間違えば己の破滅に繋がる証文を、川辺家老が軽々しく扱うわけがない。渡したとすれば、渡さねばならなかった相手、共に罪を犯した相手、出雲屋嘉平しかいないだろう。出雲屋と川辺家老は一蓮托生だ。とすれば、出雲屋もまたこの証文を秘して、他人の眼にさらしたりはすまい。出雲屋がこれを求めたのは、川辺家老に対する控制の意からだったはずだ。

出雲屋は川辺陽典を、いや、武士そのものを信用していなかったのではないか。だから、川辺家老を裏切らせないための手立てが要ると考えた。手立てとはすなわち、この証文だ。

そこまでは思案が及ぶ。だが……。

それがなぜ、ここにあるのだ。

父、伊吹斗十郎の愛刀に隠されていたのか。

藤士郎は深く息を吸い込んだ。

隠したのは誰だ？　むろん、父だ。

これをおまえに遣わす。

この一振りを差し出し、父は命じた。

介錯せよ、と。

父の最期の言葉には何が含まれていたのか。父は息子に何を託そうとしていたのか。藤士郎は強く、奥歯を嚙み締める。そして、思案はまた巡り、再び疑問に立ち戻る。

では、父上はどうやってこの証文を手に入れた？

答えは二つ。出雲屋から受け取ったか、出雲屋から盗み出したか、だ。その二つしかない。少なくとも、藤士郎は他の答えを思いつけなかった。

証文を元通りに茎に巻き付け、柄の中に差し込む。目釘を戻し、蠟色鞘に納める。

「父上、あなたは……」

何を考えておられました。何を思い、どのように生きるおつもりだったのですか。そして、なぜ、あのような死に方を選ばれたのです。

わたしに、本当に託したかったものは何なのです。わたしに何をお望みでした。

父上、わかりませぬ。わたしには、何一つ解せぬままです。

小間と居間を仕切る板戸が音をたてた。梁の上を小さな生き物が走り抜ける。

「藤士郎、いいですか。少しお話がしたいのだけど」

美鶴が傍らに膝をつく。

「はい」

刀を置き、姉に向かい合う。証文の件を告げるつもりはなかった。これは自分一人が背負うべきものだとわかっている。

囲炉裏に柴をくべる。

暖をとるのではなく、明かりを増やすためだ。伊吹の屋敷にいたころのように蝋燭を使うことはもちろんできない。行灯に注ぐ菜種油さえ手が出なかった。値が張るのだ。しかたなく魚油で代用しているが、悪臭で長く嗅いでいると気分が悪くなる。

ぶすぶすと煙ばかりが上がって、肝心の明かりは心許なかった。いきおい、明かり取りは囲炉裏の火に頼ることになる。

贅沢三昧に暮らしていた覚えはない。むしろ、華やかさとは縁遠いつましい日々だったと思う。母や姉の着飾った姿をついぞ見かけなかったし、食事も一汁二菜のいたって質素なものだった。それでも、やはり……贅沢だったのだ。腹が減ったと手を伸ばせば食べ物があり、書を読むために蠟燭に火をつけても誰からも咎められなかった。砂川村に来て、村人たちの生活を目の当たりにすると、飢えずに済むことが、夜、明かりを灯せることが、どれほど贅沢か思い知る。思い知らずにはおられない。

あのまま屋敷にいたら、砂川の地に追いやられなかったら、知らぬままだった。自分たちの贅沢も、真冬の凍てつきの中で苗を植え、酷暑の夏に日に炙られながら刈り取る藺草栽培の過酷さも、過酷な仕事に命を削がれ四十手前で亡くなっていく人々のことも知らぬまま生きていたはずだ。いや、まだ知らぬままだ。真夏の藺草の刈り入れを、藤士郎はまだ目にしていない。

知ることは恐ろしいと、申し上げております。

五治峠の坂を下りながら、左京は言った。知らぬ風景を見たいのだと藤士郎は答えた。

あのときも今も、自分は何も知らぬ者だ。知ったこと一つ一つを持て余し、戸惑いを越えて狼狽えてさえいる。

けれど、これから先は許されない。知らぬ者でいるわけにはいかない。

おれは直中にいるのだ。

「お聞きします、姉上」

居住まいを正し、改めて美鶴を見詰める。炎に照らされて、美鶴の上身が闇に浮かび上がる。

「あなたに……詫びねばなりません」

「詫びる？　姉上がわたしに何を詫びるのです」

「詫びて……謝ってお仕舞いになるような……そんなことじゃないけれど……取り返しなどつかないのだけれど……でも……」

美鶴は目を伏せ、膝の上で指を握り込んだ。

「詫びて済みはしません。わかっています。でも、わたしはあなたに詫びるより他に」

「姉上」

身を乗り出し、美鶴の肩を摑む。

女の柔らかな肉の手応えがあった。

ふっと、美鶴を抱き締めていた左京の姿が浮かんでくる。

「何を言っているのです。姉上に詫びてもらうことなど、何一つありますまい」

「いいえ、いいえ」と、美鶴がかぶりを振る。ほつれ毛が激しく揺れた。

「詫びねばならないのです。いつかちゃんと話して詫びねばと……ずっと思ってきたのに……どうしても、どうしても……許して、藤士郎」

「姉上、わたしにもわかるよう、ちゃんと筋を通してお話しください。姉上らしくありませんぞ」

わざと姉を叱る。

美鶴の混乱は痛いほどわかる。茂登子の口から漏れた事実は、受け止めかねるほどの衝撃を藤士郎に与えた。天と地がぐるりと回ったかのようだ。まして、当の本人である美鶴の驚愕と困惑はさらに大きく、激しく、計り知れないほどだろう。

しかし、いや、だからこそ、己を保ってほしい。無理とはわかっていても、能う限りいつもの姉でいてほしかった。

惑い、慌て、心を乱せば浮き足立つ。頼りない足元を人の世の波は見逃さない。いとも容易くすくわれ、流されてしまう。

姉上、どうかお心を落ち着けてください。いつもの姉上でいてください。

「藤士郎……」

美鶴の顎が震える。

「あなたの足です」

「足がどうかしましたか」

「お悪い方の足……。それは、わたしの……せいなのです」

「え？」

右足の膝を押さえる。普段は疼くことも、差し障りを感じることもない。ただ、疲れると痺れるし、足場が悪いと踏ん張り切れない。

「この足は、木から落ちたときの傷が故です。わたしが庭の松に登って足を滑らせた。姉上には関わりありません」

「あなたに木に登るようけしかけたのは……わたしなのです」

瞬きし、美鶴の顔を見直す。炎の色で半分が臙脂を帯びていた。残りは闇に浅く沈んでいる。沈んだ底で、肌の白さが鈍く輝いていた。

「あなたは覚えていないのだろうけれど……」

「まるで覚えがありません」

足が滑った。松の幹のざらりとした手ざわり、耳元を過ぎる風音、一瞬ふわりと浮いた後、地へと引きずり込まれるように落ちた身体、濃灰色の雲に覆われた空と、松の鮮やかな緑。

思い出すものは多々ある。さほどくっきりとよみがえりはしない。時折、たとえば夜半、足の鈍い疼きに起こされたとき、たとえば昼下がり、ふと足先に視線がいったとき、朧げな風音や色合いや手ざわりとして束の間、浮かんでくるだけだ。そこに、美鶴の姿はない。

「わたしが唆したのです。あの松の木の天辺まで登ってごらんなさいと。男子ならそれくらいできねばなりませんと、わたしが言ったのです」

美鶴は時折淀みながらも、言葉を続けた。

「その前に、あなたとつまらぬことで言い合いをして……。庭で遊んでいたら、大きな蝦蟇が出てきたのです。あなたはびっくりして、尻餅をつきました。それを……わたしが嗤ったのです。蝦蟇一匹に驚く小心者では武士として役に立たないと……。あなたは怒って……当たり前ですよね、わたし、本当に露骨に嗤ってしまったのだから……。それで、あなたは怒って、小心者ではないと地団駄を踏んで、泣きながら、姉上のように他人を嘲笑うような人にあれこれ言われたくないと……。もっと幼い言い回しではありましたが、あなたはわたしをそう詰ったのです。詰られて、わたしは腹を立てました。あなたの言ったことが、正鵠を射ていたからです。わたしは、弟を嗤笑した己を恥じました。恥じる思いを、己ではなくあなたに向けてしまったのです。恥ずかしいから怒り、自分の愚かさを誤魔化そうとしました。あのときは本当に、あなたを憎らしいとさえ思ったのです」

一息にそこまで告げ、美鶴は横を向いた。

「わたしは……唆しました。じゃあ、その証を見せてごらんなさい。あの松に登ってみなさいと……。まさか、本当に登るとは思ってもいませんでした。でも、あなたは躊躇いもせずに松の木を登り始めたのです。わたしは怖くて怖くて……あなたに早く下りてきてもらいたかった。どんな風にも謝るから、早く下りてきてもらいたかった……。なのに、何もしなかったの。ただ、その場に竦んでいただけで……。あなたが落ちたときも、悲鳴をあげて助けを呼んだだけ。あなたが告げ口しないのをいいことに、自分の罪をずっと黙ってきました」

そうだろうかと、藤士郎は首をひねる。暫くの間、考え、ふっと行き当たった思いがあった。

「姉上、それは違います」

今度は、美鶴が首を傾げた。

「わたしが木に登ったのは、姉上が唆したからではありません。唆された覚えはまるでありません。わたしはただ、汚名を返上したかっただけです。蝦蟇に驚いたのが恥ずかしくて、姉上に男らしい自分を見せつけたかっただけです。つまり、その……つまらぬ見栄を張って、無理をしてしまった。落ちて当然です。肩上げもとれぬ子どもが登れるような、ちゃちな木ではなかったのですから」

「それはわたしがあなたを嗾って……」

「だから、違うのです。姉上、少し考え過ぎですぞ。何でもかんでも自分のせいにするのは、おやめください。あれは、飽くまでわたしの短慮のせいです。とはいえ、子どもなら仕方ない。それだけのことです」

美鶴が仄かに笑んだ。

「優しいのね、藤士郎」

「姉上、まさか……。今までずっと、気に病んでいたのですか。つまり、その、わたしに負い目を感じていた？」

「負い目というより、あなたにどこかで償わなければとは思っていました」

「それを負い目というのです。まったく、とんでもない考え違いだ。姉上にそこまで負担に思われていたなんて、正直、そちらの方に意気消沈してしまいます。ああ、ほんとにがっかりだ」

「負担とか、そういうのじゃなくて、あなたにすまないことをしたと思って。宗太郎どのとの縁談も最初は断るつもりでした。誰に嫁ぐにしても、あなたの元服を見届けてからと決めていたから。でも、父上さまが」

美鶴が口をつぐむ。藤士郎は膝を進め、姉に寄った。

「父上が何を申されました」

「それは……」

「ここまで話されたのです、今更、隠し立てなど無用ですぞ、姉上」

「隠し立てなどと、そんなたいそうなものではありません。ただ、その、父上さまに万が一のことがあっても、今泉家があなたの後ろ盾となってくれれば心強いとおっしゃったの。それで、わたしは嫁ぐ決心をいたしました」

「えっ、それでは姉上は、わたしのために今泉さまの許に嫁がれたのですか？」

美鶴がはたはたと手を左右に振った。

「違う、違います。そうじゃなくて、父上さまが決めたことに逆らえなかっただけです。どうせ嫁ぐなら、お家のためになる方の許へとも思っていましたし。ただ、父上さまがお亡くなりになって以後の今泉家の対応を考えれば、たいした後ろ盾にはならなかったですけれどね。そのあたりは、父上さまのお考え違いでした」

わが身に万が一のことがあれば、藤士郎の後ろ盾となってくれるやもしれん。

父は姉に告げた。

万が一とは……。

「姉上、既にそのとき、父上はご自分の行く末を危ぶんでおられたのでしょうか」

「まさか。そんなご様子には見えませんでした。でも……時期を考えれば、あながち違うとも言い切れませんね」

「そのころに何かあったのでしょうか。父上が行く末を案じなければならないようなことが。姉上、心当たりはありませんか」

美鶴の視線が囲炉裏の炎に注がれた。思いを巡らす姉の面から藤士郎は目を逸らした。なぜか見詰めてはいけないような気になったのだ。

「これといって思い当たることはないけれど……。あ、でも」

「何かありましたか」

身を乗り出す。

「いえ、さほどたいしたことではありません。ただ、今泉家との婚儀の話を聞いた

「……あれは、四、五日前だったと思うのだけれど、父上さまがお酒の匂いをさせてお帰りになったことがありました」

「はあ、酒ですか。父上でも酒ぐらいは飲み交わすでしょう。別段、珍しくはありますまい」

「珍しいのです」

美鶴が美鶴らしく、きっぱりと言い切った。藤士郎は心の内で安堵の息を吐く。

そうそう、その口吻こそ姉上のものです。躊躇いがちな物言いなど似合いませぬ。

吐息とともに、心内で呟く。

「あなたは気づいていなかったでしょうが、父上さまはずっとお酒を断っておられました。身体の調子がよくなくて、医者から暫くはお酒を止められたのだとおっしゃっていましたが。でも、目立つほどお痩せになったわけでもなく、それでも飲まなければ調子はすこぶるよいとはおっしゃっていたわね」

「なるほど、しかし、その夜はどこかで酒を飲まれたわけか」

「ええ。そのお相手が御蔭先生であったようなのです」

「御蔭先生、ですか」

これには少なからず驚いた。父と御蔭八十雄が学友とは聞いていたが、酒を酌み交わすまでの仲だったのか。しかし、考えればそこまでの仲だったからこそ、藤士郎の謝金を免除し、学問を続ける道を残してくれたのだろう。

「父上さまによれば、御藤先生は相当な酒豪でいらっしゃるのですって。酔えば難しい学問の話を始めるから、周りは閉口するのだそうです」

「しかし、父上は学問の話のために、御藤先生と酒を酌み交わしたわけではありますまい」

「ええ、そうでしょうね。それなら、直に講義を聴けばいいのですものね」

「とすれば、何のためです」

「わかりません。旧交を温めるためなのか、無性にお酒を召しあがりたくなったのか、何か相談事か頼み事を受けたのか……」

「相談事か頼み事があったのか、ですね」

おそらく、それだろう。

酒の相手なら、もっと相応しい者はいくらでもいる。伊吹の家はいつも客で賑わっていたのだ。父が非業の死を遂げる前から、大半の者はぶつりと断ち切れたように姿を見せなくなったが。しかし、ほんの一人二人ではあるが斗十郎を気遣い、伊吹の家を案じ、藤士郎たち遺された者に心を配ってくれた者もいるにはいたのだ。幾世たちのように恐れず世話をやいてくれたわけではないが、そっと線香や花を届けてくれたりはした。藩に背く意気はないが、斗十郎を悼む気持ちは持っている、ということだろう。

生前、心通わした人々ではなく、密に付き合っていなかった八十雄と飲んだのはなぜだ。他の者には打ち明けられない話があったからではないのか。相談なり頼み事の類を、八十雄以外の者に漏らせなかった。なぜだと藤士郎は思案する。学友としての強い信頼があったのか、それとも……。

八十雄が学者であるからか。生粋の学者であり、政にはほとんど関わり合っていなかったからか。武家の出とはいえ、御蔭八十雄は学問で身を立てた人物だ。城勤めの武士たちとは一線を画する。

「行ってきます」

低く呟いていた。

「明日、塾に行き、先生に直にお聞きしてみます」

「答えてくださるかしら。御蔭先生は、たいそう、口の堅いお方らしいですから」

「やるだけやってみます。この件は、わたしに任せてください。そして、昔のことはきっぱりとお忘れください。姉上に気に病まれると、どこか憐れまれてもいるようで、気持ちがざわつきます。この足はわたしのもの。多少、具合が悪かろうが、立派なものだと思っておりますから。さっ、もうお休みください」

「藤士郎」

美鶴が長いため息を吐き出した。

「あなたは本当に優しいのね。そして、姑息だわ」

「姑息ですと」

美鶴が気息を整え、背筋を伸ばした。

「わかっているのでしょう。わたしがあなたに伝えねばならない話は、もう一つ、あります」

「姉上……」

姑息か。唇を噛む。

確かにその通りだ。聞かずに済むなら聞きたくない。その場凌ぎに過ぎなくとも、何も言わずに姉に去ってもらいたかった。

「わたしの出自の話です」

藤士郎を見据え、美鶴は言った。抑揚のない平坦な声だった。

「はい」

藤士郎は答え、背筋を伸ばした。

そうだ、知らねばならない。ここまできたら、知らずに済ませるわけにはいかないのだ。

おまえはさっき、決意したばかりではないか。容易く揺らぐな。誤魔化すな。姑息であるな。

己を叱咤する。

「母上さまから全てをお聞きしました。わたしは」

美鶴が唾を呑み込んだ。

「母上さまの実の娘ではない、のです」

「はい」

答える。鼓動が速くなる。心の臓が膨れ上がり、胸板を押し上げるようだ。それでも平静を保つ。動揺を面には出さない。

「驚かないのね。薄々でもわかっていましたか」

「母上の言葉の端から、もしやとは思いました」

美鶴を取り戻しに来たのですね。

美鶴は返しません。わたしの娘です。

眦を吊り上げ、茂登子は叫んだ。叫びはまだ、藤士郎の頭内にこだましている。取り戻しに来た。返しません。柘植とは、あの女のこと……。

「ええ、そうよ」

藤士郎は無言のままであったのに、美鶴は深く首肯した。

「わたしは父上さまと他の女との間に生まれた子だそうです。本当の母親は、能戸の山村に住み、牢屋敷の守り役を代々担ってきた家の娘であったとか」

「その家が柘植と申すのですか」

「ええ。牢屋敷は藩政に関わって咎人となった者が収監される場所。ただの牢獄ではありません。外に漏れてはならない、漏らしてはならない諸々の秘密事を抱えた人々が入れられていました。ために、厳しく見張る役が入用でした。その役を柘植家が引き受けていたのです。ときには切腹の介錯も、逃げようとした者の処罰も……」

「それはつまり、逃亡を企てた罪人を斬り捨ててよいと、その許しを藩から得ているというわけですね」

「……でしょうか。わたしにはよくわかりません」

美鶴が戸惑いを浮かべる。眉間に浅く皺が寄った。藤士郎は我知らず首肯していた。

腑に落ちる。

栢植左京の剣の鋭さ、強さ、容赦なさ。あれは実戦の刃だ。飾りではなく、武士の証でなく、人を斬るための、斬ることのできる剣だ。

腑に落ちる。合点がいく。

美鶴が続けた。

「父上さまがいつ、どのような経緯で栢植家の娘と知り合ったのか、それもわかりません。わかっているのは、その娘が父上さまの子を二人、産んだということだけです」

「では、栢植は、左京は姉上の……」

「弟だそうです。ただ、歳は同じです。同じ日に、同じ母から生まれました」

双子。それは思ってもいなかった。不意を打たれたような衝撃を覚える。

「父上さまは双子の片割れ、女子であるわたしを引き取り、伊吹の娘としました。そのころは、あなたはまだ生まれていなかった。わたしを選んだのは、正妻である母上さまに男子がおできになったとき、いらぬ悶着を引き起こさぬためでしょう。伊吹家の家督を継ぐのは母上さまのお子でなければならぬと、父上さまはお考えになったようです」

「母上がそう申されたのですか」

小間の板戸に目をやる。その向こうに、茂登子は臥せっているはずだ。いえと、美鶴は頭を横に振った。

「ちゃんとお話を聞くのは、とても無理です」

母となり美鶴を捜し、幼女となり乳母を求める。茂登子の心は濁流に翻弄される一葉のようだ。くるくると回り、呑み込まれ、状相を変える。この先どうなるか皆目見当がつかないが、今のところ、じっくり話し合うのは難い。

「母上さまは、わたしを……憎んでおいでだったのかしら」

美鶴は泣き笑いのような表情を浮かべた。

「今日の……もう、昨日になるのかもしれないけれど……、お台所で器を洗っていたら急に怒鳴られたのです」

「怒鳴る？　母上がですか」

茂登子の怒鳴り散らす姿など思い至らない。生まれてこの方、一度も目にしていないのではないか。

「ええ、ほんとに急に、『おまえは柘植の女にそっくりだ』と。わたし、驚いてしまって……何のことやら、さっぱりわからなくて……」

「そうでしょうね」

何とも間抜けな受け答えだ。恥じる思いはあるけれど、他に言葉が出てこない。

「なぜ似てくるのですと責められても、わたしは途方に暮れるばかりで。それで、柘植の女とは誰のことなのかお尋ねしました。そうしたら、母上さまは『おまえの生みの親ではありませんか』とひどく憤(いきどお)られて……。『ここまで実の娘として育ててきたのに、なぜ、あの女に似てくるのですか。これは、裏切りですよ』と。その後は裏切り者、恩知らずと、憑(つ)かれたように繰(く)り返すばかりで……。でも、母上さまのおっしゃっていることは、わかりました。わたしは、柘植の女の娘で、母上さまが育ててくださったのだと。わたし……矢も盾もたまらず、飛び出してしまったのです」

そして、慶吾と危うくぶつかりそうになった。

あのとき目にした美鶴の真っ青な顔を思い出す。話を聞けば、血の気(け)が引いて当然の出来事だった。

「わたしは柘植どのを捜しました。あの方なら真実を知っていると思ったからです。裏の雑木林辺りにいるとわかっていましたから捜し出して……問い詰めました。今、あなたに話した大半は、柘植どのからお聞きしたことです」

「柘植は全てを知っていたわけですか」

「ええ」

臙脂色に染まった頰に指をやり、美鶴が目を伏せる。

「柘植の娘という方は早くに亡くなったそうです。柘植どのはご祖父母に育てられ、剣も読み書きも山で生きていく智恵も、お二人から教わったのです。お祖父さまは無名ではありましたが、稀有な剣士であられたとか。父上さまとの結びつきも、案外、剣を介してだったかもしれません。推し量るしか術はありませんが、的外れではない気がします」

「そのお二人はまだ存命なのですか」

「いいえ、柘植どのが十の年にお祖母さまが、十一の年にお祖父さまが相次いで亡くなられたそうです」

「では、それから柘植は一人で……」

「ええ。牢屋敷の守り役を引き継ぎ、一人で生きてきたのです」

「父上は、父上は手を差し伸べなかったのですか。かりにも、自分の子でありましょうに」

「……いらぬと」

「え?」

姉ににじり寄る。美鶴の声音があまりに低くて、聞き取れなかったのだ。

「あなたが生まれたとき、伊吹の家に、もう男子はいらぬ。この先、伊吹斗十郎の息子であるとは一切考えるなと言い渡されたそうです。あなたが伊吹家を継いだあかつきには、身を捨てて支えろとも、父上さまは仰せになったそうよ」

「柘植本人に、ですか」

「ええ。まだ幼い童であったのに、柘植どのは、そのときのことを覚えていると言いました。物言いも眼つきも、召していた小袖の柄まで覚えていると。あのとき、父親に捨てられたのだと解したから、その一時の全てが目に焼き付いていると……」

身体の力が抜けた。姿勢が崩れる。右足が疼く。囲炉裏の傍に藤士郎は座り込んだ。

柘植、おまえ、どんな心持ちで父上の遺体に向かい合ったのだ。何を思っていた。何を考えていた。それとも、空っぽだったのか。無心のままだったのか。

血を拭い、首を縫い合わせ、晒を巻き、死装束を着せる。

父の遺体は見事に整えられていた。死に顔は安らかに眠っているようだったではないか。苦悶は毫も窺えなかった。

「藤士郎」

美鶴がか細い声で呼んだ。

「わたしは、母上さまの娘ではありませんでした。それなのに……あなたを傷つけてしまった。そして、あなたにどこかで償いができると、姉としてあなたを支えて生きていけば罪滅ぼしができると思っていたのです。でも、わたしは……母上さままで苦しめていたなんて」

「いいかげんにしろ！」

立ち上がる。ふらつかないように、両足を踏み締める。

「姉上、いつまで戯言を続けるつもりです。いいかげんにしてください」

美鶴が見上げてくる。大きく見開いた眼に驚きの色が浮かぶ。喉元が上下した。

「戯言……、わたしは、戯言など言うておりません」

「戯言です。正真正銘、どうしようもない戯言だ。あなたは伊吹の娘で、わたしの姉上だ。そこに変わりはないでしょう。今更、昔のことを引っ張り出して、償いだの罪滅ぼしだの。ああもう、がっかりだ。姉上がここまで馬鹿とは思わなかった」

「まっ、馬鹿ですって。藤士郎、口が過ぎますよ」

「馬鹿だから馬鹿と言ったんだ。言われるのが嫌なら、少しは利口になるといいや」

「まっ、まっ、そこまで悪し様に」

「言いますとも。いいですか、姉上」

片膝をつき、美鶴の顔を覗き込む。

「もう一度だけ言います。二度とは言いません」

美鶴が顎を引いた。唇が固く結ばれる。

「あなたはわたしの姉上です。そこに、微塵も嘘はありません。そして、昔のことなどどうでもいいのです。あなたが来し方を引きずって、わたしに負い目を感じるなら、わたしもあなたに遠慮しなければなりません。そんな姉弟でいいのですか。出自だってそうです。あなたが親を選んで生まれてきたわけじゃない。これまでずっと一緒に生きてきて、その果てがこれでよいのですか。ただすまぬと詫びるだけの、遠慮し合い、重荷と感じるだけの関わりに堕ちてしまって、それでいいのですか」

「藤士郎、でも……」

「わたしは嫌です。これから先、こんな女々しい姉上と心を竦ませるようにして暮らしたくはない。泣いてばかりの、詫びてばかりの姉上なんてごめんです。もういいではないですか。あなたは泣いてはならないのです。少しはご自分のことを知ればいい。ちっとも涙が似合わないのですから。嫋々とした風情なんて薬にしたくても、ないでしょう」

「藤士郎、それはひどいわ」

「ひどくありません。あなたは笑っていなければならないんです。そうでないと、ちっとも美しくない。あなたは……姉上、あなたは、幸せでなければならないんです。わたしの知っている姉上は、いつも幸せそうで、周りを幸せにしてくれて、うん、そうだ。誰に頼らなくても自分の力で幸せになれる。そんな、女人であるはずです」

美鶴の見開かれた双眸から涙が零れた。それは、静かに頰の上を流れていく。

「柘植どのにも……同じことを……言われました」

「え？　柘植が」

「……幸せになってくれと……。わたしが幸せになるのを自分の目で確かめたくてここに来たのだと……」

美鶴が俯き、すすり泣く。涙が床に落ち、小さな染みを作った。

そうか。

得心がいった。

柘植は姉上の行く末を見届けるために現れたのか。

父に捨てられ、母とも祖父母とも死に別れた。

ただ一人で生きてきた男は、双子という定めを共に背負った女の未来を案じ、同行したのだ。そして、消えた。雑木の林からどこかへ消えてしまったのだ。おそらく、二度と戻ってこないつもりだ。

柘植、馬鹿野郎。どうしてもっと早く、打ち明けなかった。どうして、真実を告げてくれなかった。どうして、もう少し、おれを信じてくれなかった。

炎の中で柴がはぜる。左京の集めた柴だ。煙が不意に目に染みてきた。

憤りが、熱いと感じるほどの怒りが突き上げてくる。

誰に、何に憤っているのか、確とは摑めない。しかし、身の内を怒りが炙る。

藤士郎は、辛うじてその情動を抑え込んだ。

「ちぇっ、つまらない。柘植に先を越されていたのか」

舌打ちして、胡坐をかく。

「せっかく、姉上を相手にして大見得を切ったのに、柘植の二番煎じじゃ台なしだ。くそっ、残念だ」

美鶴が面を上げ、涙を拭った。

「まあ、藤士郎ったら。今のはお芝居だったの」

「そうですよ。伊吹藤士郎、一世一代の大芝居のはずが、とんだ道化方になってしまった。口惜しいな」

「ひどいわ。あなたって、ほんとにひどい人ですね」

「姉上こそ、泣き虫毛虫で、挟んで捨ててやりたいや。ほんと女々しくて嫌だなあ。目が腫れちゃって、漆にかぶれた金魚みたいになってますよ。はは、よく見ると笑えますね」

「藤士郎！　黙って聞いていれば言いたいことを言って。もう、許しませんからね」

「へへん、許さなかったらどうだっていうんです。わたしの方が背も高いし、力もあるし、足だって速い。姉上が敵いっこないでしょう」

ぺろりと舌を覗かせる。美鶴が顎を上げた。

「明日の味噌汁に芹を入れてあげるわ。いえ、この先ずっと芹の味噌汁よ。ちょうど、これからが生えてくる季節でしょう。畦に出れば採り放題ですものね。覚悟なさい」

「え、え、いや待ってください。姉上、それだけは勘弁してください。芹は駄目です。どんなにがんばっても食べられません」

「知りません。今更、慌てても遅いですからね。味噌汁だけではなく、おひたしにも使ってあげましょう。なんなら兎の肉と一緒に炒ってやろうかしら」

藤士郎が思いっきり顔を顰めたとき、小間の戸が開いた。

「あなたたち、こんな夜更けに何を騒いでいるのですか」

茂登子が寝間着姿で現れる。

「いいかげんになさい。はしたないですよ」

いつもの母だった。威厳さえ漂う。

「お父上の御位牌の前で、恥ずかしいとは思わぬのですか」

居間の片隅に簡素な仏壇を設えていた。そこに、斗十郎の位牌が納められている。もちろん、法名はない。咎人として処せられた者に、寺は死後の名を贈ってはくれないのだ。

「たとえ所払いになったとしても、伊吹の家が消えたわけではありません。あなたたちこそが伊吹の家そのものであるのですよ。しっかり心に留めておきなさい」

そこで、茂登子は口元を緩めた。

「でも、仲がよいのはいいことだわ。あなたたちが手を携えて、しっかり生きてくれることが何よりのご供養でしょうからね。ふふ、ほんとにあなたたち、昔から仲がよろしかったわねえ。藤士郎なんて美鶴の姿が見えないと、わたしが傍にいても泣きべそをかいていたもの。今となっては、懐かしいわねえ」

美鶴と顔を見合わせる。

茂登子はいたって正気だった。今、自分たちの置かれている境遇も、夫斗十郎の死もちゃんと解している。ただ、昼間のことはきれいに抜け落ちているようだ。

「美鶴、悪いけれど、少し背中を揉んでくれませんか。凝ってしまって痛いほどなの。やれやれ、わたしも歳なのですねえ」

「あ、はい。お揉みいたします」

「助かります。あなたは本当に揉み上手ですもの。揉み治療の看板を出せるのじゃないかしら」

「まあ、母上さま」

笑い声を残し、茂登子が小間の戸を閉める。

もう一度、姉と顔を見合わせ、藤士郎は深く頷いた。

「柘植を捜し出します」

美鶴が息を吸い込んだ。

「捜し出して、連れ戻します」

「心当たりはあるのですか」

「はっきりとは言い切れません。ただ、柘植に帰るところがあるとしたら、能戸の沢しかないのではと思っております」

「藤士郎、あなた、柘植どのを改めて迎え入れるお心づもりなのですか」

「そのつもりです。柘植は姉上の傍にいるべきでしょう。むろん、やつが頑強に拒めば、力ずくでというわけにも参りませんが。しかし、やはり……うん、やはり、一緒に暮らしたい。血の繋がりとかではなくて、わたしがやつともう少し、一緒にいたいのです」

美鶴が立ち上がる。

「芹の味噌汁はやめます」

そう告げた後、柔らかな笑みを浮かべた。

「ありがとう、藤士郎」

背を向け、美鶴も小間に入っていく。茂登子の低い、落ち着いた声が聞こえた。

これからです、姉上。

父の、今は自分のものとなった愛刀を引き寄せる。刀身を抜き、目の前に立てる。直刃に近い直湾れ刃の刃文が美しい。

ここからだ。

藤士郎は炎の色を映し出す刀身を見詰めていた。

どすどすと荒い足音がして、部屋に人が入ってきた。

藤士郎は頭を下げる。

「そんなに畏まらなくてよい」

野太い、やや掠れた声が響く。掠れているのは、講義のさいに声を張り上げ過ぎたか、怒鳴り続けたか、どちらかだ。

「先生、貴重な刻をいただきありがとうございます」

身を起こし、藩内随一の学者と向かい合う。

「構わん。しかし、そう暇がない。用事なら手短に話せ」

余計なことは言うな。本題に入れと八十雄は言っているのだ。浅黒い顔に、秀でた額、太い眉、胡坐をかいた大きな鼻。およそ学者らしからぬ面容の男は、髷は結わず、縮れ毛を一つに束ね、背に垂らしていた。「御蔭先生は雷神の胤らしい」との冗談が、塾生の中で語り継がれている。埒もない戯言ではあるが、八十雄が、なるほど雷神の落とし胤かと頷きたくなる風貌であるのは事実だった。

「はい。今日は先生にお尋ねしたい儀があり、罷りこしました」

「尋ねたいこと？」

太い眉がひくっと動いた。

「わが父伊吹斗十郎は、先生に何を申し上げましたか」

八十雄は眉を顰めたまま、返事をしなかった。

「父が先生と酒を酌み交わしたと聞き及んでおります。それまで、酒を断っていた父が、その日に限って先生と酒席を共にした。何故なのか、気にかかります」

「斗十郎とわしは同門だ。同門の者が酒を酌み交わすのに、さしたるわけなどいらぬだろう。まあ、同門というても席次は遥かかけ離れておったがのう。あ、誤解するでないぞ。斗十郎が馬鹿だったわけではない。むしろ、人並み以上の知力はあっただろうな。要は、わしが抜きん出過ぎておったのよ。他の追随を許さなんだからのう」

「はあ……」

「天才とは往々にして煙たがられるものでな、正直、門下生でわしと気安く付き合うてくれたのは斗十郎ぐらいのものだった」

煙たがられたのは天才のせいではなく、気性に関わってのことだろうと思いはしたが、さすがに口にはしない。それより、もう一歩、核心に踏み込まなければならない。ぐずぐずしていると、八十雄は多忙に託けて席を立つだろう。おまえの相手をしている暇はないとばかりに。大人はよく、そんな誤魔化し方をする。

「先生、お聞かせください。父は、先生に何を打ち明けたのです」

「打ち明けたと？　ははは、随分と大げさだな。どういうことはない。世間話や昔話に花を咲かせただけだ」

「先生と父が世間話？　昔話？　それは信じられませぬ」

「なぜだ」

「世間話や昔話に相応しい相手なら、父には他に大勢いたからです。わざわざ、先生のところに出向くとは考え難うございますが」

「まるで、わしが話し相手に相応しくないように聞こえるな」

八十雄がそれとわかるほどの渋面になる。気にしている余裕はない。

「父が先生を相手に選んだのは、先生が真の学者であるとわかっていたからでしょう。つまり、地位や名声より、蓄財より学問の神髄に触れることを第一義にお考えになる方だからです」

「ふむ、さもありなん。この世で最も尊いのは理により常に己を高め、不純な気質を変化させるよう心する、この行いに尽きる。学ぶことでしか得られん人の真理だ」

「つまり、先生は政とは無縁でいらした」

「政などに毫も心が向かぬわ。が、しかし、為政者としてのあるべき姿、すなわち修己治人の道を殿にお説きするのは、わしの役目であるが」

「まさにしかり。そういう先生であるからこそ、父は腹蔵なく思いを打ち明けたのではありませんか」

「……それは、ふむ、いかがであろうな」

畳みかけるように問う。

「父は政の腐敗を正すために捨て石となると申しました。それは真でしょうか」

八十雄の金壺眼が鈍い光を帯びた。

「それは、斗十郎の遺言か」

「はい」

「ならば信じろ。父の最期の言葉を倅が信ぜずしてどうするか」

指を握り込む。

その通りだ。父はこの言葉を残して、壮絶な死を遂げた。そこに疑念を挟むなど、子の本分を甚だしく逸脱している。素直に信じればいい。父の遺したものを全て受け取り、尊べばいい。頭ではわかっているのに、心が異を唱える。

父が守ろうとしたものの正体が摑めない。父の正体が見えない。温厚で磊落で人望の厚かった伊吹斗十郎は、血を分けた息子に手を差し伸べようとはしなかった。独りで生きていく定めを背負わした。

惨くはないか。あまりに非情ではないか。その惨さが、非情さが、生前の父と重ならないのだ。甚だしくずれて、ずれた場所が黒く塗り潰されている。その黒々とした暗部に、藤士郎は戸惑い、おののきさえするのだ。

わからぬ。父上はどういうお人であったのか。

人が善と悪を併せ持つのなら、父は自分たちには善き面だけを向け、左京には闇を見せていたのか。

「斗十郎が罪を引き受け、腹を切ったことで、藩政と出雲屋の関わりが明るみに出たのは確かだろう。ただし、そこから先がなかなか前に進まぬようだが……」

八十雄が大きく息を吐き出した。

「政を為すは人にあり。人が腐れば、政も腐る。人を正して、初めて政道が正されるのだ」

「執政の方々が、みな腐っておると言われますか」

「みなとは言わぬ。しかし、腐敗とは移るもの。腐った中におれば、己の腐敗に気づかぬか、気づいても知らぬふりをしてしまうようになる。斗十郎の投じた一石が、どこまで功を奏するか……、正直、わしには見当がつかんのだ」

「わが藩の政はそこまで堕ちておるのですか。そして、殿御自ら、藩政の刷新に取り組むご決意であると聞き及びました。それは真実でございましょうか」

「殿はご聡明な方だ。強い気質も具えておられる。わしに言えるのは、それだけだ」

話がどこか食い違っている。うまくはぐらかされているのだろうか。もどかしい。

それなら、もう一つ、別の問いかけをしてみる。

「先生、父は身体の具合があまりよくなかったのではありませぬか」

ひくり。眉が微かだが上下した。

「酒を断ったのもそのせいではないかと思われます。能戸の牢屋敷に送られたさい、母が言うておりました。父上は春先から身体の調子が優れず、熱や腹の痛みを訴えておられたと。父は重い病に冒されていたのではありますまいか。それをわたしたちには黙っていたが、先生には打ち明けた。違いますか」

父が医者にかかっていたことは母の口から聞いた。

その病が死病であったとしたら。父が己の死期を悟っていたとしたら。

昨夜、美鶴と話しながら、ふと閃いた。閃いただけだ。一閃の光はあまりに乏しく、思案の道をくっきりと照らしてはくれなかった。

八十雄が腕を組み、藤士郎を見た。睨めつけるような眼差しだった。

「今更、そんなことをほじくり返してどうする。死者には病も苦しみもない。それでないではないか」

「では、やはり父上は」

「医者からは余命を限られたそうだ。しかし、そのことと此度(こたび)の一件は、何ら関わりない」

そうだろうか。そうかもしれない。父は死病を告げられ、その直後に政争に巻き込まれた。たまたま二つの悲運が重なったのだ。そうだろうか、そうだろうか、そうだろうか。そうかもしれない。いや、しかし……。

割り切れない。どうしても、引っ掛かってしまう。

「そなたのことだった」

八十雄の声が、僅かだが震えた。

「は？」

「斗十郎がわしに会いに来たわけだ。そなたのことを相談に来たのだ。つまり、自分の死後もおまえをこの塾で学ばせてくれと、頼みに来たのだ」

「わたしを……そうだったのですか」

「そうだったのだ」

不意に八十雄が声を大きくした。怒鳴りつけられているようで、藤士郎は一瞬、身を諫めた。

「親の心、子知らずとはまったくよく言ったものだ。病を得たからなのかどうか、わしには計り知れぬが、斗十郎が命を懸けて藩政を正すつもりだったのはわかる。確かだ。斗十郎は、そなたたちに見守られて息を引き取ることより、武士としての一分を通す方を選んだ。斗十郎としては何の悔いもなかっただろう。ただ、そなたの行く末だけを気に病んでおった。一時、汚名を着てもいずれ晴れる日がくる。そのときまで、そなたの面倒をみてくれまいかと、わしに頭を下げに来たのだ。わしは承知した。斗十郎はわしにとって掛け替えのない友だ。友の最後の願いを聞き届けぬわけにはいかなかったからだ。斗十郎が亡くなって間もなく、美鶴どのが塾通いを頼みに参られたが、頼まれなくてもそうしていた。わしは、斗十郎からそなたを預かったと思っておる」

一息に話すと、八十雄は立ち上がった。

「つまらぬことなど考えずともよい。父の深い心に応えることだけを思え。そして、励め。わかったな」

「はっ。肝に銘じましてございます」

低頭する。部屋を出て行く足音が響く。顔を上げ、藤士郎は身体を少し緩めた。

左京の話を聞いていなければ、八十雄の言葉に涙しただろう。父を想い、むせび泣いたかもしれない。けれど、父は息子を一人、捨てている。弊履のごとくとまでは言わないが、邪険に、無慈悲に扱ったではないか。

こちらを無理やり説き伏せるような、八十雄の饒舌も気になった。何かある。

父を疑うことが、信じ切れないことが苦い。藤士郎は、書物がうずたかく積まれている部屋の真ん中で、暫くの間唸っていた。

第八章　地に立つ

竹刀の切っ先は微動だにしない。

ひたりと藤士郎に向けられている。

藤士郎はゆっくりと腕を引き、八双の構えをとった。

足を踏み出す。

「つえーいっ」

気合いと共に打ちかかった一振りは、いとも容易く受け止められ、弾き返された。

ぱしっ、ぱしっ。

竹刀を打ち合う乾いた音が響いた。

汗が流れる。

ひゅっ。

風の音がして、相手の竹刀が斜め上方から落ちてきた。腰を落として受け止める。

満身の力の籠もった一撃は重く、強く、藤士郎の腰が砕けた。姿勢が崩れる。拙い。

崩れたまま、何とか後ろに引く。

身体を立て直す、ほんの一瞬の時をかせぐためだ。しかし、相手の竹刀の方が速かった。藤士郎に一瞬の間さえ与えない。燕の反転に似て、鮮やかに素早く襲いかかってくる。

肩口に鈍い痛みが走った。

腕が痺れ、竹刀が床に転がる。

「まいった」

片膝をつき、藤士郎は顔を歪めた。

「くそっ、またやられた」

立ち上がると、手合わせの相手、大鳥五馬が竹刀を拾い上げてくれた。

「惜しかったな、藤士郎。あそこで崩れなければ、十分凌げたはずなのにな」

「なんだ、その余裕のある物言いは。くそうっ、ますます腹が立つ」

「ははは、どうだ、もう一本やるか」

「いや」

藤士郎は肩を押さえたままかぶりを振った。

「今日はここまでだ」

「おっ、早めに切り上げるつもりか。珍しいな。何か用でもあるのか」

「うむ……」

唾を呑み込む。竹刀を軽く握り、息を吐く。

「五馬、ちょっと聞いてもらいたいことがあるんだが」

五馬の眉が微かに寄った。藤士郎の口調に何かを感じたのだろう、首を傾げる。ただ、「何事だ」とは問うてこなかった。代わりに、大きく頷く。

「いいぞ。それなら、おれもここで切り上げる」

そう言ってから、五馬は道場内に視線を巡らせた。

松原道場では二十人ばかりの門弟が稽古に汗を流していた。道場主で師範も務める松原猪之進の為人に因るのか、闊達で大らかな気風が満ちている。門弟の多くが、この窮屈も屈託もない心地よさに惹かれて集まっている。むろん稽古は厳しいが、その厳しさが分け隔てなく全ての門弟に向けられるのが、また、心地よいのだ。

「慶吾がいないな」

道場内に巡らせた視線を藤士郎の上に戻し、五馬が呟いた。

「あいつが怠けるわけがないし、まさか病じゃあるまいな」

「おれが用事を頼んだのだ」

「用事？」

「うん。文を届けてもらった」

「文を？　誰にだ？」

　五馬が目を細めた。

「柘植にだ。おそらく能戸の沢の屋敷にいるから届けてくれと。手前勝手で無茶な頼みだったが、慶吾は引き受けてくれた」

「柘植はおまえたちと一緒にいないのか」

「いない。出ていった」

　暫く五馬は黙り込み、藤士郎を見詰めた。

「そうか。さっぱり見当がつかんが、その話、軽々しく口にできる類のものじゃなさそうだな」

「そうだ。下手をすれば御家中を揺るがす因になる」

「御家中……おい、藤士郎」

　五馬の喉が鳴った。藤士郎の視線を捉え、まじまじと凝視してくる。

「……話を聞いてくれ、五馬」

我ながら驚くほど掠れた声が出た。縋るような響きさえ含まれていた。恥じる余裕はない。

「わかった。聞かせてもらう」

それだけ言って、五馬は道場の戸口に向かった。

「受納書だと」

五馬の双眸が大きく見開かれた。

喉元がこくこくと数回、動く。

「そうだ。川辺家老が出雲屋から五百両を受け取った時の証文だ」

「……そんなものが、あったのか」

「あったのだ。父上が持っていた」

「なぜ伊吹さまがそのようなものを」

「おそらく、父上と出雲屋が密に繋がっていたからだ。昔からあの事件が起こるまで、ずっと、な。いや、繋がっていたというより、父上が巧みに出雲屋を使っていたのかもしれん」

「……そんな、さらりと言うことか」

息が痞えたのか、五馬が軽く咳き込む。

藤士郎と五馬は川土手の草原に座っていた。

川面をかすめ、黒い影が飛ぶ。

「あっ、燕だ」

瞬く間に視界から消えた影をもう一度捉えようと、藤士郎は視線を巡らせた。

「燕がいるわけがなかろう。まだ桜も咲いていないのに」

そう言いながら、五馬も眼差しを空に向ける。

丸い雲が浮かんでいた。

春の雲だ。

水面を走る風は随分と柔らかくなり、もう指先を凍えさせることはない。川も空も野も土も色を明るくして、目に眩しい。

季節は確かに移ろっている。

「そうかな。おれの見間違いだろうか。燕に見えたのだがなあ」

「燕なんてどうでもいい。それより藤士郎。さっきの話、あれは本気で言ったのか」

「冗談で言えることじゃない」

「まあ……そりゃあそうだが……」

五馬が目を伏せ、傍らの草を引き千切る。青い匂いが藤士郎の鼻にまで届いた。

昔からの馴染みであったそうですな。

下村の一言でよみがえった記憶。幼いころ、慇懃な商人に挨拶された記憶だ。あれはおそらく、いや間違いなく出雲屋だったのだ。あのころから、あるいは、それよりずっと以前から、出雲屋と父は知り合いであったのだろう。その関わり合いは途切れることはなかった。父が故意に途切れさせなかったのだ。

「若さま、お父上さまにたいそうお世話になっておる者でございます。どうぞ、末永くお見知りおきくださいませ」

あの慇懃な物言い、心地よい声を、藤士郎はもう一度聞いていたのだ。それを思い出した。

御蔭塾から帰り、父に挨拶するために奥向きの廊下を歩いていたときだ。風に乗って柔らかな笑声が聞こえた。

「なるほど、それはお楽しみですな。藤士郎さまは実に……」

え？　おれ？

足が止まる。思わず聞き耳を立てる。そのとき、家士の平介がやや慌てた様子で藤士郎の前に回った。

「藤士郎さま、申し訳ございません。旦那さまは今ご来客中にて、これより先はご遠慮ください」

「客？　誰だ？」

平介が首を傾げる。芝居をしている風ではなかった。

「それがしも存じませぬ。ただ、何人もお部屋には近づかぬようにと旦那さまから言い付かっております」

伊吹の家に客は多い。しょっちゅう誰かが出入りしていた。しかし、たいていは開けっ広げで、歓談も飲酒も食事も表の座敷でなされ、ときに、藤士郎も呼ばれて席に加わることさえあったのだ。

父が人払いをしてまで奥の座敷に籠もるのは、珍しい。

密談？　それにしては、さっきの笑声はゆったりとしていた気がする。

廊下の気配に気がついたのか、声はぴたりと止み、物音は何一つしなくなった。藤士郎は踵を返し、美鶴たちのいる居間に戻ったのだ。あの出来事をきれいに忘れていた。忘れていたのは踵を返したとたん、足首が鋭く疼いたからだ。それまでもたまに痛むことはあっても、唐突に声を上げるほど強い痛みを覚えることはなかった。

足がどうかなってしまうのでは。

膨らんだ恐怖が他のこと全てを記憶の底に押し込めていた。思い出したのは、先日の姉とのやりとりがあったからだ。藤士郎の足の支障はわたしのせいだと、美鶴は告げた。馬鹿馬鹿しいと藤士郎は撥ねつけた。本気で馬鹿馬鹿しいと感じたのだ。許してくれと泣く姉が女々しくて、腹が立った。

美鶴は美鶴でいてほしい。

母が誰であっても、来し方に何があっても、笑顔が美しくて、屈託がなくて、どんな困難にも容易に折れない、そんな姉でいてもらいたい。

強く望んだ。

その想いの端を突き上げるように、記憶がよみがえる。

美鶴の詫びの言葉が、あの日の疼きと恐怖を思い起こさせ、さらに恐怖に押しやられていた微かな記憶を呼び起こしたのだ。

父と出雲屋は繋がっていた。繋がり続けていた。だからこそ、出雲屋は受納書を父に託したのだ。自分が持っていては危ういと考えたのか、他の思案があってのことか。

わからない。わかっているのは、父が出雲屋から渡された受納書を有効に使わなかったということだ。

出雲屋も父も捕らわれ、共に死んだ。

なぜだ？　この証文を明かさず、濡れ衣を着せられて、父はなぜ腹を切った？

美鶴と左京の所縁を除いて、己の疑問も含め全てを五馬に話す。五馬は黙って、息さえしていないかのごとく静かに耳を傾けていた。ただ、指は無造作に周りの草を千切っていた。

ぶち、ぶちと和草の切れる音がする。その度に青く草が匂う。

「……それで、どうするつもりだ」

聞き終えて一息を吐き出した後、五馬が問うてきた。

「どうするとは？」

「その受納書だ。今、持ってるのか」

「うん。肌身離さず持ち歩いている」

「持ち歩いていてもどうしようもないだろう。ただの証文じゃない。おまえの言う通り、御家中を揺るがす証文だぞ。どう処するつもりだ」

「うむ……」

「川辺家老側にとっては、それはあまりに剣呑な代物だ。おまえが持っているとわかれば、血眼で奪いに来るぞ。その前に手を打たねば、おまえの命まで危うくなる」

藤士郎は五馬の横顔に目をやる。

「どういう手を打てばいい？」

「それは……」

五馬は口元を結び、藤士郎の視線を受け止めた。それから、言い捨てた。強い口調だった。

「そんなもの、早く手放せ」

「しかし、これは父上から託されたのだ。厄介だからと捨てるわけにはいかん。何とか生かさねば……」

「生かすとは、つまり、御家中の刷新を図るために使うということか。それとも、伊吹さまの仇を討つということか」

「生かすとは……」藤士郎は己に問うた。口中の唾を呑み下す。

「生かすとは、民の暮らしが少しでも楽に立ち行くよう役立てる。そういうことではないか」

「そのためには、どうする」

五馬が続けて問うてくる。やや急いた口調だった。

「そこが肝要だぞ、藤士郎。言うは易いが行うは難い。おまえが持っていても生かせる代物じゃないだろう。然るべき人に任せろ」

「だから、その然るべき人とは誰なんだ」

「それは……」

唇を真一文字に結び、五馬はついと横を向いた。水面が光を浴びて煌めいている。小さな光の粒が水上で乱舞し、春を言祝いでいるようだ。

「前の大目付を務められた橋田さまにお渡ししたらどうだ」

ややあって、五馬が言う。指がまた、草を千切った。

「その癖、直らないな、五馬」

「は？」

「手持無沙汰なとき、おまえ、いつも何かを千切ってるじゃないか。昼寝をしていたら、鬢の毛を毟られたって、慶吾が騒いだことがあっただろう」

「ああ、ガキのころな。あれは手持無沙汰だったからじゃない。わざとだ。慶吾があんまり気持ちよさそうに寝てるもんだから、つい悪戯心が出て、引っ張ってやったんだ。よく覚えてたな、そんなこと」

「ああ、覚えていた。慶吾がずっと、五馬の悪癖を直さなくちゃおちおち昼寝もできないって、ぼやいてたのも覚えてる」

「おれの悪癖のことなんか、今、関わりあるまい」

五馬がひらりと手を振る。草の切れ端が風に乗ってどこかに飛んでいった。

「藤士郎、そうしろ。橋田さまに預けるんだ。その証文、おれたちの手に負える代物じゃない。一刻も早く手放した方がいい」

「橋田さまは信用できるのか」

「少なくとも、川辺一派ではない。川辺家老に疎まれて致仕したとの噂がある」

「そうか。その橋田さまに渡せばよしなに取り計らってくれるかな。うやむやに握り潰されたりはしないだろうかな」

「それはなかろう。橋田さまは川辺派と結びついてはいないのだからな」

「では誰と結びついている」

五馬が顎を引いた。唇を舐め、藤士郎は続ける。

「江戸表側用人の四谷さまか、筆頭家老の津雲さまか。それとも二人は手を組んで、川辺家老に対しているのか」

「そんなこと、おれにわかるわけないだろう」

五馬は苛立たしげに顔を顰めた。

「怒らせたか、すまん」

「怒ってなんかいないさ。けどな、藤士郎。これはおれたちには大き過ぎる。あまりに大き過ぎて、どうにもならないだろう。正直、おれには、どうしておまえが反川辺派のどなたかに、その受納書とやらを渡さないのか合点がいかんのだ。それで、川辺家老が失脚すれば伊吹さまの仇をとったも同然じゃないのか」

「そうかな……」

藤士郎は千切った草の先を口に含んでみた。

苦い。

舌が痺れるほど苦い。

無理やり呑み下す。

「なあ、五馬、父上は出雲屋との結託を罪として切腹を申しつけられた。藩からの使者が来て、おれたちにそう告げた」

市中の商人と結託し、私腹を肥やし、藩の財政を損耗せし罪により、伊吹斗十郎に切腹を申しつける。

菊の仄かに匂う座敷に使者の声は低く響いた。

「謹んでお受けいたします」

作法にのっとった、その一言が出てこなかった。

「誰も父上を助けようとはしなかった。父上が川辺派の奸計にはまり切腹を余儀なくされたのだとしたら、なぜ反川辺派、その中心が筆頭家老の津雲さまなのか側用人の四谷さまなのかおれには摑めないが、どちらにしてもそういう方々が、なぜ、父上を助けようとしてくださらなかったのか。なぜ、見捨てたのか」

「藤士郎、それは……」

「答えられるか、五馬」

五馬が目を伏せる。

「すまん」

藤士郎は小さく詫びた。

「おまえに答えられるわけがないよな。何の関わりもないのに、すまん」

五馬は小さくかぶりを振る。目は上げなかった。

「父上は見捨てられたのだ。誰からもな。川辺家老だけでなく、川辺家老を排斥しようとする者にとっても、父上は邪魔者だった。切り落とさなければならない瘤みたいなものだったのだ」

五馬の指が草を次々に千切っていく。指先が草色に汚れていた。

「証文は、一通じゃなかった――」

五馬の手が止まる。顔を上げ、藤士郎を見やる。

「もう一通、ここに」

太刀を取り上げ、鞘の先、小尻を指差す。

「隠してあった。ここが外れるように細工してあったのだ。ほんの僅かな隙間だが、証文一通なら何とかねじ込める」

「何の証文だ」

「出雲屋から津雲さまに渡った金の借用書だ。利平はなく、返済は十年後とある。一応、貸し借りの形はとってあるが、誰が見ても賄賂なのは明らかだ」

五馬の口が半開きになる。

「……何だ、それは……。出雲屋は、津雲さまにも川辺家老にも取り入っていたというのか……」

「そうだ。そして、父上はそれを知っていた。知っていたというより、出雲屋と一蓮托生、父上こそが出雲屋の本当の輩であったのかもしれない。それとも、それとも、出雲屋を上手く手駒として使っていたのかもしれない。でなければ、こんな証文が手に入るわけがない」

「盗んだのかもしれない」

五馬が声を潜めた。

「伊吹さまがそんな真似をなさるとは思えないが、誰かを使って出雲屋から証文を盗み出したってことも、まるっきり考えられないことではなかろう」

それはない、な。

藤士郎は、心の内で否む。

「それはない。出雲屋だって、並の人物じゃない。この証文二通がどれほどの意味を持つものか、よくよくわかっていたはずだ。誰かが容易く盗み出せるような仕舞い方はしないだろう。父上が凄腕の盗人と知り合いであれば……いや、それはやっぱりあり得ない。五馬、父上は出雲屋からこれらを渡されたのだ」

「藤士郎、すまん。おれはおまえの言ってることの大半が解せない。だから、つまり……伊吹さまと出雲屋こそが、本当の仲間だったというわけなのか」

「仲間とは言い切れないが、父上と出雲屋がどういう形にしろ手を組んでいたのは事実だと、おれは考えている」

「それで伊吹さまは、何をするおつもりだったのだ」

「詳しくはわからん。しかし、父上も出雲屋も失敗した。出雲屋は殺され、父上は腹を切った。何に失敗したのか、どうして失敗したのかも、はっきりとは摑めない。ただ、火種は残した。この証文が明るみに出れば、江戸表の殿の目に触れれば、川辺家老も津雲さまも、川辺派も反川辺派も一掃されるだろう。そうしたら、御家中は新しく、清いものになる……のだろうかな」

それも、わからない。

堰を切れば淀みは奔流となって流れ出し、空になった跡に澄んだ水が溜まるのだろうか。淀みは淀み、いつかまた腐敗し、異臭を放つようになるのだろうか。

そもそも、政とはなんだ？　誰のためにある？　巨万の富や栄華を欲する心の前に跪くものなのか？　なぜ、こんなにも死や策謀の臭いばかりを纏うのだ？

わからない、わからない、何もわからない。

わからないけれど、背を向けるわけにはいかない。

藤士郎は太刀を握り締めた。

一瞬閉じた眼裏に、深い緑の波が見えた。風になびく藺草の群れが見えた。真夏のぎらつく光が緑の葉先を刃のように猛々しく煌めかせている。風が縦横に吹けば緑の刃は揺れ、ざわめき、風紋を作る。土と草の臭いが混ざり合い、熱れて鼻をつく。

人々は汗みどろになり、喘ぎながら働く。藺草の刈り取りは日射を避け、早朝と夜に行われるのだ。それでも汗が噴き出し、息が荒くなる。切り取った株は両三度、膝頭に打ち当て、古い茎や余分な葉を振り落とす。ばしっばしっと藺草が膝を打つ音、風の音、鎌を切り込む音、人々の足音や声、全てが混ざり合い、まだ明けやらぬ、あるいは暮れ切った空に響く。

左京が教えてくれた藺草田の風景だ。

目にしたことは、まだない。この夏、初めて目の当たりにするだろう。

未見の風景なのに、こんなにも鮮やかに浮かぶ。

瞼を開ける。長けようとする春の水面があった。煌めいているけれど、優しい。

立ち上がる。

やはりもう一度、話を聞きにいかねばならない。

「帰るのか」

五馬が見上げてくる。

「いや、これから御蔭塾だ。先生の白文の講義がある。このところ、ずっと怠けていたからな。顔を出さないと破門される」

「そうか……」

五馬も立ち上がり、手を軽く叩いた。

青い香りがする。

「藤士郎」

「うん？」

「無理をするな。何度も言うが、これはおれたちが太刀打ちできる類のものじゃない。さっさと手を引いて楽になれ」

「その方がいいと思うか」

「思う。おまえは囚われ過ぎているんだ」

五馬は藤士郎の太刀をちらりと見やり、「囚われ過ぎている」と繰り返し呟いた。

「かもしれん。しかし、ここまで来て知らぬふりはもうできん」

「藤士郎、おまえ」

五馬の表情が引き締まる。指が藤士郎の肩を摑んだ。

「何を考えている。何をするつもりだ」

問われる。答える。

「江戸へ行こうと思っている」

「江戸」

五馬が息を吸い込んだ。肩に指が食い込む。

「そうだ。江戸に行って四谷さまに会う」

「会って……証文を渡すのか」

「そのつもりだ」

指が離れる。肩がすっと軽くなった。

「止めろ」

五馬は叫び、指を握り締めた。

「命懸けだぞ。無事に江戸まで行きつける見込みが、どれくらいあると思ってるんだ。馬鹿な真似は止めろ」

「止めない」

「藤士郎、目を覚ませ。政なんて、おれたちには関わりのないものなんだ。そんなもののために命を粗末にするな」

「関わりがないとは思わん」

藤士郎は五馬の眼を見返した。

「おれたち伊吹家の者は政の争いに巻き込まれて、これまでの暮らしを失った。それを不運だとは、今は言い切れない」

言い切れない。

少なくとも藤士郎は、いやおそらく美鶴も砂川での暮らしを厭うてはいなかった。未知のものに触れ、知りたいと望み、知ろうと努める。貧しいし、乏しいし、先行きは曖昧だ。それでも苦しくはなかった。世は広いと学んだ。胸に芳しい風が吹き込むような思いを教えてもらった。

「言い切れないが、しかし、理不尽に多くを奪われたのは事実だ。おれたちだけじゃない。おまえだって、慶吾だって、町人や百姓だって、政に日々を左右されるではないか。政が乱れ、腐れば、そのつけを背負うのはおれたちだ」

五馬が鼻先で嗤う。誰より親しい友の嗤笑を初めて見た。

「だからどうなんだ。政の歪みを正せると本気で考えているのか。だったら、おめでたい限りだな、藤士郎」

「五馬」

「止めろ。江戸なんかに行くな。こんなことから一切手を引いて、静かな暮らしを心がけろ。それが、今のおまえの分というものだ。おまえが努めねばならぬのは、政の是正ではなく伊吹家の一日も早い再興だろう」

家の再興。

ああ、そうだった、と思い至る。父の無念を晴らし、家を再興する。その想いは確かに胸に刻んだはずなのに、いつの間にか忘れかけていた。薄れたのではなく、想いの上に新たな想いが募り、埋めていった。

「おれが言えるのはそれだけだ」

五馬が身をひるがえす。風に背を押されるように駆け去る。

すいっと、黒い影が視界を過った。

あ。

燕だ。つばくろの異称通り、黒い翼で風を切り彼方に消えていく。ただ一羽の飛翔だった。

五馬、やっぱり燕だ。燕が帰ってきたぞ。

とっくに見えなくなった後ろ姿に呼びかける。

頭上高く、鳥が啼いた。

「うーむ」

と八十雄が唸った。唸ったきりで、後が続かない。この博学多才、多弁な学者には珍しく、黙り込んでしまった。

講義が終わった直後、廊下で八十雄を待ち受け、時を乞うた。

「わしの話すべきことは、先日全て話した。もう、おまえに伝えることはない」

けんもほろろに突き放されたが、なお藤士郎は食い下がった。必死の口調に何を感じたのか、渋面ではあったが、八十雄は先日と同じ室に入れてくれた。ただし、四半刻(しはんとき)のさらに半分しか時はやらぬと言い渡された。それで十分だと答えた。

すぐに門弟が茶を運んできたが、湯呑(ゆのみ)は一つ、八十雄の分だけだった。藤士郎など眼中にないといった態度だ。

門弟の足音が遠ざかり、周りに人の気配がないのを確かめ、藤士郎は膝を進めた。

「先生、これを見ていただきたいのです」

八十雄に証文を示す。そして、全てを打ち明ける。己の思案も事実も含め、知っている悉(ことごと)くをさらけ出した。

八十雄は唸り、腕組みし、腕を解(ほど)き、また唸った。そのまま、黙り込む。

春の日が暮れかけていた。門弟が点(とも)していった行灯(あんどん)がじぃじぃと微かな音を立てる。その明かりに照らされた八十雄の横顔は、武骨な作り物のようだった。

四半刻のさらに半分が、次いで四半刻が流れていく。

八十雄がやや俯(うつむ)けていた顔を上げ、背筋を伸ばす。

「藤士郎」

「はい」

「わしに何をせよと申すのだ」

「これを」

藤士郎は証文を八十雄の膝前に差し出した。

「江戸に運んでいただきたいのです」

「殿にお渡しせよ、そう申すのか」

「はい。先生なら殿へのお目通りも叶うはずです。先生は畏れながら、殿に君主の道をご講授差し上げるお立場です。殿は先生の説かれる君徳の道の教えに深くご傾倒あそばしているとも聞き及びました」

うむ、と八十雄は頷いた。

「王道政治とは愛民を基とし、仁と徳を施策に実際に生かすものだ。殿はそれをおわかりになり、政にどう反映できるかをご考慮されておる」

「そのお言葉を信じて、これを先生に託します。なにとぞ、殿にお届けください。お願いいたします」

「わしに託してよいのか」

「はい。先にも申し上げました。先生は政の歪みとも腐れとも無縁でおられます」

そうだろうか。

疑念がちらりと頭を過る。

そう言い切れるだろうか。

この天羽随一の学者が執政の誰かと関わり合っていないと断言できるのか。確証はどこにもないというのに。

藤士郎は頭を下げた。

「信じております。いや、信じる道しかわたしには残っておりません。先生、お願いします。なにとぞ……お力をお貸しください」

頭の上で、息を吐き出す音がした。

「斗十郎は信じなかった」

「え？」

「わしは何度も諫めたのだ。おぬしは間違っていると。しかし、斗十郎は一顧だにしなかった。わしの信じる道を、信じようとはしなかったのだ」

「先生、それは……」

「斗十郎には優れた才があった。人を惹きつける力、思案の力、実践の力。わしのように学問にのみ邁進するのではなく、己が才をもって現と渡り合おうとしたのだ」

「現と渡り合う、とは」

八十雄の視線が彷徨（さまよ）う。また一つ、息を吐く。

「斗十郎は出雲屋を使って、裏でこの天羽を動かそうとしたのだ。川辺も津雲も金の力で手玉に取ろうとした」

八十雄が唇を歪めた。

「父の野心に気がついていたか、藤士郎」

「いいえ、ただ、父上が出雲屋と結びついていたとは推察いたしましたが……」

薄々とは感じていた。

父は出雲屋を利用し、天羽藩を根底から変えようとした。変えねばならぬと、変えられると信じていた。それは決して、私心・私欲から発したものではない。おまえが父を恥じることは、一切ない。息子に遺（のこ）した一言に斗十郎は真意を込めたのだ。

以前の藤士郎なら、その心に素直に打たれたかもしれない。けれど今は父の想いの全てを受け入れかねていた。もし、死病を患わなければ、父はどのように生きただろう。執政たちの無道への怒りを、民への憐憫（れんびん）を持ち続けていられただろうか。

左京を思った。血を分けた息子に心を向けなかった者が民百姓の生に本気で関わり合えるだろうか。

「斗十郎が藩政の腐敗に怒り、それを正そうとしたのは間違いない。執政たちのほとんどが保身と私利を計ることに汲々として民のことなど意に介そうとせず、ために、民の艱難は増えることはあっても減ることはなかった。斗十郎は政をあるべき姿に戻すべきだと言うた。わしは、その通りだと答えた。藤士郎、おまえの父親は、本気で政を変えようとしておったのだ」

八十雄が見据えてくる。藤士郎はその視線を真正面から受け止めた。

「ただ、斗十郎のやり方は、わしには思い及ばぬものだった。世を動かすのは刀でも学問でもなく金だ。それを証してみせると、ある時、斗十郎は言うた。言うただけでなく、着々とことを進め始めたのだ。執政たちとの仲を取りもち、出雲屋を藩政に食い込ませる。出雲屋もまた、斗十郎の持ち駒の一つになったわけだ。そういうやり方で斗十郎は藩政を変えようとした。執政たちの保身や欲を利用し、刀ではなく策によってやつらを追い落とそうとしたのだ。それは間違いではなかったはずだ。だが策を弄する者は策に溺れる。本人は気づかなんだかもしれんが、斗十郎は徐々に政を刷新することより、意のままに人を、策を操ることも楽事と感じるようになったのではなかろうか」

八十雄はそこでひそやかに息を吐いた。

「しかし、父は敗れました」

声が掠れた。喉に引っ掛かり、語尾が震える。

「敗れて、腹を切りました。父は執政の誰に負けたのです。川辺家老ですか、それとも」

「おまえだ」

瞬きする。

行灯の明かりが目に染みた。

八十雄は藤士郎を見据え、続けた。

「斗十郎は倅であるおまえと己自身に敗れたのだ」

解せない。

先生は何を言うておられるのだ。

「斗十郎の思うた通り執政たちは出雲屋の財力にもたれかかり、よりかかり、それを危ぶみもせず、恥ともせぬようになっていた。過言かもしれんが、斗十郎の目論み通りになったわけだ。しかし、そこで二つの躓きが起こったのだ。一つは、殿が藩政の刷新を決意なされ、お側用人の四谷どのに命じ国元の有様を隠密裏に探らせようとなさったこと。もう一つは、その内偵役を斗十郎自身に申し付けられたことだ」

「なぜ、父にそのようなお役目が」

「斗十郎が江戸詰めの折、四谷どのと懇意にしておったそうだ。さすがの四谷どのも、斗十郎の奥深くに潜んでいた野心には気づかず、清廉聡明にして胆力のある男としか見られなかったようだ」

「しかし、それなら四谷さまもまた手の内に収めようと父は考えたはずで……あ」

唇を嚙み締める。

そうか……。

「そうだ。身に障りがなければ斗十郎はそうしたろう。しかし、そのとき既にやつの身体は病に蝕まれていた。治る見込みのない死病だ。死に向かう者にとって現の栄耀も野心も意味はない。そのあたりの塵芥と同じよ。斗十郎の手元には、川辺も、そして津雲も出雲屋と結託していたという証がある。これが、な」

八十雄は証文を摘み上げ、すぐに指を離した。かさりと音をさせて畳に落ちる。

「そのまま四谷どのに差し出せば、殿のご意向には添う」

「しかし、そうしなかった」

「うむ、しなかった。わしだけでなく、殿さえも信じられなかったのやもしれぬ。結句、証文を隠し、わざと下手に動いて、川辺たちに己の正体を江戸の間者であると気づかせた。川辺たちは一計を案じ、斗十郎に全ての罪を着せようとした。ひとまず間者を葬り、わが身の安泰を図ろうとしたのだ。斗十郎はわざとその策に落ちた。それはおそらく、おまえのせいだ」

「わたしの？　わたしに関わりがあるのですか」

「あるのだ。斗十郎が恐れたのは、死ではなくおまえだった。そして信じられたのもおまえだけだった。おまえにだけは、父を誇りとしてもらいたかったのだ」

手のひらに痺れが走る。父の肉の手応えがよみがえる。

息子の介錯で腹を切る。

父上はそこまでして、おれの目に自らの死に様を焼きつけたかったのか。

「哀れなのは出雲屋よのう。まさか、斗十郎が何も手を打たぬまま死ぬとは思ってもいなかっただろう。どこぞの寺で自害したと聞くが、十中八九、口封じに川辺が刺客を放ったのだ」

「川辺家老たちは、この証文を父上が持っていることを出雲屋の口から聞いたのでしょうか」

「おそらくな。命乞いでもして口走ったのかもしれん」

「先生は、端から全てをご存じだったのですね」

「斗十郎が明かしたのだ。もし、おまえが証文を持ってわしを訪ねてきたら、全てを伝えてくれとも言われた。おまえなら、いつか真相に辿りつくかもしれんと笑っておったわ」

「父はなぜ、わたしと向かい合ったとき、証文の在処を告げなかったのでしょう」

「それは……わからぬ。わしは妻も娶らず子もおらぬから、斗十郎の心の内は測り難いのだが、やつにとって最も大切だったのは、おまえであることは確かだろう。たった一人の倅であるおまえだ。そこだけは信じてやれ」

藤士郎は息を吐き、頭を横に振った。

「違います」

一人ではありません。父上には二人の息子がいたのです、先生。そこはご存じなかったのですね。

「うん。違うとは？」

八十雄が首を傾げる。妙に子どもじみた仕草だった。

「いえ、先生、では、わたしの願いを聞き届けていただけますね」

「わかった。手段は違えたかもしれんが、斗十郎の志はよくわかる。それに、世の中には信頼できる大人もいると、おまえに示さねばなるまい。明日、江戸に向けて発つ」

「お一人でですか」

「腕の立つ小者を連れていく。まさか川辺や津雲たちに気づかれ、襲われることはあるまいが」

八十雄の眼に暗い怯みが走った。

「先生に眼をつけている様子はありません。どうかご安心ください。わたしが敵の眼を晦ましますゆえ」

一礼し、立ち上がる。

「眼を晦ます？　おい、待て。藤士郎、何をする気だ」

「先生は堂々と街道を行ってください。その方が、かえって目立たない」

「藤士郎、待て。早まった真似をするでないぞ」

藤士郎は障子戸の手前で立ち止まった。

「先生、もう一つだけお尋ねしたいことがありました」

「……何だ」

「殿に政の刷新を勧められたのは、先生ですか。先生もまた、天羽の政をわが手で変えてみたいとお考えになったのではありませんか」

八十雄は答えない。

「だとしたら、殿は先生の持ち駒ということになる。おそれながら出雲屋よりずっと大きな駒ではありませんか」

「藤士郎……」

「ほんの一時でも、先生のお力で真に民のための政ができるなら、先生がそれを目指しておられるのなら、何も申し上げることはありません」

八十雄は眼を閉じ、口の中で何か呟いた。

聞き取れない。

「此度は願いを聞き入れてくださりまして、かたじけのうございます」

深々と頭を下げ、藤士郎は廊下に出た。

夜気が身に纏いついてくる。微かに花の香りがした。

月夜だった。

満月だった。

春らしい朧月ではあったが、十分に明るい。提灯が不要なほどだ。市中を抜け、峠に向かう道で藤士郎は足音を聞いた。後ろから迫ってくる。

来たか。

鯉口（こいぐち）を切ったとき、名を呼ばれた。

「藤士郎、待ってくれ」

「慶吾」

慶吾が駆け寄り、はあはあと荒い息を吐く。

「おまえ、どうしたんだ」

「どうしたんだも……何も……。おまえの文を柘植にちゃんと渡したと……報告しようと思って……。今、やっと能戸の沢から帰ってきたんだ。それで、町中でおまえを見つけたから、追いかけてきたんじゃないかよ」

「そうか、慶吾。恩に着る。大変な役目をよく果たしてくれたな」

「まあ、おまえに頼まれちゃ嫌とは言えんさ。へへ」

慶吾が洟（はな）をすすりあげ、にっと笑った。

「柘植には会えたんだな」

「会えた。おまえの言う通り、能戸の屋敷にいた。あんな気味悪いところによく一人でいられるもんだ。おれなら、御免こうむる」

「柘植は文を受け取ったか」

「受け取った。受け取ったままじっとしているから、読めって言ってやったんだ。藤士郎は筆不精で滅多に文なんか書かない。字だって汚い。その藤士郎がおまえに宛てて、懸命に綴ったのだから読むべきだ、とな」

「何だ、それ。おれのこと、一言も褒めてないぞ」

苦笑してしまう。

「褒めるとこなんてないからな。けど、あいつ、確かに読んでたぞ。顔つきがまったく変わらないから、喜んでいるのか辛がっているのか怒っているのか、わからなかったけどな。なあ、あの文には何が書いてあったんだ」

「柘植がいないと困ると書いた。困るから帰ってきてくれと」

父が何を遺していたかも、藤士郎の推察したことも綴った。あれを読んで、柘植は砂川村に戻ってきてくれるだろうか。

もう一度、一緒に暮らそう、柘植。

おれと姉上はおまえを待っている。

「じゃあ、ちゃんと伝えたからな。おれは帰る」

「うむ。慶吾、本当に」

口をつぐむ。

気配を感じる。尖って、突き刺さる。

殺気だ。

「慶吾、逃げろ」

「は？　どうした急に。何事だ」

慶吾も口をつぐむ。道端の草むらから幾つかの影が現れたのだ。月明かりで、それが黒い覆面の男たちだと見分けられる。

「何だ、おまえたちは」

「刺客だ。慶吾、すまん。巻き込んでしまった」

男の一人が白刃を抜いた。

「証文を出せ」

覆面越しにくぐもった声で命じてくる。

「嫌だ。これは、おれが江戸に届ける。それが父の遺志だ」

「親孝行なことだ」

男は言うが早いか、斬りかかってきた。

一撃を受け止め、がら空きの股間を蹴り上げる。男は喚きながら地面にしゃがみ込んだ。

なるほど、違う。林での乱闘とは比べようもない鋭い殺気がぶつかってくる。

「慶吾！」

「心配するな。任せろ」

慶吾は小柄な刺客を相手に戦っていた。刃をかわし、相手の首元に刀背での一打を見舞う。その男が転がり、慶吾は足をすくわれた。

「うわっ」

横倒しになる。そこに別の刺客が斬りかかった。慶吾が悲鳴を上げる。藤士郎は刺客に横合いからぶつかっていった。ぶつかりながら、脇腹に柄頭をめり込ませる。

ぐふっ。

刺客は倒れながらも白刃を振り回す。飛び退ろうとして、足が滑った。力が籠もらない。剣先が頬を掠った。痛みが走る。

藤士郎はよろめき、土の上に倒れ込んだ。慌てて上身を起こしたとき、眼前に切っ先を突き付けられた。

月明かりに蒼く映える刀身だ。

「出せ」

蒼い刀身を突き付け、男が言った。

「出すんだ」

藤士郎は座り込んだまま、男を見上げる。

「出すんだ、さもないと」

首筋に刃先が当てられた。凍えるほど冷たい。

「五馬」

名を呼ぶと、涙が出た。

朧な月がさらに霞む。

「え？　五馬？　藤士郎、何を言ってるんだ」

背中合わせにへたり込んでいた慶吾が息を呑み込んだ。

「五馬なんだ。五馬、おまえ、いつから刺客なんかに……」

男が小さく呻いた。ゆっくりと覆面を取る。

慶吾が再び悲鳴を上げた。

「五馬……何で」

五馬は顔をさらし、藤士郎を見下ろしている。

「いつから、気がついていた」

「今の今まで……違うと思っていた。五馬であるはずがないと」

「答えろ」

刃先が揺れる。

「……おまえが口を滑らせた。『上背のある若い男を女が袈裟懸けにできるはずがない』とな。おまえは下村の人相風体など知らぬはずだ。おれは一言も話さなかったのだからな。それなのに、おまえは『上背のある若い男』だと知っていた。なぜだ。会っていたからだ。下村を斬ったそのときに、姿を見ていたからだ。そうだろう？」

五馬の返事はなかった。代わりのように慶吾が「まさかまさか」と呟いている。

「それに、草が千切れていた。刺客が潜んでいた場所の草が……千切れていたんだ。おまえの癖だよな、あれは……」

失言。千切れた草。そして、見事な太刀筋。

まさかと思った。そんな馬鹿なと何度も打ち消した。五馬を信じたい。だから、打ち明けた。

打ち明けた結果がこれか。

おれはまた違えたのだろうか。愚かな間違いを繰り返しているのだろうか。

「そうか、頭の巡りが速いのが命取りになったわけか」

ぞっとするほど冷たい声だ。

やっぱり違う。五馬はこんな物言いはしない。

聡明で、物静かで、手先が器用で、誠実で……かけがえのない友人なのだ。五馬はそういうやつなのだ。

「五馬、おまえ津雲家老側の刺客なのか。何で、そんなものに……何で刺客なんかになってるんだよ、馬鹿野郎」

涙が止まらない。どうしても止まらない。

ふふっと五馬が嗤った。あの嗤笑だ。

「おまえたちに郷方廻りの小倅の気持ちがわかるか。食べ物にさえ事欠くような暮らしがわかるか。どんなに励んでも、かつかつの暮らしから這い上がれない者の惨めさがわかるか。わかるものか。わかってたまるものか」

「わからん。けど、おまえはおれたちといても惨めだったのか。それを隠して笑っていたのか」

「今のうちだけだ。藤士郎、おれたちが並んで笑えるのも、じゃれ合えるのも今のうちだけだ。間もなく、お仕舞いになる。元服して身分が決まれば、もう一緒に歩くこともできなくなるんだ。おれはずっと、その日に怯えていた。けど、どうしようもないではないか」

「どうしようもないから、刺客になったのか」

「刺客として働けば出世できる。津雲さまがお約束くださった。川辺が失脚すれば津雲さまが政を動かせる。そうなれば、おれにも然るべき役職を与えてくださるのだ。郷方廻りの次男が、然るべき役職を手に入れられるのだ。刺客だろうが何だろうが、やってやるさ。人を斬ることなど何程のこともない」

「嘘をつけ」

指を握り込む。手のひらに爪が食い込むほど強く握る。

「おまえが人を殺して平気なわけがない。苦しかったろう、五馬。下村を斬った日から心が休まる日などなかっただろう。それを隠して無理やり笑って……。いつまでそんな日々を続けるつもりだったのだ」

「うるさいっ」

五馬が刃を引いた。

「動くなよ、藤士郎。一太刀で苦しまずに済むようあの世に送ってやる」

「止めろ。止めてくれ」

慶吾が両手を広げ、藤士郎を庇う。

「何でだ、何でだよ、五馬。こんなのおかしいぞ、どう考えてもおかしい。おれと藤士郎が喧嘩したら、止めてくれるのはいつもおまえだったではないか。おまえは諍いごとが嫌いで、おれみたいに短気でもなくて……。なのに、藤士郎を殺すなんて、おかしい。間違ってる」

「どけ、慶吾」

「嫌だ」

「では、おまえが先に逝け」

五馬が振りかぶる。刀身が角のように真っ直ぐに立った。藤士郎はとっさに転がっていた太刀を握った。

「ぐわっ」「ぎゃっ」

五馬の後ろに立っていた二人の刺客が倒れ、地面でのたうつ。二人とも肩口に小柄が刺さっていた。

「なに」

五馬に僅かな隙ができた。しかし、構えを崩すことなく、斬りかかってくる。慶吾を押しのけ、藤士郎はその一振りを何とか弾き返した。しかし、五馬の動きは速い。そのまま斜め上から、藤士郎の首を狙って襲い掛かってくる。

殺られる。

「うわあっ」

慶吾が大声を上げながら、五馬にむしゃぶりついていく。五馬がその腹を蹴りあげ、うずくまる慶吾に刃を向けた。藤士郎は身体ごと五馬にぶつかっていった。

手応えがあった。

剣先が肉に沈んでいく手応えだ。

「あ……」

藤士郎の目の前で、五馬がゆっくりと膝を折る。

「あ、あ……五馬」

藤士郎はくずおれた五馬の身体を揺さぶる。仰向けにする。腹から、血が流れ出していた。藤士郎の手も瞬く間に血だらけになる。

「五馬、五馬、しっかりしろ。今医者に連れていく」

「無駄です」

静かな声がした。

振り向かなくても、声の主はわかる。

「手当てをしても助からない」

囁くように左京が告げる。

「おれが……おれが殺した。おれが五馬を……」

「わざとです」

左京は藤士郎の横に片膝をついた。

「大鳥どのはわざと藤士郎さまの剣を受けた。避けようと思えば避けられたのに、それをしなかった」

「そんな……なぜ……」

「藤士郎さまに始末をつけてもらいたかったのでしょう」

五馬が咳き込み、ごぼりと血を吐いた。

「……とどめを……とうし……ろう、とどめを……」

「楽にしてさしあげなさい。止めを早く」

藤士郎は頷き、剣を握り直す。

「藤士郎、止めろ。五馬はまだ生きてるんだ。止めてくれ」

「五馬」

藤士郎は五馬の眼を覗き込んだ。

「苦しいか。今、楽にしてやるからな」

「うん」

はっきりと五馬が首肯した。仄かな笑みが浮かぶ。唇が動く。

美鶴さま。

そう聞こえた。

藤士郎は奥歯を噛み締め、五馬の喉を突いた。

「うわあああっ、五馬、五馬」

慶吾が血みどろになりながら五馬を抱きかかえる。

「嫌だ、こんなの嫌だ。誰か誰か、助けてくれ」

いつの間にか、他の刺客たちの姿が消えている。

藤士郎はそのまま、地面に突っ伏した。

ちくしょう、ちくしょう。

爪が地面を掻く。ぎりぎりと奥歯が鳴る。

「五馬、五馬」

慶吾はいつまでも名を呼び続けている。

朝靄が藺草の上を流れる。

空が白み、鳥が啼く。

「本当に行くのですか」

美鶴が何度も繰り返した問いをまた、口にした。

「行きます」

「でも、江戸に辿りつけるのですか。あまりに無謀だわ」

「大丈夫です。姉上から頂いた路銀と弁当があれば百人力ですから」

「藤士郎……。どうしても行かねばならないのですか」

「はい。姉上、母上のことをお頼みします。それと、暫くは吉兵衛どののところでご厄介になってください。頼んでありますので」

「ええ、わかっています。裏の離れに匿（かくま）ってくださるそうよ。あの家はもぬけの殻（から）にしておきます。ご安心なさい」

「そうしてください。用心のためです。慶吾が見張りにきてくれますから」

「はい……」

不意に美鶴が腕を摑んできた。

怖い眼をしている。

「藤士郎、死んでは駄目よ。必ず生きて戻って」

「むろんです。この夏は、藺草の刈り取りの仕事をするつもりです。そうとうきついようですが、やり遂げてみせますよ」

「まあ、あなたにできるのかしら。すぐに音を上げるのじゃなくて」

「また、そんな意地悪を言う」

腕を引く。美鶴の身体がよろめいた。胸にしっかりと抱き寄せる。

「行ってまいります、姉上。夏までには必ず戻ります」

「ええ、母上さまと待っていますからね」

「そうか、柘植もこんな感じだったんだ」

「え？」

「いや、柘植は姉上を抱き締めていたではないですか。どんなものなのかなと思って。うん、姉上、背中にけっこう肉が付いている感じですね」

「まあ、憎たらしい」

朝の光の中で姉と弟は笑みを交わす。

弟はゆっくりと姉から離れ、茂みの向こうに消えた。

「藤士郎」

姉の呼び声が靄を震わせる。返ってくるのは鳥の鳴き声だけだった。

道の端に道祖神が立っている。その陰から、人影が現れ、道を塞ぐように立った。

驚きはしなかった。

こうなるとわかっていた。

「荷物をお持ちしましょう」

左京が言った。

「大丈夫……いや、こっちの包みを持ってもらおうか。握り飯が入っている、二人分な」

「二人分……」

「そうだ。おぬしとおれの分だ。姉上が握ってくれた」

左京が目を伏せる。

「夜がすっかり明けましたね」

「ああ」

「このまま歩いて、山に入りますか」

「そうしよう。山越えだ」

左京は荷物を肩にかけ、歩き出す。その背についていけば、山中で迷うことはない。

天狗だからな。

胸内で呟く。

山の頂近くに辿りついたころ、日は高く昇り、一朶の雲もない空が頭上に広がっていた。

「柘植」

握り飯を頬張り、呑み込み、左京に尋ねる。

「父上を憎んでいるか」

左京は静かにかぶりを振った。

「いえ。憎しみも怨みもありません。伊吹さまを父と思うたことは一度もありませんから」

「そうなのか」

碧空と地の間に眼差しを向け、左京は淡々と告げた。

「伊吹さまは、わたしを疑っておられました」

「父上がおぬしを疑う？」

「はい。わたしがあなたを殺すのではないかと」

「なぜ、おぬしがおれを殺すのだ」

「わたしが川辺側なり、津雲側なりに通じているかもしれない。あなたが証文を持っているると察し、あなたを殺して奪うかもしれないとお考えだったのです」

「それで、太刀の中に隠したまま、手渡したわけか」

「きっとそうです。刀なら常に自分の身につけていられるし、父が子へ愛刀を譲ることは決して珍しくはない、むしろ武家の儀式のようなものでしょう。あなたにあの一刀を渡すために、そのために伊吹さまはあのような最期を選ばれたのです。伊吹さまはいつか、あなたが証文の在処に気がつくと思うておられたのでしょう」

「しかし、父上がおぬしをそこまで疑うか。かりにも……」

かりにも血を分けた父子ではないか。

藤士郎の呑み込んだ一言を見透かしたように、左京は首を横に振った。

「伊吹さまがあなたに介錯を望んだのも、わたしに伊吹斗十郎の息子はあなた一人だと示す意味もあったかと思われます。いえ、それが最も大きな謂であったのです」

「まさか、そんなわけがない」

声を荒らげてしまう。嫡子であろうと庶子であろうと、子は子ではないか。同等に愛しいはずとまでは言わない。人の心がそう手軽でわかりやすくもないことぐらい、さすがに解している。しかし、己の介錯を息子に託し、それをもう一人の息子に見せることで、おのおのに立場を知らしめる。人の世にそんなやり方があるものだろうか。あまりに歪すぎるではないか。

「伊吹さまは、わたしを……柘植の者を恐れておいででした。柘植の家は能戸の牢屋敷を守るだけでなく、また別の役目を負っておりましたから」

「別とは？」

「命じられた相手を誰にも知られることなく闇に葬る。そういう役目です」

束の間、藤士郎は気息を詰めた。暗殺を務めとする者たち。目の前の男はその末裔なのか。なるほど、そういうことか。息の止まるような衝撃の後、藤士郎の内にわだかまっていた疑念は、音もなく解けていった。

藩の意向に添わず果てた父の最期も、加担した藤士郎や左京の罪も全て不問に付された裏にはそういう事情があったのだ。藩は異形の役を背負わせるかわりに、柘植に能戸の牢屋敷でのある程度の権を与えた。

左京が関わっていたからこそ、藩側はあえて何事もなかったかのように振る舞ったわけだ。

「柘植、おぬし、家も役目も捨てる気なのか」

藤士郎と行動を共にするとはそういうことだ。左京は答えなかった。かわりに、その眼差しがゆっくりと藤士郎に向けられる。

「伊吹さまにとって、あなただけがお子でした。何より、誰より大切な方だったのです」

問いへの答えにはなっていない。けれど藤士郎は察した。

左京は捨てるのだ。家も役目もこれまでの日々も残らず捨てる。

「おぬしはそれでも父上を憎みはしなかったのだな」

「ええ。伊吹さまは他人より遠いお方でした。わたしにとって心にかかるのは、美鶴さまお一人だけでした。でも、もういいのです。あの方があなたたちといて十分に幸せだと確かめられました」

「おれたちと一緒に暮らす気はないか」

「ありません。無事に江戸に着けたら、そのまま根を張るつもりです。藤士郎さま、わたしはあなたとは違う。生きていくのに他人はいりません。一人で生きていけます」

「では、なぜ、おれに同行する」

左京の黒眸（くろめ）が揺れた。

「あなたが死ねば、せめて遺髪なりと美鶴さまに届けねばならぬでしょう。そうしないと、美鶴さまはいつまでもあなたを待ち続けます」

「おれを勝手に殺すな。死ぬための旅じゃない」

「囮になるのに死を覚悟していないのですか」

「囮の連れなのに、生きて帰るつもりか」

「わたしとあなたでは腕が違います。生き残る見込みなら、わたしの方が遥かに高い」

「吐かせ。好き放題言いやがって」

水を飲む。やや塩を強くきかせた握り飯は美味かった。

五馬、見えるか。

おれは生きて、飯を食い、水を飲んでいるぞ。

おれは生きるからな、五馬。

「来ましたよ」

左京が言った。横に立つ。

藤士郎と左京が登ってきた山道に人が蠢いている。

川辺か津雲か。どちらの追手だろう。どちらにしても、引っ掛かってくれた。

「どうします。ここで迎え撃ちますか」

藤士郎は空を見上げた。

紺碧の空だ。

「いや、逃げよう」

「向こう側の沢からも追手が来ているかもしれません。そうなると挟み撃ちになりますが」

「ともかく、逃げられるところまで逃げる。おれは五馬の仇を討たねばならんのだ。だからとことん逃げる」

「大鳥どのの仇を討つとは？」

「生き延びることだ。生き延びて、天羽が変わる様をこの目で見届けるのだ」

藤士郎は左京に笑いかけた。

では、何があっても逃げ切りましょうと左京は笑わぬまま答えた。

「よし、行こう」

藤士郎は山の空気を吸い込み、大きく足を踏み出した。

紺碧の空から光が降ってくる。

若芽の萌え始めた林が二人の若者を呑み込む。ざわりと揺れた灌木も直に静かになり、山は静寂に包まれた。

（本書は平成二十八年十月、小社から四六判で刊行されたものです）

天を灼く

一〇〇字書評

切り取り線

購買動機（新聞、雑誌名を記入するか、あるいは○をつけてください）	
□（　　　　　　　　　　　）の広告を見て	
□（　　　　　　　　　　　）の書評を見て	
□ 知人のすすめで	□ タイトルに惹かれて
□ カバーが良かったから	□ 内容が面白そうだから
□ 好きな作家だから	□ 好きな分野の本だから

・最近、最も感銘を受けた作品名をお書き下さい

・あなたのお好きな作家名をお書き下さい

・その他、ご要望がありましたらお書き下さい

住所	〒				
氏名		職業		年齢	
Eメール	※携帯には配信できません		新刊情報等のメール配信を 希望する・しない		

この本の感想を、編集部までお寄せいただけたらありがたく存じます。今後の企画の参考にさせていただきます。Eメールでも結構です。

いただいた「一〇〇字書評」は、新聞・雑誌等に紹介させていただくことがあります。その場合はお礼として特製図書カードを差し上げます。

前ページの原稿用紙に書評をお書きの上、切り取り、左記までお送り下さい。宛先の住所は不要です。

なお、ご記入いただいたお名前、ご住所等は、書評紹介の事前了解、謝礼のお届けのためだけに利用し、そのほかの目的のために利用することはありません。

〒一〇一－八七〇一
祥伝社文庫編集長　坂口芳和
電話　〇三（三二六五）二〇八〇

祥伝社ホームページの「ブックレビュー」からも、書き込めます。

www.shodensha.co.jp/bookreview

祥伝社文庫

天を灼く

令和2年8月20日　初版第1刷発行
令和3年2月20日　　　第4刷発行

著　者　あさのあつこ
発行者　辻　浩明
発行所　祥伝社
東京都千代田区神田神保町3-3
〒101-8701
電話　03（3265）2081（販売部）
電話　03（3265）2080（編集部）
電話　03（3265）3622（業務部）
www.shodensha.co.jp

印刷所　萩原印刷
製本所　ナショナル製本
カバーフォーマットデザイン　中原達治

Printed in Japan ©2020, Atsuko Asano　ISBN978-4-396-34655-3 C0193

祥伝社文庫の好評既刊

あさのあつこ　**地に滾(たぎ)る**

藩政刷新を願い、追手の囮となるため脱藩した伊吹藤士郎。異母兄と共に江戸を目指すが……。シリーズ第二弾！

あさのあつこ　**人を乞(こ)う**

政の光と影に翻弄された天羽藩上士の子・伊吹藤士郎と異母兄・柘植左京。父の死を乗り越えふたりが選んだ道とは。

あさのあつこ　**かわうそ**　お江戸恋語り。

〈川獺(かわうそ)〉と名乗る男に出逢い恋に落ちたお八重(やえ)。その瞬間(とき)から人生が一変。謎が、死が、災厄が忍び寄ってきた……。

神楽坂　淳　**金四郎の妻ですが**

大身旗本堀田家の一人娘けいが、嫁ぐように命じられた男は、なんと博打好きの遊び人——遠山金四郎だった！

神楽坂　淳　**金四郎の妻ですが2**

借金の請人になった遊び人金四郎。返済の鍵は天ぷらを流行らせること⁉ 知恵を絞るけいと金四郎に迫る罠とは。

有馬美季子　**はないちもんめ**

口やかましいが憎めない大女将・お紋、美貌で姉御肌の女将・お市、見習い娘・お花。女三代かしまし料理屋繁盛記！

祥伝社文庫の好評既刊

有馬美季子　はないちもんめ　秋祭り

お花、お市、お紋が見守るすぐそばで、娘が不審な死を遂げた――。食中りか毒か。女三人が謎を解く！

有馬美季子　はないちもんめ　冬の人魚

北紺屋町の料理屋〝はないちもんめ〟で「怪談噺の会」が催された。季節外れの人魚の怪談は好評を博すが……？

有馬美季子　はないちもんめ　夏の黒猫

川開きに賑わう両国で、大の大人が神隠し⁉　評判の料理屋〈はないちもんめ〉にまたも難事件が持ち込まれ……。

有馬美季子　はないちもんめ　梅酒の香

座敷牢に囚われの青年がただ一つ欲したもの。それは梅の形をした料理。誰にも心当たりのない味を再現できるか？

有馬美季子　はないちもんめ世直しうどん

奇妙な組み合わせの品書きを欲した分限者が、祝いの席で毒殺された。遺産を狙う縁者全員が怪しいが……。

有馬美季子　はないちもんめ　福と茄子（なす）

江戸で話題の美男子四人が、相次いで失踪した。現場には黒頭巾の男の影が。八丁堀同心を助け、女三代が大活躍！

祥伝社文庫の好評既刊